순교자의 나라

순교자의 노래

박도원 지음

④ 꽃.잎.이.흩.날.리.다.

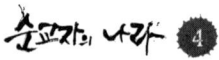

초판 1쇄 인쇄 2007년 4월 10일 초판 1쇄 발행 2007년 4월 20일

지은이 박도원 펴낸이 김태영

기획편집 1분사_ 분사장 박선영 **책임편집** 정지연
1팀_양은하 이둘숙 도은주 2팀_오유미 가정실 김세희 3팀_최혜진 한수미 정지연
4팀_이효선 성화현 조지혜 디자인_김정숙 하은혜 차기윤

상무 신화섭 **COO** 신민식
콘텐츠사업 노진선미 이유정 김현영 이화진
홍보마케팅 분사_ 부분사장 정덕식 **영업관리** 김은실 이재희
마케팅 권대관 송재광 박신용 김형준 **인터넷사업** 정은선 왕인정 김미애
홍보 김현종 임태순 허형식 **광고** 김정민 김혜선 이세윤 허윤경
본사_ 본사장 하인숙 **경영혁신** 김도환 김성자 **재무** 고은미 봉소아 최준용
제작 이재승 송현주 **HR기획** 송진혁

펴낸곳 (주)위즈덤하우스 **출판등록** 2000년 5월 23일 제13-1071호
주소 서울시 마포구 도화동 22번지 창강빌딩 15층 **전화** 704-3861 **팩스** 704-3891
전자우편 yedam1@wisdomhouse.co.kr **홈페이지** www.wisdomhouse.co.kr
출력 엔터 **종이** 화인페이퍼 **인쇄** (주)미광원색사 **제본** 세원제책

값 9,500원 ISBN 978-89-5913-208-9 04810 978-89-5913-204-1 (전4권)

* 잘못된 책은 바꿔드립니다.
* 이 책의 전부 또는 일부 내용을 재사용하려면
  사전에 저작권자와 (주)위즈덤하우스의 동의를 받아야 합니다.

●●● 이 도서의 국립중앙도서관 출판시도서목록(CIP)은 e-CIP홈페이지(http://www.nl.go.kr/ecip)에서
이용하실 수 있습니다. (CIP제어번호 : CIP2007000921)

4권 차례

주요 등장인물 | 7

꽃잎이 흩날리다 | 11
천국과 지옥 | 177

천천 차례

제1부 신유박해

1권 임금이 죽다
임금이 죽다

빛은 동방으로

광풍이 불기 시작하고

2권 피로 쓴 백서
피로 쓴 백서

새 시대를 기다리며

제2부 기해박해

3권 쌍호정과 백련사
한량목閑良目이란 사나이

쌍호정과 백련사

광풍이 휘몰아치고

4권 꽃잎이 흩날리다
꽃잎이 흩날리다

천국과 지옥

제2부 기해박해 | 주요 등장인물

김갑녕_
한국 가톨릭사에서 '김 프란치스코'라는 이름으로만 남은 인물. 실제로는 행적이 전혀 알려지지 않은 그가 『순교자의 나라』에서 '김갑녕'이라는 매력적인 인물로 재탄생한다. 양반집 노비였던 갑녕은 정약종과의 인연으로 천주교에 입문하지만, 그가 맞닥뜨리게 되는 것은 완고한 조선 사회 속에서 천주교가 참혹하게 수난당하는 시대의 비극이다. 1801년의 신유박해와 1839년의 기해박해를 거치고도 끝까지 살아남은 갑녕의 눈을 통해 조선의 서학과 천주교는 참모습을 드러낸다.

한량목_
가공의 인물. 명문대가의 서자로 태어난 한량목은 적서 차별의 울분을 풀기 위해 장안의 무뢰배와 어울리면서 기생집을 전전한다. 그런 그가 첫눈에 김효임을 사랑하게 된다. 그러나 조선에서 독실한 천주교인인 김효임을 사랑하는 일은 쉽지 않다. 그는 순수한 사랑의 마음으로 김효임을 구하기 위해 끝까지 고군분투한다.

정하상_
정 바오로. 정하상은 신유박해 때 순교한 정약종의 아들로, 신유박해 이후 폐허가 된 조선 천주교를 재건하는 데 주춧돌이 된다. 이십 년에 걸친 오랜 세월 동안 지칠 줄 모르고 머나먼 중원의 북경을 수없이 왕복하여, 마침내 프랑스 신부들을 조선으로 모셔 오는 데 성공한다. 학식과 인격, 열성과 통솔력으로 조선 신자들을 이끌었던 그는 앵베르 주교 아래에서 신부가 되기 위한 신학 교육을 받다가 기해박해 때 순교한다.

박희순_
박 루치아. 박희순은 어린 왕을 대신하여 섭정했던 순원왕후의 지밀상궁으로 남부러울 것 없는 궁중 생활을 했지만, 천주교를 알고 나서 퇴궐하여 풍요와 사치 속에 허송세월한 지난날을 깊이 참회했다. 오랜 궁중 생활을 청산한 그녀는 집을 한 채 장만하여 천주교 집안의 딸들을 모아 교리를 가르친다. 조선 최초의 수녀원을 세워 초대 원장이 되길 간절히 꿈꾸던 그녀는 결국 기해박해 때 순교하고 만다.

김효임_
김 골롬바. 동정서원한 김효임은 박희순을 도와 천주교 집안의 딸들에게 교리와 예절, 수예 등을 가르친다. 『순교자의 나라』에서 아름다운 미모와 청초한 기품으로 한량목의 마음을 빼앗기도 한 그녀는 기해박해 때 포도청에 잡혀 들어가 나신으로 능욕당한다. 그러나 이에 굴하지 않고 형조판서에게 자신의 신앙을 당당히 밝히고 자신이 당한 능욕을 당차게 항의한다. 그녀는 끝내 참수되어 순교한다.

앵베르, 모방, 샤스탕_
프랑스인 신부. 조선에 최초로 들어온 서양인 신부들로 조선 신자들과 함께 순교의 길을 걷는다.

꽃잎이 흩날리다

1

깍깍깍, 깍깍깍, 깍깍깍.

아까부터 까치 한 마리가 희정당熙政堂 용마루에 앉아서 열심히 짖어댔다. 나들이 간 짝을 찾는 모양이었다. 만화방창萬化方暢 춘삼월이니 까치도 잠시나마 제짝과 떨어져 있기가 싫은가 보다.

수목이 우거진 창덕궁 넓은 대궐은 어느 곳보다 봄 치장이 두드러졌다. 그러나 한둘씩 입궐하는 중신들은 화사한 대궐 안의 봄 풍경을 돌아볼 경황도 없는 듯 그 표정들이 굳어 있었다. 사모관대에 목화木靴를 신은 늙은 대신들이 팔자걸음으로 천천히 걸어오다가 용마루 위에서 계속 우짖고 있는 까치를 힐끗 올려다보고 희정당으로 들어갔다. 영의정 직무를 수행하는 우의정 이지연의 명령으로 오늘 묘당 회의가 열릴 예정이었던 것이다.

용상 앞에 양쪽으로 도열해 있는 말석에 좌포도대장 남헌교가 구군복 차림으로 끼여 있었다. 그를 본 사람들은 오늘 묘당 회의에서 일어날 사태를 감지했다.

섭정 대왕대비 순원왕후가 등장하자 중신들은 일제히 허리를 굽혔다. 섭정은 빈 용상 곁에 드리워진 발 뒤로 가서 조용히 앉았다. 올해 그녀의 나이는 쉰하나였다. 선왕 순조의 비妃로 궁에 들어와 국정이 어지러운 시대에 살면서 사십 년 동안 만고풍상을 겪었다. 이제 국모의 위치에서 어린 임금을 대리하여 나라를 다스리는 재왕의 소임까지, 가냘픈 여인의 어깨 위에 무거운 중책을 얹고 있었다. 크지도 작지도 않은 아담한 몸매에 곱살하게 늙어가는 용모에는 한 나라 통치자의 위엄과 기상이 찬연하게 서려 있었다.

장내가 숙연한 가운데 우의정 이지연이 앞으로 나와서 숙배肅拜를 올리고 묘당 회의를 소집한 경과를 보고했다.

"도승지 전언에 의하면, 오늘 회의에는 특별히 좌포도대장이 참석한다는 말을 들었소. 무슨 일인지 본인이 개진토록 하시오."

거두절미하고 본론으로 곧바로 들어가라는 어조였다. 이조판서 조인영이 차가운 시선으로 힐끗 발 뒤의 섭정을 쳐다봤다. 이미 그들의 모사를 간파하고 있다는 듯한 태도에 일말의 불안감이 스쳤기 때문이다. 곧이어 후미에서 긴장한 자세로 나오는 남헌교를 날카롭게 쏘아봤다. 좌포도대장은 뭇 시선 가운데도 조인영의 그 눈길을 의식하면서 한층 더 굳은 몸으로 섭정 앞에 나아가 숙배했다.

"좌포도대장 아뢰오. 근일에 이르러서 오랫동안 조용하던 사학이 다시 만연하여 그 기세가 매우 왕성해지고 있습니다. 사도에 빠져 암약하던 수십 명을 이미 붙잡아 구금했사온데, 그중에는 궁녀들도 섞여 있음을 아뢰옵니다. 특히 전 의빈궁 내인이라는 전경협과 창녕위궁 내인으로 있었다는 전 상궁 박희순 두 명을 검거했던 바, 대궐에서 떠난 뒤 그 무리와 내내 어울렸을 뿐만 아니라 저희 집을 본거지로 삼고 사도를 퍼뜨리는 원흉 노릇 한 사실이 밝히 드러났습니다. 엄한 문초에도 전혀 반성하는 빛을 안 보이며, 심지어 목숨을 던질지언정 사도는 버리지 않겠다는 자들과 함께 전직 상궁 두 명도 형조로 이송했음을 감히 아뢰옵니다."

장내는 기침 소리도 하나 없이 물을 끼얹은 듯 조용했다. 이어서 우의정 이지연이 나섰다.

"근자에 양 포도청에서 사학죄인을 수십 명이나 잡아, 그중의 다수를 형조로 이송했다는 보고를 받았습니다. 이 무리는 모두 죽기에 이르도록 미혹되어 있어서 잘못을 깨닫고 회개하는 자가 지극히 적사옵니다. 이런 무리들은 아비도 모르고 임금도 모르니 오랑캐나 금수와도 비교하지 못하겠나이다. 삶을 사랑하고 죽음을 무서워함은 인지상정이거늘, 이들은 그렇지 아니하여 칼과 질곡桎梏 대하기를 놀이터에 나아가듯 하며, 어리석은 사내와 지어미가 미친바람에 쏠리듯 하옵니다. 이미 드러난 것으로 비추어 보건대, 아직도 교묘히 숨어서 모여 지내는 그 흉한 떼와 추한 무리의 수를 헤아릴 수 없을 지경이옵니다. 이대로 두다가는 윤기倫紀를 무너뜨리고 풍속을 더럽히게 될 것은 말할 나위 없고, 청국의 백련교도 황건적같이 장차 나라의 큰 우환 거리가 될 것이 분명하므로 심히 우려하지 않을 수 없나이다."

섭정의 표정에는 아무 변화가 없었다. 약간 침울한 안색으로 조용히 귀 기울이기만 했다.

"생각건대, 과거 신유년 토사討邪가 있은 후 그들이 마음을 고치고 모두 뉘우친 줄 알았더니 실상은 그렇지가 않고, 남은 무리가 다시 모여 깊숙이 숨어서 은밀한 선동을 계속하므로 씨 밑에 또 씨가 생겨 넝쿨 뻗듯이 자꾸 퍼지며 오늘에 이르렀나이다 불씨가 작을 때 얼른 끄지 않으면 나중에는 걷잡을 수 없이 커다란 불길로 변하여 온 들판을 태우게 될 것이니, 어찌 이 문제를 소홀히 취급할 수 있겠나이까. 형조판서를 정원政院으로 불러들여 매일같이 법정을 열도록 영을 내려 샅샅이 사해하도록 이를 것이요, 만일 끝까지 사도를 고집하는 자가 있으면 지체 없이 처형하도록 해야 할 것이옵니다. 이런 말로 각지에 지령을 보내어 탐색과 체포를 빠짐없이 행하게 할 것이며, 한양 밖 지방에는 신유년 토사의 예에 따라 오가작통五家作統을 시행케 하여 이후로는 그 무리들이 자취를 감추지 못하도록 하시옵소서."

섭정은 시종일관 요지부동이었다. '오가작통' 소리가 나와도 그녀는 놀라는 기색을 전혀 보이지 않았다. 모두들 섭정의 답변이 떨어지기만 기다렸다. 잠시 후 섭정의 입에서는 뜻밖의 말이 튀어나왔다. 그것은 철저한 굴복이었다.

"그렇게 하도록 하오. 근래 나도 사교가 널리 퍼졌다는 말을 듣고 은근히 걱정되어 그것을 완전히 근절할 방도를 경에게 물으려던 참이었소. 사람이 사람 구실을 하는 것은 오륜五倫이 있기 때문인데, 그 사술에 한 번 물들면 윤리 도덕과 나라 기강을 한꺼번에 망쳐놓게 되오. 살고자 하는 마음은 누구나 가지고 있는 인간의 당연한 본성인데, 이 사교에 미혹되면 죽는 것을 오히려 영광으로 알고 기뻐하니 죽음을 두려워하고 고통을 피하려는 짐승만도 못한 것들이오. 그런즉 그들을 널리 찾아내어 철저히 벌하고 한 사람에 이르기까지 남김없이 없애버리지 않으면 나라가 위태로울 뿐만 아니라 나중에는 온 인류가 멸망하는 위험마저 있을 것이오."

이지연과 조인영을 비롯하여 풍양 조씨 측 중신들은 서로 시선을 주고받으며 당황하는 빛이 역력했다. 그들은 반격할 태세만을 대비하고 있다가 오히려 역습을 당한 기분이었다.

"비록 신유옥사가 과했다고 하지만, 지금 생각하니 그때 그물을 빠져나간 것들이 많아서 오늘에 다시 창궐하는 것 같소. 이젠 그 무리가 더 왕성하기 전에 서둘러 잡아들여 풀을 벤 다음 그 뿌리까지 뽑아버리는 방도로 엄히 다스리지 않을 수 없게 됐소. 명색이 궁녀라는 것들도 현장에서 붙잡혔다 하니 참으로 가슴 아픈 일이 아닐 수 없소. 이후로는 관직에 있는 자들이나 각 궁에 있는 자들이라도 그런 확실한 증거만 있으면 해당 궁에 미리 알린 후 포교들로 하여금 잡아가도록 하시오. 좌우 포도대장과 형조의 당상들은 조정에 출두하여 직접 지령을 받고 어떻게 행동해야 하는지를 지시받을 것이며, 우의정이 그들에게 지엄한 명령을 내리도록 하오. 네 성城과

외도外道에는 유수留守를 비롯한 관찰사, 절도사 등의 수령들에게 전부 알려서 흉한 무리들을 낱낱이 적발하여 남김없이 소탕하도록 하오. 그 무리들이 사는 곳에서 사학을 행하는 괴상한 물건이 발견되면 그것의 출처를 철저히 조사하여 반입한 자들을 잡도록 하되, 비록 그들이 사교에 물들지 않은 자라고 할지라도 특별히 중벌로 다스림이 옳을 것이오. 그리고 열 살 남짓인 어린아이도 잡혔는데 여러 번 타일러도 뉘우치지 않는다니, 이들이야 무슨 지각이 있어서 죽는 형벌을 두려워하지 않겠소."

섭정이 어린아이들에 관한 문제만은 관대하게 처리하라는 뜻으로 말했다.

"이는 참으로 추측할 수 없는 일인가 아뢰오. 그들 어린아이도 필시 마음속에 좀이 들어 그런 것 같사온데, 그 아이들에겐 형벌을 쓰기 어려우니 딱한 일이옵니다. 그렇다고 만약 귀양을 보낸다면 곧 그들이 이르는 지방은 사교로 물들게 될 것이 분명하니, 이런 점을 어찌 두려워하지 않을 수 있으리까. 벌은 죄를 없애려고 시행하는 것일진대, 흉한 사학의 무리에 대해서는 노소를 가리지 말고 전멸의 형으로써 다스려야만 훗날의 화근이 미연에 방지될 줄로 아옵니다."

한 나라의 재상이라는 자가 자꾸 잔악한 말만 내세우고 있었다. 섭정 대왕대비는 다시 굴복하면서 그 주장마저도 윤허하고 말았다. 천주교를 제물로 삼아 정권 탈취를 획책하는 조씨들의 음모를 간파했기에, 섭정의 입에서 그들보다 한 수 더 뜨는 탄압 명령이 떨어졌던 것이다. 이로써 천주교는 맹수들이 우글거리는 광야에 버림받은 어린양들 같은 신세가 됐다.

대조전으로 돌아온 대왕대비 순원왕후는 길게 한숨을 토했다. 그녀의 명령이 끔찍한 결과를 초래한다는 것을 모를 까닭이 없었다. 수많은 천주교도들이 무더기로 잡혀서 무서운 형벌을 받고 희생될 것이었다. 그럴 줄 알면서도 그녀는 섭정의 자리에 앉아서 대세에 굴복할 수밖에 없는 자기 처지가 한심스러웠다. 그녀는 너무 고독했다. 그녀에겐 오라버니 김유근이 완전한 폐인이 되어버린 후 나라 정사를 믿고 의논할 만한 측근이 없었다. 더구나 십여 년 동안 끈질기게 도전해 오는 풍양 조씨들과 겨룰 만한 인물도 없었다. 안동 김씨 일문에서는 김좌근과 김흥근이 똑똑한 축에 들었으나, 그들은 아직 조만영의 큰아들 조병구의 수준에 지나지 않았다. 이조판서 조인영과 맞서기에는 역부족이었다.

섭정 순원왕후는 늘 조마조마한 마음으로 지냈다. 조씨들이 무슨 문제를 물고 늘어질지 예측할 수가 없었기 때문이다. 그러다가 천주교 문제가 다시금 불거졌다. 그녀 밑에 있는 배 상궁과 궁녀 두 명이 포도청에 잡혀 있다는 소식을 받고 아차 싶었을 때는 이미 늦었다. 엎친 데 덮친 격으로 박희순마저 체포되어 더욱 난처해졌다. 박희순은 몇 해 전에 퇴궐한 상궁이지만, 순원왕후가 수십 년 동안 데리고 있던 지밀상궁이라 대궐 안에 거처하는 사람들은 모두 그녀를 알고 있었다. 순원왕후는 총명하고 성실한 박 상궁을 남달리 신임했기에 오래도록 붙잡아 두고 싶었으나, 그녀가 천주교 신자가 됐음을 눈치 채고 말없이 퇴궐을 허락하고 말았다. 그런데 박 상궁이 밖에서 궁녀들을 불러내어 천주교를 전도하고 있을 줄은 미처 몰랐다. 현직 배 상궁이 하필 박 상궁의 집에 다녀오다가 붙잡힌 사실을 알고 나서, 순원왕후는 정적들의 올가미에 완전히 걸려들었음을 통감하지 않을 수 없었다. 어설프게 처신했다가는 그들의 음모에 말려들어 아우성치는 조정 여론을 못 견디고 섭정의 자리에서 물러날 수밖에 없는 곤경에 빠질 것이 틀림없었다. 그렇게 되면 정권은 어린 상감의 외조부 조만영의 수중으로 들어가리라는 것이 불을 보듯 뻔했다.

보료 안석에 얼굴을 파묻고 엎드려 있는 대왕대비를 지밀상궁이 걱정스럽게 내려다봤다.

"마마, 어디 편찮으시옵니까?"

순원왕후는 조용히 일어나 앉았다. 얼굴이 몹시 초췌해 보였다. 방문 앞에 무릎을 꿇고 앉아 있는 지밀상궁을 물끄러미 쳐다보다가 넌지시 일렀다.

"내 말을 잘 듣고 실수 없이 거행하거라."

"예, 마마."

"박 상궁이 지금 형조 옥에 있을 게야. 홍 별감을 시켜서 좌포도청의 윤 종사관에게 전달토록 하여, 박 상궁을 직접 만나보라고 해라. 그리고 고집 부리지 말고 모든 것을 순순히 자백한 후 배교하도록 부탁한다는 내 말을 전해라. 박 상궁뿐만 아니라 함께 믿는 모든 천주교인들이 하루속히 배교하고 풀려 나가기를 바란다고, 이번 옥사는 매우 커질 것이니 불길이 더 거세지지 않도록 스스로 자위책을 강구하라는 내 당부가 있더라고 말이다."

"예, 마마의 말씀을 명심하여 착오 없이 거행하도록 이르겠사옵니다."

"어서 나가 보거라."

순원왕후는 다시금 깊은 한숨을 토했다.

'이제 상감의 보령 열두 살. 어진 임금이 되기 위해 날마다 시강원侍講院으로 나가서 공부에 여념이 없는 상감이 섭정으로 있던 할미가 오늘 내린 토사령討邪令을 훗날 어떻게 생각할지…….'

일단은 정적들의 예기銳氣를 피하긴 했으나 순원왕후는 가슴속에 천 근 쇳덩어리가 얹혀 있는 듯 마음이 무겁기만 했다.

2

사학토치(邪學討治)를 명령하는 왕명이 공식적으로 반포되자 백성보다 조정의 문무백관이 더욱 놀랐다. 선왕 순조가 승하한 후 순원왕후가 섭정의 자리에 앉으면서부터 천주교도에게 온건하고 관대한 정책을 펴왔던 것은 누구나 아는 사실인데, 갑자기 오뉴월 서릿발 같은 명령을 내렸으니 모든 사람이 의아할 수밖에 없었다. 게다가 오가작통법까지 시행한다는 말에 백성들은 몸이 으스스해지는 불안감을 느꼈다.

그러나 그 왕명으로 가장 놀란 사람은 형조판서 조병현이었다. 그는 풍양 조씨 세력의 핵심 인물이었지만 이번 처사를 누구보다 못마땅하게 여겼다. 그는 처음부터 천주교를 이해하고 신자들을 동정한 사람은 아니었다. 그가 형조판서에 취임하자마자 처음 대하게 된 죄수들이 천주교 신자들이었다. 그는 그들을 일차로 문초하고 나서 생각이 많이 달라졌다. 그들은 절대로 나라의 윤리와 도덕을 망치는 사악한 집단이 아니라는 것과, 우매하기 때문에 사술에 빠져서 스스로 죽기를 바라는 미욱한 무리가 아니라는 것을 알게 됐다. 또한 사교의 두목 급이라는 이광헌과 남명혁만 보더라도 근본이 양반 출신인 데다가 상당한 지식인이라는 것을 문답으로 금방 간파할 수 있었다.

조병현은 머릿속이 매우 혼란스러웠다. 그는 심리적으로 극심한 갈등을 느꼈다. 그의 양심으로는 저들을 의법依法 처단할 수가 없었다. 그렇다고 조정의 모든 시선이 형조로 집중하고 있는 마당에 꽁무니를 빼고 물러날 수도 없는 처지였다. 당장 집안 어른인 풍은 부원군 조만영이나 이조판서 조인영이 용서하지 않을 것이었다. 그는 자신을 이 자리에 앉힌 그들의 책략이 원망스러울 뿐이었다.

조병현은 어차피 떠맡은 과업이기에 소신대로 처리하겠다는 결심을 굳히고 첫번째 일을 착수했다. 형조 밥을 오래 먹은 정랑正郎 안기원이 형조판서 앞에 불려 왔다.

"지금 옥에는 아이들이 몇 명 있는가?"

"사내아이 둘, 계집아이 둘, 전부 네 명 있습니다."

"그 아이들을 포도청으로 내려 보내라."

"포도청으로요?"

"국법에 연소자들을 형조에서 심문할 수 없게 되어 있지 않은가."

"국법에는 없습니다만……."
"무슨 말꼬리가 필요한가. 법대로 시행하면 될 것이지."
"알았습니다."

형조의 구렁이라는 별명이 붙은 안기원도 새 형조판서 앞에서는 아직 오금을 못 썼다. 무슨 속셈으로 아이들만 포도청으로 내려 보내라는 것인지 짐작할 수 없었으나 그는 즉각 시행했다.

옥졸들이 옥문을 열고 아이들만 불러내자 그 부모들이 걱정스러운 눈으로 바라봤다. 어린것들이 팔뚝에 포승줄을 묶는 것을 수상쩍어 한 남명혁이 물었다.

"아이들을 어디로 데려가는 것이오?"

뒷짐을 지고 섰던 자가 묘한 웃음을 흘리며 대꾸했다.

"더 좋은 방으로 모시려고."
"더 좋은 방이라니요?"
"여기보다야 포도청 옥이 더 낫지 않나."
"아니, 뭐라고 했소? 그럼 아이들만 옮긴다는 것이오?"
"그렇다네."

그 말을 듣고 이광헌의 아들 태성이 포승줄에 묶인 몸으로 항의했다.

"싫습니다. 난 포청으로 안 가요. 우리 부모님과 여기에 있겠습니다."

그것이 도화선이 되어 형조 감옥에 있는 부모들이 일제히 안 된다고 소리치는가 하면, 아이들도 울음을 터뜨리며 가지 않겠다고 떼

쓰는 바람에 옥문 앞이 별안간 시끄러워졌다.

"자식들과 함께 있도록 해주시오."

"아이들을 데려가려면 우리도 함께 데려가구려."

"부모 자식을 갈라놓는 법이 어디 있소."

"죽는 날까지 떨어질 수 없소이다."

그 소란 중에 마침 안기원이 나타났다.

"왜 그렇게 시끄럽나!"

서슬 퍼런 호통바람에 금세 잠잠해졌다. 안기원은 감옥 안의 부모들 입을 한마디로 틀어막았다.

"형조판서의 명령이다. 우리에게 떠들어봐야 소용없는 짓이야."

그곳에서 더 지체하면 다시 시끄러운 항변이 쏟아질 것이므로 안기원은 옥졸들을 재촉하여 아이들을 얼른 떠나보냈다. 아이들의 울부짖는 소리가 감옥에 남은 부모들의 가슴을 칼로 도리듯 아프게 했다.

그 무렵 전경협과 박희순 두 여인은 좌포도청의 종사관 윤길부와 조용히 면담하는 중이었다. 윤 종사관은 다른 궁녀들과의 관련성을 심문한다는 구실로 특별 면회를 허락받아 그들을 구석방으로 불러냈다. 그는 대왕대비 순원왕후의 친정 동생 김좌근의 인물이었다. 김유근이 폐인으로 정계에서 사라진 후에 안동 김씨 세도의 새 중심 인물로 김좌근이 부각되는 것은 당연한 추세였다. 바로 그가 포도청에 심어놓은 사람이 윤 종사관이었다. 그는 순원왕후의 이야기를 박 상궁에게 전했다.

"그럼 이만 돌아가겠소."

윤 종사관이 자리에서 일어났다. 그때까지 암울한 얼굴로 말문을 닫고 있던 박 상궁이 입을 뗐다.

"대왕대비 전殿에 전해 주시오. 지난날 마마가 베풀어주신 은덕도 하해와 같은데, 지금까지 잊지 않으시고 나 같은 죄인을 걱정해 주시어 감읍하더라고……. 그러나 이 몸은 배교하여 구명할 생각이 추호도 없습니다. 이번에 마마가 내리신 천주교 박해령은 천추에 씻지 못할 실수로 역사에 오점을 남기게 될 것이라고, 참 진리는 영원히 죽지 않는다고도 전해 주시오."

박 상궁을 뚫어지게 쳐다보던 윤 종사관은 아무 말 없이 방에서 나갔다.

형조판서 조병현이 본격적인 문초를 시작했다. 제일 먼저 이광헌 부부와 남명혁 부부를 불러냈다. 두 쌍의 부부가 끌려와서 무릎 꿇는 모습을 쏘아보듯 묵묵히 내려다보는 조병현의 표정이 냉엄했다. 거의 육 척 장신에 가까운 체구 큰 이광헌에 비해 그의 아내 권희는 왜소하여 앉은키도 귀밑에 닿았다. 그들에 비하면 남명혁 부부는 나이나 생김새나 체격이나 잘 어울리는 한 쌍이었다.

"지난번에 문초하면서 너희 교리에 대해서는 대강 알았다. 한사코 종교를 버리지 않으려는 너희 신심도 조금은 이해할 만하다. 그러나 우선 너희부터 살아야 종교도 믿는 것이지 죽으면 무슨 소용이 있는가. 너희는 한결같이 입에 발린 듯 천당을 찾는데, 그거야 죽어서 가보기 전에는 확인할 수 없는 곳이 아닌가. 막연한 천당보다는 명확한 이승에서 타고난 수명대로 착실하게 살다 가는 것이 인간으로 태어난 도리라고 생각한다. 어떤가? 다른 동료들을 살리기 위해서라도 너희가 하루빨리 석방되는 것이 낫지 않은가?"

수굿이 듣던 네 사람 중에서 이광헌이 대답했다.

"그것은 의리가 아니라 배신입니다."

"배신이라고?"

"다른 교우들을 살리려면 먼저 시범적으로 배교하고 옥을 나가라는 말씀이신데, 우리는 결코 그렇게 할 수 없습니다. 믿음이 돈독한 교우들에게 그런 배신을 보일 수는 없는 일이지요."

이번에는 남명혁이 말했다.

"대감은 다른 교우들을 살리는 의리를 거론했습니다. 그러나 그건 육체를 살리는 일이 될지는 몰라도 영혼을 파멸시키는 셈이니, 우리에겐 가장 큰 죄악을 범하는 것과 같습니다."

조병현은 그들과 입씨름하기가 싫었다. 논쟁이 소용없다는 것을 이미 잘 알고 있었기 때문이다. 그러나 이런 종교 문제를 가지고 무더기로 사형을 선고할 수 없다는 것이 그의 고충이었다.

"내가 어리석은 질문을 또 한다만, 도무지 살고 싶은 생각이 없는 것이냐?"

"하찮은 벌레도 살려는 본성을 가지고 있는데, 만물의 영장으로 태어나서 노모와 처자식까지 둔 몸이 어찌 죽기를 원하겠습니까?"

"그렇다면?"

"단지 배교하라는 조건이 붙으니 천주님을 버리면서까지 살 수 없어서 죽음을 택할 따름이오."

"너희 천주가 진정으로 신자들을 사랑한다면 양심의 가책 때문에 배교하지 못하고 스스로 죽음의 길로 나아가려는 너희를 막을 것이니라."

"그렇지가 않습니다. 예수님께서는 성서에 말씀하시기를, 누구든지 제 목숨을 구원코자 하면 잃을 것이요, 나를 위해 제 목숨을 잃으면 영원히 살리라고 하셨습니다."

"너희 예수는 참으로 고약한 심사를 가졌구나 자기를 위해 죽으라고 가르치다니. 그런 지독한 이기주의자가 세상 어디에 또 있을꼬."

"영원히 사는 법을 가르쳐주신 말씀이오."

"듣기 싫다. 한 번 죽으면 그만이지 영원이라는 말을 어디에 갖다 붙이는가. 불가의 윤회설보다 더 허무맹랑한 것이 너희 교리 내용이다."

"대감같이 학문을 닦은 선비의 생각이 그렇다면 우리는 더 드릴 말씀이 없습니다."

"나도 더 이상 말하기가 싫다."

마치 서로 싸우고 난 뒤처럼 잠시 차가운 침묵이 흘렀다. 그러나 무릎을 꿇은 죄수들은 담담한 반면, 단상의 심문자가 오히려 고뇌에 찬 얼굴로 어두운 낯빛을 보였다. 권희가 남편의 옆구리를 쿡쿡 찌르자 이광헌은 형조판서의 안색을 살피면서 주저했다. 그들은 포도청 감옥으로 보낸 자식들 때문에 노심초사했다. 특히 큰딸 이 아가타가 무지막지한 포졸들에게 농락당할까 봐 밤잠을 못 이루었다. 기회를 엿보던 이광헌이 용기를 내어 입을 열었다.

"대감, 한 가지 청원이 있습니다."

조병현은 무슨 말이냐는 듯 쳐다봤다.

"엊그제 포도청 옥으로 보낸 자식들을 다시 이곳으로 옮겨주실 수 없겠습니까? 나이 마흔이 다 되어 늦게 둔 딸아이가 첫 자식이온데, 포도청에서 함께 데리고 있을 때도 포졸들의 시달림을 많이 받았기에 신변이 매우 걱정스럽습니다."

그때끼지 잠자코 있던 이연희도 기회를 놓칠세라 얼른 말했다.

"우리 아들도 보내주십시오. 세상에 태어난 이후로 형제도 없이 부모 곁을 한 번도 떠나본 일이 없는 아이라 몹시 불안해하고 있을 것입니다."

조병현이 혀를 찼다.

"쯧쯧쯧, 너희도 인간이라 부모의 애정은 남아 있구나. 늙은 부모와 어린 새끼들을 내동댕이치고 너희가 받드는 천주만을 위해 죽기를 각오한 마당에, 새삼 자식들 걱정이 웬일인가."

잠시 후 이번에는 남명혁이 대답했다. 그는 포도청에서 곤장을 맞고 골병이 든 몸이라 말만 해도 갈비뼈가 울렸지만, 최대한 목소리를 크게 냈다.

"우리는 자식에게 진리 속에 살라고 가르쳤을 뿐이오. 하느님을 섬기다가 배주하면 아무것도 모르고 믿지 않은 사람들보다 더 큰 죄를 범하는 것이니, 세상에 나가서 온갖 죄악 속에 빠져 지내느니 차라리 깨끗한 영혼을 하느님께 바치길 바랍니다."

"참으로 가증스럽도다. 너희야말로 천하에 찾아보기 드문 잔혹한 족속이야."

조병현이 흥분하여 소리쳤다. 이제까지는 관대한 자세로 나긋나긋하게 받아주다가 자식 문제에 이르자 형조판서 아닌 아버지의 입상에서 문노가 폭발하고 말았던 것이다. 한동안 분을 삭이던 그는 마지막 선언이라는 태도로 이광헌에게 말했다.

"네 여든 누모와 여덟 살 난 작은아들을 포도청에서 석방했다는 말을 들었다. 그조차 애석하게 여기느냐?"

"……"

"그리고 세 살짜리 젖먹이도 밖에 있다던데, 의지가지없는 식구들의 참상을 생각해 봤는가?"

"……"

"더 길게 말하고 싶지 않다. 네 곁에 있는 처와 포도청 옥에 있는 두 남매를 무조건 석방하리라. 너만 배교하면 된다."

"……"

"어서 대답하라."

"……배교할 수 없습니다."

조병현은 고개를 저었다.

그로써 형조에서도 몸서리치는 고문이 시작됐다. 아무리 사교에 깊이 빠진 자들이라 해도 처형할 수 없다는 것이 조병현의 심정이었다. 그러나 그들을 배교시키지 않으면 구제할 방도가 없었다. 조병현은 소진蘇秦, 장의張儀의 입을 가졌다고 해도 그들을 굴복시킬 수 없다는 것을 절감하고, 최후 수단으로 육체를 학대하는 원시적인 방법을 취했던 것이다.

형조판서의 특별 지시를 받은 정랑 안기원이 형관刑官의 자격으로 천주교인들을 취조하기 시작했는데, 제일 먼저 이광헌이 형틀에 매여 주장질을 당했다. 형조에서도 매질을 잘하기로 이름난 집장사령들이 뽑혀 나와서 팔소매 걷어붙이고 몽둥이를 휘둘러 대는 품이 기운 좋은 머슴 떡메 치듯 했다. 그래도 엄살 한마디 없이 꼿꼿하게 견디는 죄수를 보자 안기원이 부하들에게 소리쳤다.

"소금에 안 전 놈이 장에 절까. 포도청 매보다 형조 매가 더 무섭다는 것을 맛보여라."

집장사령들의 매질에 신명이 오를수록 이광헌의 고통 소리도 점점 높아지더니, 급기야는 황소가 영각하는 소리를 길게 뽑으면서 사지를 축 늘어뜨렸다. 형리 한 놈이 이광헌의 상투를 잡고 얼굴을 젖혀 보더니 안기원에게 보고했다.

"정신을 놓았습니다."

"지독한 놈이로군."

"찬물을 갖다 뿌릴까요?"

"오늘은 맛보기로 이 정도만 해두자."

터진 볼기에서 흘러나온 피가 바짓가랑이 밑으로 뚝뚝 떨어졌다.

"업어 가라."

"이렇게 커다란 덩치를 어떻게 옥까지 업고 갑니까?"

"이놈아, 혼자 못 업으면 여럿이 팔다리를 끌고 가면 될 것이 아니냐."

"헤헤……, 업어 가라니까 한번 드린 말씀입죠."

다음에는 남명혁의 차례였는데, 골병이 들어 버걱버걱하는 몸뚱이를 보더니 매질 대신 주리를 틀었다. 이빨을 악물고 고통을 참던 그는 오래 못 가서 쉽게 혼질해 버렸다.

매일 그렇게 고문이 계속되는 동안 포도청에서 잘 견뎌냈던 신자들도 한둘씩 무너지기 시작했다. 남자 교우들 중에는 태문행, 태응천 부자와 최병문, 조덕창, 박광신 등이 차례로 배교를 선언하는가 하면 김은례, 고아내, 김애기, 박무술아, 홍큰애기 같은 여자 교우들도 예수에게 욕설하는 배교 행위를 하고 다른 방으로 옮겨졌다가 다시 심사를 받고 모두 풀려 나갔다.

포도청에서 형조로 송치된 천주교인은 전부 마흔세 명이었다. 그 중에서 끝까지 형조에 남은 사람은 열다섯 명뿐이었다. 하지만 그들은 인간이 견딜 수 있는 고통의 한계를 전부 넘긴, 초인적인 의지를 지닌 사람들이었다.

형조판서 조병현은 넌더리를 냈다. 더는 이런 일을 되풀이하고 싶지 않았다. 그러나 왕명이 반포된 이후에 포졸들은 신바람이 나서 천주교 신자들을 끌어 오는 판이었다. 그의 입에서 탄식 소리가 나왔다.

"이 미친바람이 언제쯤이나 잠잠해질 것인가."

3

 전라도 순창까지 가서 샤스탕 신부와 현석문을 만나고 올라온 김순성은 모시전골로 들어가다가 본당 맞은편 모피전이 닫혀 있는 것을 보고 가슴이 덜컥 내려앉았다. 모피전 앞에 쓰레기가 너저분한 것으로 보아 하루 이틀 쉬는 것이 아니라 완전히 폐업했음을 직감할 수 있었다. 그는 본당 점포로 선뜻 들어가지 못하고 바깥 거리에서 우물쭈물했다. 그런 그를 점포 안에서 먼저 발견한 갑녕이 제 모습을 나타내면서 들어오라는 눈짓을 보냈다.
 강당에서는 이광렬이 충청도에서 상경한 홍영주와 훈련도감(訓練都監)에 다니는 허임을 맞아서 무거운 분위기 속에 이야기하고 있었다. 인기척을 듣고 방문을 연 이광렬이 괴나리봇짐을 지고 뜰에 서 있는 김순성을 보더니 반색하며 뛰어나와 안으로 끌어들였다.

"먼 길에 고생했네."

봇짐을 풀어놓은 김순성이 다짜고짜 물었다.

"어떻게 된 일이오? 주교님은 어디 계십니까?"

"김 요한은 아무것도 모르겠지. 자네가 한양에 없는 사이 일어난 일들이라……."

"천안을 지나면서부터 주막마다 화제가 온통 우리 천주교에 관한 것이었소."

"차츰 이야기하고 우선 인사부터 올리게. 이분은 충청도 내포에 사는 홍 회장이시네. 마치 약속이나 한 듯이 두 신부님으로부터 한 날에 도착했구먼."

김순성은 홍영주와 통성명하며 인사를 나누었다. 허임과는 한 번 만난 일이 있는 구면이었다.

"전라도에 계신 샤스탕 신부님에게 내려갔다는 말을 방금 전해 들었소. 그쪽은 조용합니까?"

허임이 묻는 말에 김순성은 몹시 궁금증이 난다는 듯 대답 소리가 퉁명스러웠다.

"남도에는 아무 일 없습니다만, 여기에 무슨 일이 난 것이오?"

"김 요한이 한양을 떠난 이튿날부터 풍파가 몰아쳤네."

"풍파라니요?"

김순성이 놀라는 얼굴로 이광렬을 쳐다봤다.

앵베르 주교는 전라도의 샤스탕 신부에게 보내는 선교 자금을 김순성이 전달하도록 지시했다. 이번에는 프랑스어로 쓴 편지까지 함께 보내게 되어, 똑똑하고 재치 있는 그에게 막중한 소임을 맡겼던 것이다. 그가 한양을 출발한 다음 날 포졸들이 이웃의 홍천댁 여숙을 덮치면서 많은 교우들이 잡혀갔다는 이야기를 들을 때만 해도 김순성은 침착했다. 그러나 살리뭇골의 박 상궁과 전 상궁도 체포됐다는 말을 듣자 깜짝 놀라는 표정으로 물었다.

"그럼 함께 있던 골롬바는요?"

"그 처녀는 어디로 피신한 모양이야."

김순성이 가만히 가슴을 쓸어내렸다. 그는 다른 신자들 수십 명이 잡힌 것보다 김효임 한 명이 안 잡힌 것을 더 다행스럽게 여겼다.

"주교님은 지금 어디에 계십니까?"

"우리와 함께 가세. 홍 회장도 아직 주교님을 못 뵈었어."

그들은 곧 모시전골 본당에서 나와 수구문을 향해 걸었다. 허임은 야근이 있어 훈련원 앞에서 헤어지고, 세 사람만 왕십리를 지났다. 살곶이 다리 못 미쳐서 오른쪽으로 낡은 전관원箭串院 건물이 보였다. 그 근처 뒷골목에, 중국으로 귀국한 유방제 신부에게 받은 돈으로 현석문이 마련한 숙박소가 있었다. 홍천댁 여숙이 포졸들에게 기습당하던 날 경황없이 본당을 빠져나온 앵베르 주교 일행은 정하상을 따라 이곳으로 와서 지금까지 은신 중이었다. 그동안 한강을 이용하는 경기 일원의 신자들이 수시로 이곳에 드나들면서 하룻밤씩 묵어갔기 때문에 인근 주민들도 평범한 주막으로 여겼다. 집주인 행세하는 정국보 부부가 착실하게 관리하여 지붕이며 울타리며 처음보다 훨씬 새로워졌고, 안팎으로 청소까지 말끔히 잘되어 있어서 제법 짜임새 있는 주막처럼 보였다.

이광렬을 뒤따라 들어오는 두 사람을 보고 정하상이 무척 반갑게 맞았다. 앵베르 주교가 묵는 뒷방에는 유진길이 와 있었다. 유진길은 앵자산에서 손 포교에게 자기 신분을 밝힌 후 모시전골 본당에 발을 끊었다. 그런 뒤에 그는 미행당할 것을 예견하고 일부러 삼청동 황산 김유근의 집을 자주 드나들었다. 그러나 사냥개보다 예민한 후각을 지닌 손 포교가 이미 다른 방법으로 그를 뒷조사해 둔 사실은 미처 모르고 있었다.

앵베르 주교에게 인사를 올린 김순성과 홍영주는 각각 품속에서 서찰을 꺼내어 바쳤다. 한 통은 전라도의 샤스탕 신부가, 다른 한 통은 충청도의 모방 신부가 보낸 편지였다. 주교는 오랜만에 대하는 프랑스어 편지들을 단숨에 읽었다. 그리고 나서 주교는 한동안 침묵에 잠겼다. 두 신부는 지방의 선교 활동이 순조롭다고 보고했다. 그들은 한양에서 일어난 일련의 사태를 모르는 듯했다.

"모방 신부는 지금 어디에 머물고 있소?"

홍영주에게 물었다.

"면천 고을에 계셨는데 지금은 이웃 고을인 덕산으로 가셨을 것입니다."

"건강은 좋소?"

"예."

"샤스탕 신부는?"

"샤스탕 신부님도 건강은 괜찮으신 것 같았습니다. 전라도의 짜고 매운 음식 때문에 고충이 크다고 말씀하시더군요. 신부님 밥상에는 싱거운 반찬을 놓으라고 일러도 그 지방 교우들이 평생 해오던 솜씨가 어디 가겠습니까."

방 안에 있는 사람들이 가볍게 웃었다.

"샤스탕 신부님이 올가을쯤에는 주교님도 전라도로 한번 내려와주셨으면 하셨습니다. 전라도 교우들을 만나 격려도 해주시고 견진성사도 해달라고요."

김순성의 말에 앵베르 주교는 서글픈 미소로 중얼거렸다.

"그런 나들이를 하면 얼마나 좋을까."

"지방에 계신 신부님들에게 속히 연락해야 하지 않겠습니까? 미구에 오가작통법이 전국적으로 시행될 것이니……."

이렇게 말한 정하상이나 그 말을 듣는 앵베르 주교나 모두가 침울하고 암담한 표정이었다.

이튿날 홍영주는 서둘러 귀향하고 젊은 최기풍이 다시 전라도로 떠났다. 김순성은 뚝섬으로 나가 배를 탔다. 행방을 감춘 김효임을 찾아 나선 것이다. 지난해 오랫동안 병고에 시달리던 아내가 죽자 시원섭섭하게 여긴 김순성은 외곬으로 김효임만을 생각하게 됐다. 그는 살리뭇골에서 처음 김효임을 본 순간부터 자신의 후취로 점찍었다. 하지만 그는 서두르지 않았다. 상처한 직후이기도 했지만, 김효임의 사람됨과 신심을 잘 알았기 때문에 섣불리 본색을 내보였다가는 반감은 고사하고 경멸당하리라는 것을, 영리한 그가 모를 리 없었다. 그는 앵베르 주교는 물론 정하상 같은 교회 지도층의 신임부터 얻는 것이 순서임을 잘 알았다. 그들의 권유만이 김효임의 마음을 움직일 수 있을 것이기 때문이었다.

분원 은골 외삼촌 주용식의 집 윗방에 틀어박힌 김효임은 날마다 교리서를 탐독하고 묵상하면서 시간을 보냈다. 그녀가 가장 열심히 읽는 책은 『성경직히』였다. 그 책은 한문으로 된 『성경직해聖經直解』와 『성경광익聖經廣益』 두 권을 한글로 번역하여 이를 하나로 편찬한 것이다.

중국 이름이 양마락陽瑪諾인 포르투갈 출생 디아스 신부는 1610년 중국에 파견되어 오십여 년에 걸친 선교 생활을 하다가 항저우杭州에서 임종했다. 그는 많은 저술을 남겼는데, 그 대표적인 책이 『성경직해』였다. 신약성서의 사복음(마태오, 마르코, 루가, 요한) 중에서 주일과 축일에 해당하는 성서 구절을 발췌하여 번역하고 구절마다 자세한 주석을 첨부한 책이다. 또한 잠箴의 항목을 두어 성서에 대한 묵상을 유도하고 있다.

한편 『성경광익』은 프랑스에서 태어나 중국에 1703년 입국하고 1740년 사망한 멜라(중국 이름 풍병정馮秉正) 신부가 저술한 책이다. 이 책에도 각 축일과 주일의 복음이 실려 있는데, 해당 성서 본문 끝에 마땅히 행해야 할 덕목과 힘써야 할 기도가 강조된 것이 앞의 책과 다른 점이었다.

이 두 권은 우리 민족과 성서의 만남을 이루게 한 귀중한 책이다. 1784년 연경 성당에서 우리나라 최초로 영세를 받은 이승훈이 교리서들을 많이 들여왔는데, 그중에 『성경직해』와 『성경광익』도 끼여 있었다. 이벽은 이승훈에게 전달받은 그 두 권을 통해 그리스도의 진리를 확연히 깨닫게 됐다. 그리고 그는 그때까지 철학적인 서학으로만 읽혀오던 천주학을 종교적 차원으로 끌어올렸다. 이벽을 조선 천주교회의 주춧돌로 여기는 것도 바로 그 때문이다.

한문으로 쓴 『성경직해』를 한글로 번역하여 펴낸 사람은 최창현이었다. 그는 역관이어서 중국어와 한문에 능통했다. 그 책에는 사복음 전체 구절 3709절 중에서 발췌한 1138절이 수록됐다. 삼 할에 가까운 부분이 우리말로 번역된 셈인데, 특히 『마태오 복음』이 더 많은 부분을 차지하고 있다.

이 책을 읽기 위해 글을 모르는 천주교 신자들도 한글을 배웠다. 그래서 천주교인들 중에는 글을 모르는 사람이 거의 없었다. 그러나 사람 손으로 일일이 베끼는 필사본밖에 없으므로 비교적 두툼한 『성경직히』는 다른 교리서보다 구하기 어려워 가정마다 보물처럼 잘 간직하며 읽었다.

김효임도 공과 책을 비롯하여 십여 종류의 교리 책을 가지고 있었는데, 그중에서도 『성경직히』를 가장 열심히 읽었다. 그녀가 가장 좋아하는 부분은 성신 강림 후 제7주일과 제14주일 성서 대목이었다.

> 좁은 문으로 들어가라. 멸망으로 인도하는 문은 크고 그 길도 넓어 그리로 들어가는 자들이 많고, 생명으로 인도하는 문은 좁고 그 길도 비좁아 그리로 찾아드는 자들이 적다. 거짓 선지자들을 삼가라. 양의 옷을 입고 너희에게 다가오나 속은 게걸이 든 이리들이니라.

그들이 맺은 열매로 그들을 알아볼지니 어떻게 가시나무에서 포도를, 엉겅퀴에서 무화과를 따겠느냐. 이와 같이 좋은 나무는 좋은 열매를 맺고 나쁜 나무는 나쁜 열매를 맺느니, 좋은 나무가 나쁜 열매를 맺을 수 없고 나쁜 나무가 좋은 열매를 맺을 수 없느니라. 좋은 열매를 맺지 않은 나무는 모두 잘려 불에 던져지느니라. 그러므로 그들의 열매로 그들을 알리라. 나에게 '주여, 주여!' 하는 자마다 천국으로 다 들어가는 것이 아니요, 하늘에 계신 내 아버지의 뜻대로 행하는 자라야 들어가리라.

한 사람이 두 주인을 섬기지는 못할 것이니, 혹 이를 미워하며 저를 사랑하거나, 이를 중히 여기며 저를 경히 여기게 되기 때문이다. 그러니 너희는 하느님과 재물을 아울러 섬기지 못하느니라. 내가 너희에게 이르노니, 목숨을 위해 무엇을 먹고 마실까, 몸을 위해 무엇을 입을까 염려하지 말라. 목숨이 음식보다 중하고 몸이 의복보다 중하지 아니하냐. 공중의 새를 봐라. 씨를 뿌리고 거두고 곳간에 모아들이지 않아도 너희 천부께서 기르시나니, 너희는 새보다 귀하지 아니하냐. 너희 중에 누가 염려한다고 그 목숨을 한 시간인들 늘릴 수 있느냐. 또 너희가 어찌 옷을 염려하느냐. 들의 백합화가 어떻게 자라는지 생각해 봐라. 수고도, 길쌈도 하지 않느니라. 그러나 내가 너희에게 말하노니, 온갖 영광을 누린 솔로몬도 이 꽃 한 송이만큼 화려하게 차려입지 못했느니라. 오늘 피었다가 내일 아궁이에 던져지는 들꽃도 천부께서 이렇게 입히시거늘, 하물며 너희야 얼마나 잘 입히시겠느냐. 믿음이 약한 자들아. 그러므로 무엇을 먹을까, 무엇을 마실까, 무엇을 입을까 염려하지 말라. 이는 다 이방인들이 구하는 것이니라. 너희 천부께서 그 모든 것이 너희에게 있어야 할 줄을 아시느니라. 너희는 먼저 천부의 나라와 의義를 구하라. 그리하면 그 모든 것을 너희에게 주시리라. 그러므로 내일 일을 염려하지 말라. 내일 일은 내일 염려할 것이요, 하루의 괴로움은 그날에 족하니라.

김효임이 뒤꼍으로 난 봉창 앞에 오롯이 앉아서 『성경직히』를 읽고 있을 때 바깥에서 들려오는 사립문 흔드는 소리에 화들짝 놀랐다. 그녀는 농짝 밑에 얼른 그 책을 감추고 찢어진 창호지 구멍으로 내다봤다. 밖에 김순성이 서 있었다. 그녀는 오라비라도 반기듯 뛰어나가서 사립문을 열어주었다.
"여기에 와 있었구려."
"안으로 들어가서 이야기해요."
김효임이 안방으로 그를 데리고 들어갔다. 낯익은 방이라 김순성은 서슴없이 윗목에 자리 잡고 앉았다.
"아랫목으로 내려가세요."
"객이 아랫목을 차지할 수 있소."
"그렇다고 여자인 내가 아랫목에 앉을 수 있나요? 나도 주인이 아닌데."
김순성이 빙긋 웃고 궁둥이를 들썩거리며 중간쯤으로 옮겨 앉았다. 김효임도 방문 앞에 나붓이 한쪽 무릎을 세워 앉더니 낮은 목소리로 물었다.

"어떻게 갑자기 오셨습니까?"

김순성은 속으로 기쁨을 감추며 말했다.

"용머리 집으로 찾아갈까 하다가 여기로 먼저 왔더니 제대로 길을 늘었구먼. 혼자 있소?"

"네, 외숙모는 나물을 뜯으러 나가셨습니다."

겉으로는 태연한 척했지만 김순성은 사뭇 가슴이 설레었다. 이렇게 단둘이 호젓한 장소에 마주 앉기는 처음이었다.

"한양은 어떻습니까?"

"말도 마시오. 전라도에 다녀오느라고 나도 몰랐다가 어제 한양에 당도하여 알게 됐는데, 대왕대비가 천주교 소탕령을 내렸다더군요."

"네……?"

김효임이 깜짝 놀라면서 두 눈을 커다랗게 떴다.

"유 역관이 살곶이 다리 숙박소에 은신하고 계신 주교님을 찾아와서 자세한 내막을 보고했는데, 이번 교난은 쉽게 가라앉지 않으리라는 것이오. 사태가 아주 심각하오."

김효임이 무거운 한숨을 내쉬며 시선을 떨구었다. 그녀는 새삼 박 상궁이 대왕대비를 찾아가려던 기회를 놓친 것이 천추의 한으로 가슴에 맺혀왔다.

"주교님은 효임 아가씨의 안부도 걱정하고 계십니다. 그래서 효임 아가씨가 있는 곳을 알아보겠다고 내가 나섰지요."

그것은 거짓말이었다. 앵베르 주교나 정하상에게 일언반구도 없이 분원에 왔으면서 김순성은 적당한 핑계를 대어 그가 여기까지 찾아온 명분을 세웠다. 그는 자기 집에도 못 들렀다.

"어떤 수단과 방법을 써서라도 잡혀서는 안 되오. 이 집도 오래 있을 곳은 못 되잖소?"

김효임은 아무 말이 없었다.

"앞으로 지방에까지 수색이 뻗칠 조짐인데, 그때는 어쩔 생각이오?"

"……."

"대답 좀 해보구려. 답답하구먼."

"어디를 가나 마찬가지가 아니겠어요."

"그렇지가 않소. 내 고향 청주 같은 곳은 아직 천주교를 잘 모르니 조정의 이번 포고령에도 별 관심들이 없을 것이오. 그런 데로 깊숙이 파묻혀서 교난이 가라앉을 때까지 숨 죽여 지내는 것이 상책일 것 같구려."

"……."

"고향 사람들에게 적당한 구실을 대고 김효임 아가씨가 그곳에서 지낼 수 있도록 마련하는 일은 어렵지 않은데……."

"당분간 여기에 있겠습니다."

"이 지방은 옛날부터 천주교와 관련이 깊은 곳이라 안전하지 않소."

"모든 것이 천주님의 뜻대로 되겠지요."

"어허, 그런 태평한 생각을 하고 있을 때가 아니라니까."

"내 걱정은 말고 주교님이나 잘 보살펴 드리세요. 그분을 보호하는 것이 김 요한의 임무가 아닌가요?"

"여부가 있소. 그 일이야 당연히 내 몫이고, 가까운 교우 한 명이라도 안전하게 피신시키는 것 또한 우리의 사명이기에 이렇게 말하는 것이오."

김순성은 이런 말 저런 말로 계속 설득하려고 들었으나 김효임의 고집은 꺾지 못했다. 김효임은 오래전부터 그의 속셈을 알아채고 있었다. 그는 앵베르 주교의 심부름인 것처럼 갖가지 구실을 가지고 살리뭇골로 박 상궁을 자주 만나러 왔다. 그럴 때마다 김효임은 그의 시선에서 끈적끈적하게 감겨오는 연모를 피부로 느꼈다. 더구나 그가 상처하고 홀아비가 된 후로는 더욱 부담스러웠다. 김효임은 오늘도 빈집에서 그와 단둘이 마주 앉고 보니, 한양에서 일부러 내려와 교난 소식을 전해 주는 것이 고맙기도 하면서, 한편으로는 어서 일어나 돌아갔으면 싶었다. 김순성은 방에서 나가면서 아쉬움이 그득하게 담긴 눈으로 바깥출입을 삼가라고 거듭 신신당부하고는 발길을 돌렸다.

다시 윗방으로 들어간 김효임은 넋 잃은 사람처럼 한동안 우두커니 앉아 있었다. 감옥에서 고생하고 있을 박 상궁과 전 상궁의 참혹한 모습이 떠올라서 그녀는 가슴이 메어왔다. 이번 교난은 쉽사리 끝나지 않을 것이라는 김순성의 말이 아니라도 그녀는 신도들에게 커다란 환난이 엄습해 오고 있다는 예감을 뿌리칠 수가 없었다.

'마침내는 주교님과 두 신부님도 잡히고 말 게야.'

김효임은 앞으로 벌어질 일을 상상만 해도 온몸에 소름이 돋았다. 자꾸 앞일을 생각해 봐야 마음만 더 불안하고 심란해져서 그녀가 무릎을 꿇고 막 기도를 시작할 때였다. 별안간 어떤 사내가 사립문을 밀치고 들어왔다.

"이 집에 아무도 없나?"

낯선 사내 목소리에 소스라치게 놀란 김효임이 문구멍으로 내다보니 깃을 빼딱하게 쓰고 도포를 입은 사십 대 사내가 약간 술 취한 모습으로 안마당에 서 있었다.

"아무도 없는 게야?"

사내는 거칠게 언성을 높였다.

"주인이 안 계십니다."

"엉? 주인이 없으면 지금 말하는 사람은 누구요?"

"잠깐 다니러 와 있는 친척입니다."

"어떤 친척인지는 모르겠으나, 여기가 양반집이 아니라는 것을 다 아는 터에 남녀유별을 찾아 내외할 까닭이 없잖소. 나는 분원 사기봉사인데, 잔칫집에 다녀오다가 목이 몹시 말라서 냉수 한 그릇을 얻어먹으러 들렀으니 물 한 그릇만 부탁합시다."

사기봉사 최낙성은 거침없이 안방 마루 앞에 털썩 걸터앉았다. 김효임은 난처했다. 분원에서는 사기봉사 세도가 대단하다는 말을 외삼촌에게 들은 일도 있지만, 냉수 한 그릇을 달라는데 거절할 수 없는 노릇이었다. 그녀는 마음을 다잡고 옷매무새를 고친 후에 조용히 방문을 열고 나갔다. 그리고 놀란 눈으로 쳐다보는 최낙성의 시선을 피하며 짚신짝을 끌고 부엌으로 들어가서 대접을 물독 안으로 넣어 물을 떴다. 도공의 집이라 살강에 얹은 그릇들은 특등품이나 썰렁한 부엌에 물그릇 받쳐 들 나무 쟁반 하나가 없어서, 그녀는 어쩔 수 없이 맨손으로 냉수 대접을 들고 나갔다. 두 눈을 내리깐 채 물그릇을 들고 나오는 김효임을, 최낙성이 뻔뻔스럽도록 정면으로 빤히 쳐다봤다. 고개를 옆으로 틀고 두 손을 뻗이 건네주는 물그릇을 받으면서 술 마신 주제로도 젊은 여인의 체취를 맡고 콧구멍을 벌름거렸다. 김효임은 얼른 부엌으로 몸을 감추었다. 최낙성은 물 마시는 소리가 요란하게도 억지로 물 대접을 비운 다음 마루에 빈 그릇을 내려놓으면서 그녀에게 들으라는 듯 큰소리로 뇌까렸다.

"얼굴 예쁜 아낙이 떠주는 물이라 그런가. 물맛이 유난히 좋구먼. 오장육부가 다 시원하다. 어험."

큰기침을 하면서 일어나더니 최낙성은 부엌을 향해 큰소리로 물었다.

"이 집과는 어떻게 되는 친척 간이오?"

김효임은 대답하지 않을 수 없었다.

"외삼촌입니다."

"오, 생질녀구먼! 주 화배공에게 빼어난 미인 생질녀가 있는 줄 미처 몰랐구려. 어험, 냉수는 아주 달게 잘 먹었소이다."

최낙성은 거드름 빼는 걸음걸이로 천천히 사립문을 나갔다. 그가 은골을 벗어날 때쯤 어느 집 모퉁이에 숨어 있던 젊은 사내가 톡 튀어나오더니 다급하게 묻는 것이었다.

"봉사 어른, 만나보셨습니까?"

최낙성은 계속 걸으면서 대답했다.

"자네 말처럼 일색이더구먼. 집에서 허름한 옷을 입고도 그 정도이니 제대로 몸단장하고 나서면 월나라 서시西施가 울고 가지 않겠나?"

"헤헤……, 저보다 봉사 어른이 더 잘 보셨나 봅니다."

"이 사람아, 계집 보는 안목이야 둘째가라면 서운한 날세."

"그렇고말고요. 그러기에 소인이 봉사 어른에게 귀띔해 드린 것 아닙니까."

"그나저나 안 본 것만도 못하게 생겼네."

"아니 왜요?"

젊은 놈이 호들갑스럽게 쳐다봤다.

"그림의 떡이니 말일세."

"방도를 강구해야지요. 봉사 어른이 그까짓 계집 하나 훼절시키지 못한대서야 체통이 섭니까."

"녹록지가 않겠던걸."

"방법은 찾으면 나올 것입니다."

"내일이라도 훌쩍 떠나면 그만 아닌가?"

"소인 생각으로는 여기를 쉽게 떠나지 않을 것 같구먼요."

최낙성은 귀가 번쩍하여 돌아봤다.

"어째서?"

서른 살이 될까 말까 한 젊은 녀석은 이제 서두르지 않고 느긋하게 나왔다. 그는 분원 지방에서 향반鄕班 행세하는 우준탁이라는 자인데, 그의 아버지가 이곳에서 사기봉사로 있다가 갑자기 죽는 바람에 가족들이 그냥 눌러 살고 있었다. 그러나 양반 집안이랍시고 농사도 못 짓고 장사끈도 못 되고, 너구나 천역賤役으로 여기는 도공 일도 못 하니 생계가 막막할 수밖에 없었다. 그래서 그는 나이를 먹으며 터득한 요령으로 새로 부임해 오는 사기봉사에게 갖은 아첨을 떨어서 먹고살았다. 신임 사기봉사가 업무에 익숙하지 못할 때, 스스로 책객冊客 노릇 하면서 그가 훤하게 알고 있는 분원 일들을 척척 해결해 주었고, 돈을 착복하여 재산 불리는 방법들도 은밀히 가르쳐주었다. 그 때문에 도공들을 비롯하여 모든 분원 사람들이 얄밉게 보고 미워했으나, 그 짓이 그에겐 유일한 호구지책이니 상놈들이 뒷전에서 하는 욕설쯤은 조금도 아랑곳하지 않았다.

그런 우준탁이 하필 분원에 오는 김효임을 봤다. 보따리를 하나씩 들고 자기가 사는 은골로 가는 김효임과 가순을 멀찌감치 뒤밟다가, 그는 화배공 주용식의 집으로 들어가는 것을 확인했다. 사기봉사에게 넘기자는 생각이 가장 먼저 들었다. 반반한 여자만 보면 홍시를 못 따 먹어 안달 난 아이처럼 침을 삼키는 위인이라 대번에 혹하여 덤벼들 것이므로, 그는 기회를 엿보다가 오늘 김효임이 혼자 있는 시간을 이용하여 그 집에 사기봉사를 들여보냈던 것이다.

"이 사람아, 속 시원히 털어놓게나. 어째서 그 젊은 계집이 주용식이네 집에 오래 머물 것이라고 말하는 게야?"

우준탁이 예상했던 대로 최낙성은 후끈 달아서 채근했다.

"이번에는 저도 비싼흥정을 해야겠습니다."

"흥정?"

"두둑한 행하行下를 내리시기 전에는 가르쳐드릴 수가 없습니다. 봉사 어른도 직접 눈으로 보셨지만, 그만한 여자는 평생에 한 번 만나보기도 어려운 일이 아닙니까. 소인 앞에서 외도 많이 하신 것을 늘 자랑하셨는데, 그간 접촉한 여자들에 비하면 군계일학이지요?"

"자네 말을 인정하겠네. 오늘 한 번 봤지만 첫눈에도 『시전詩傳』에 나오는 요조숙녀였어."

"그 요조숙녀를 꼼짝 못하게 옮아버리는 방도가 제게 있습니다."

"우리, 어디 조용한 집에 가서 너비아니 놓고 술이라도 마시면서 이야기하세."

체면도 던지고 노골적으로 매달리는 사기봉사를 뒤따라가면서 우준탁은 회심의 미소를 지었다. 그는 옛날부터 한동네에 사는 주용식이 천주교를 믿는다는 것을 어렴풋이 알고 있었다. 하지만 그런 사람들 일에는 별 관심을 두지 않고 지냈는데, 엊그제 한양에 다녀온 도부꾼들이 천주학쟁이를 때려잡으라는 왕명이 내려졌다고 저희끼리 지껄이는 소리를 듣고 퍼뜩 짚이는 것이 있었다. 주용식의 집에 와 있는 그 여자도 한양에서 교난을 피해 내려왔다고 판단했던 것이다.

4

 수진방골 기생 채봉이 사는 집에 무뢰배 두목들이 모였다. 한량목 옆으로 종로의 온삼이와 용산의 득수가 앉았고, 그 외에 홍인문 쇠돌치, 왕십리 대갈장군, 마포 홍두깨, 그리고 격이 아래인 모화관에서 홍제원 일대를 주름잡는 찰거머리가 특별히 참석했다. 석팔 한 명만 한양에 기반이 없을 뿐, 모두가 장안에서 명성이 떠르르한 당대의 거물 무뢰배였다. 방 복판에 놓인 널따란 교자상에는 고관대작의 연회석보다 더 호사로운 산해진미가 그들먹하고, 술잔마다 부어지는 술은 빛과 향기가 좋은 평양 감홍로甘紅露였다. 그들 사이사이로 옮겨 앉으면서 희고 여린 손으로 백자 주전자를 들고 술을 따르는 기생은 만물 수밀도水蜜桃처럼 달콤한 풋내를 풍기는 열일곱 살의 죽엽竹葉과 추월秋月이었다. 집주인 채봉은 오로지 한량목에게만 절조를 보이기 위해 어느 주석에도 절대로 앉지 않았다. 그 대신 성가(聲價) 올라가는 어린 동기(童妓)들을 두고 장안의 한량들을 불러 모았다. 기생 나이 스물이면 환갑이라던가. 아직 쪽을 찌지 않은 머리를 먼저 얹어주겠다고 거금을 던지는 쓸개 빠진 사내들이 많아서 그들만 잘 요리하면 톡톡한 재미를 볼 수 있었다.

술이 몇 순배 돌고 취기가 적당히 오르자 드디어 오늘 모임의 본론으로 들어갔다. 한량목이 말을 꺼내려고 잔기침을 두어 번 하자 좌중은 일시에 조용해졌다.

"내가 부탁한 문제를 모두 알아가지고 왔을 줄 믿네. 자네들도 알다시피 며칠 전에 천주교도를 발본색원(拔本塞源)하라는 왕명이 내려졌지 않은가. 왕명이라지만 실제로 그 명령을 발의한 사람들은 조정 대신들일 테고, 특히 문무백관의 총책임자 자리에 계신 내 백부님이 깊이 개입했을 것은 명약관화(明若觀火)한 일이야. 그래서 나도 무관심하게 여길 문제가 아니라는 생각이 들어서 자네들을 이 자리에 모이도록 했네. 올해도 춘궁기가 닥치면서 조선 팔도에 벌써부터 굶주린 백성들이 먹을 것을 찾아 떠돌아다니는 판일세. 그런데 조정에서는 그들을 구제하는 문제가 더 시급할 텐데도 엉뚱하게 천주학쟁이를 잡으라는 포고를 내려서 시국을 한층 더 뒤숭숭하게 만들고 있네. 무엇 때문에 그런 포고령을 갑자기 내려야 했는지 당장 내막을 알 수는 없으나, 내가 궁금한 것은 과연 천주학을 믿는 자들이 그토록 사악한 무리인가 하는 점일세. 그리고 일반 백성들은 그들을 어떻게 생각하며 이번 조정의 처사를 어떻게 보는지 각자가 알아본 대로 기탄없이 털어놓길 바라네."

누구도 선뜻 입을 열지 못하고 서로 눈치만 봤다. 한량목의 저의를 알 수 없는 데다가 왕명으로 내린 포고령이니 함부로 떠들기도 거북한 일이었다.

"듣자니까, 포도청에는 죽기로 기를 쓰고 왕명을 거역하며 자기네 천주교를 지키는 자들이 수두룩하다네. 머지않아 그런 자들은 참형된다는 것이 지배적인 공론이야. 과연 천주교가 목숨과 맞바꾸면서까지 지킬 만한 가치가 있는 것일까 의문스럽기도 하고, 그렇다고 해서 역적의 목을 자르듯 천주교인들을 다루는 조정의 처사에도 의구심이 생기네. 모든 사실을 자세히 안다면 나라도 백부님에게 진언할 수 있는 일이라 형제들의 의견을 묻는 것이니 허심탄회하게 말해 보게."

그 말이 떨어지자마자 왕십리 대갈장군이 먼저 입을 열었다. 그는 한량목보다 두 살이 위였으나 훨씬 연상으로 보였다.

"한마디로 백성들은 비웃고 있소."

"비웃는다고?"

"높은 벼슬아치들은 어지간히 할 일이 없는 모양이라고요."

좌석에 웃음이 일어났다.

"생각해 보십시오. 천주학쟁이들이 역모를 꾀하여 말썽입니까? 아니면 시전 바닥을 어지럽혀 말썽입니까? 우리 동네에도 몇 명이 사는데, 세상에 그런 선량한 사람들은 흔치 않구먼요. 지난해 이웃집 아이가 손님마마를 앓다가 죽었습니다. 병 옮는다고 동네 사람들이 다 발을 끊었지만, 그 사람들은 그 집에 찾아가서 밤새도록 기도해 주고, 아이가 죽은 후에는 장례까지 치러주었답니다."

대갈장군의 말을 받아 득수도 맞장구쳤다.

"그런 이야기는 나도 들었소. 염병이 돌 때 한집에서 자식 셋을 떼죽음시킨 부모의 말인데, 차례로 죽어 나가는 자식들을 보면서 천지가 무너진 듯 넋이 빠져 있을 때, 천주학 하는 사람들이 자진하여 위로하며 시체를 들고 나가 애장 셋을 만들어주더랍니다. 그 뒤로 그들과 친해져서 자기도 천주교인이 됐는데, 알고 보니 천주를 받드는 그 교가 세상에 둘도 없는 진교眞敎라고 깨닫게 됐다나요."

쇠돌치도 한마디 했다.

"나도 우연히 천주학 믿는 집을 알게 됐지만 착한 사람들이오."

"또 다른 사람들은 들은 말이 없는가?"

한량목이 좌중을 둘러보자 온삼이 입을 열었다.

"여러 사람을 붙잡고 넌지시 물어봤으나 그들을 나쁘게 말하는 사람은 별로 없었소. 다만 저희끼리 어울려 지내면서 남녀가 자꾸 한방에 모여 경문을 읊는다는데, 그러다 보면 풍기가 난잡해질 것이 뻔하지 않느냐고 욕하는 말들은 많이 합디다."

그 말에 대갈장군이 반론을 들고 나왔다.

"그런 소리는 오해네. 절간에서 불공을 드릴 때도 남녀가 한자리에 어울릴 수 있는 것 아닌가. 무당을 불러다가 도당굿을 할 때 여자 따로, 남자 따로 참석해야 하나? 시골에서는 동네 굿이나 서낭제를 올릴 때도 온 동네 남녀노소가 다 모여 법석을 떠는데, 그것을 풍기 문란이라고 욕할 수 있는감? 그들이 오해를 받는 이유가 있긴 있지. 은밀히 숨어서 만나니까 남들이 수상한 눈으로 볼 수밖에. 그러나 나라가 금하는 종교를 믿고 있으니, 그들도 남몰래 모임을 가질 수밖에 없는 일이 아니겠어?"

"타당한 말이야!"

한량복이 머리를 끄덕였다.

"형님들이 말씀하시는 것을 듣자니까 저도 생각나는 친구가 있습니다. 술만 마시면 행실이 개차반이 되는 친구인데, 지기 여편네가 천주학을 믿는다고 날마다 두들겨 팼답니다. 한번은 그 친구가 병이 나서 사경을 헤맬 정도로 몹시 심하게 앓았답니다. 불덩이 같은 몸뚱이로 밤새도록 신음하다가 새벽녘에 얼핏 눈을 뜨니까 글쎄, 여편네가 두 손을 모으고 앉아 울면서 간절한 목소리로 기도를 하고 있더랍니다. 그 기도 소리를 듣고 그만 감동한 친구는 그 후로 여편네가 하는 대로 그냥 둔다고 하더구먼요. 자기는 신자 노릇을 못 하지만 천주교가 옳은 도리를 가르치는 것은 분명하다고 말입니다."

찰거머리가 하는 말을 듣고 좌중이 수긍하는 분위기였다. 시종일관 입 한 번 떼지 않은 사람은 홍두깨뿐이었다. 그는 석팔과 합석한 자리에서는 늘 그랬다. 석팔에게 복수하고 싶은 마음이 굴뚝같았지만 한량목의 가장 가까운 의형제로 공인된 터라 감히 함부로 시비도 걸지 못하고 가슴속에 응어리를 안은 채 지냈다.

그 자리에서 천주교에 관한 많은 이야기가 거론됐다. 서양인들이 잠복하고 있다는 말도 나왔다. 오늘 누구보다도 천주교인들을 두둔

한 대갈장군이 결론적으로 말했다.

"좌우간 이번에 조정에서 천주학 교도를 때려잡는 짓은 우리네 백성들에게 조금도 득이 되는 일이 아니오. 그러니 먹고살기 바쁜 사람들은 무슨 일이 일어나든 강 건너 불구경하듯 무관심하고, 의협심이 다소 있는 사람들은 조정에서 쓸데없는 악정惡政을 저지른다고 학대받는 천주교인들을 동정하는 편이지요. 민심이 조정에서 등 돌리고 있는 판국이라 그렇지 않아도 하는 짓마다 밉게 보이기 마련인데, 이번 일도 공연히 평지풍파를 일으켜서는 불쌍한 사람들을 괴롭힌다고 욕하는 것이 일반적인 여론인 것 같소."

한량목이 깊이 공감하면서 머리를 무겁게 끄덕였다. 비록 무뢰배 두목 노릇을 할망정 민중 속에서 여러 층의 사람들과 폭넓은 교제를 하기 때문에 그들이 시국을 보는 눈은 정확했다.

날이 어둡자 모두들 채봉의 집을 나와 다방골로 몰려갔다. 거나하게 오른 술기운으로 다른 기생집에 가서 판치고 놀아보려는 것이었다. 한량목도 자리를 박차고 일어났다. 울고불고 매달리는 채봉을 뿌리치고 나가 붓골로 가는 밤길을 걸으면서 그는 허탈하게 웃었다.

"천주학 믿는 계집에게 지조를 지키는 것도 아니고 내가 왜 이러나. 허허……."

그 웃음소리는 그의 귀에도 참으로 공허하고 쓸쓸하게 들렸다.

꽃잎이 흩날리다 ··· 53

5

희뿌옇게 밝아오는 새벽빛 속에서 야거리 한 척이 강물을 따라 조용히 내려가고 있었다. 사공은 하나, 선객은 둘이었다. 작은 몸을 옹송그리고 있는 가순을 꼭 끌어안은 채 김효임이 수심 가득한 눈으로 안개가 피어오르는 강물을 하염없이 바라봤다.

어제였다. 통인通引 아이가 화방畵房에 나타나서 주용식을 불러내더니 속삭이듯 말했다.

"봉사 나리가 객사에서 기다리고 계십니다. 얼른 가보시오."

주용식은 영문을 몰라 뜨악한 얼굴로 쳐다보다가 옷을 털고 객사로 올라갔다. 객사 넓은 방에서 혼자 주안상을 놓고 잔을 기울이던 최낙성이 반색하며 일어나서 그를 맞았다. 최낙성은 전에 없이 살가운 태도로 연신 그에게 술잔을 권했다.

"나리, 무슨 일인지 먼저 말씀하시지요. 이거, 어디 궁금해서 술맛도 모르겠소."

"우선 한 잔 더 들고 나서 흉금을 털어놓고 이야기하세."

"어서 말씀부터 하시라니까요. 저는 술이 약해서 한 잔만 마셔도 팩 오릅니다."

"그럼 그럴까, 어험!"

최낙성은 사기봉사 위세를 찾듯 큰기침을 한 번 하더니 낯짝에 엉큼한 미소를 함빡 담고 말했다.

"주 화배공 집에 와 있는 생질녀가 대단한 미색이더구먼."

주용식은 별로 놀라지 않았다. 엊그제 최낙성이 자기 집에 들러서 냉수를 얻어 마시고 갔다는 말을 들었기 때문이다.

"여러 날째 묵고 있는 모양이던데, 무슨 곡절이라도 있는 것인가?"

"곡절이라니요? 속병이 있어서 당분간 정양하려고 온 것입니다."

"시가는 어딘데 젊은 여자 몸으로 혼자 와 있어?"

"한양이오."

"과수렷다?"

주용식이 펄쩍 뛰는 시늉으로 손사래를 쳤다.

"아니오. 서방이 있소."

"이 사람, 내가 서로 흉금을 털어놓고 이야기하자고 하지 않았어?"

"무슨 말을 하자는 겁니까요?"

"나는 다 알고 있네. 주 화배공이 전부터 천주학을 해왔고, 그 생질녀도 일전에 내린 왕명으로 한양에서 피신해 왔다는 것을…….”

주용식은 입을 딱 벌리고 아무 대꾸도 못 했다. 이렇게 정통으로 치고 나오니 그저 어이없다는 표정이었다.

“그렇다고 해서 내가 포도청으로 자네들을 넘겨 살옥殺獄이야 내겠는가. 하지만 나라님의 명이 지엄하시니 관원으로서 알고도 모르는 척하기는 어렵게 됐네.”

소 장수처럼 우람한 몸집에 성질이 괄괄한 주용식도 코뚜레 뚫리는 목매기 신세가 되어 처분만 기다리는 끝이었다.

“생질녀도 살리고 주 화배공도 무사할 수 있는 방법이 딱 한 가지 있네.”

주용식이 날카로운 눈초리로 쳐다봤다.

“생질녀를 내 소실로 주게.”

순간 가슴속에서 불덩이가 불끈 치밀었으나 주용식은 내색 않고 시선을 떨어뜨렸다.

“그러기만 하면 어미 닭이 병아리를 품듯 내가 안전하게 보호해 줌세. 그뿐이겠나. 생질녀 앞으로 집도 한 채 마련해 주고, 금은보화로 호강시켜 줄 게야.”

'도둑질한 재물로 우리 김효임이를 호강시켜 준다고. 흥, 이놈아! 어림없는 수작 좀 작작해라. 그 아이가 숫처녀 동정녀 몸이라는 것을 네놈이 짐작이나 하겠느냐.'

주용식이 수굿이 고개를 숙이고 아무 말 없는 것을 보자, 최낙성은 부쩍 몸이 달아서 계속 설득하려 들었다.

"젊은 여자 몸으로 한 번 포도청 옥에 들어가면 결딴나고 마네. 내가 들은 이야기지만, 한밤중에 여자 죄수를 끌어내어 여러 놈들이 돌아가며 윤간을 한다는 게야. 그러다가 말썽이 날 듯싶으면 목 졸라 죽여서 시체방으로 던지기가 일쑤라네. 생질녀가 그런 참혹한 꼴을 당하게 하고 싶지는 않겠지."

한참을 말없이 앉았던 주용식이 한숨을 길게 내뱉더니 입을 열었다.

"봉사 나리의 뜻은 잘 알겠습니다. 백 번 옳으신 말씀인 것 같소. 수인이 생질녀를 달래보지요. 우선 당사자의 마음부터 돌려놓아야지 제 마음대로 언약할 수는 없잖습니까."

"아무렴, 당연한 말이고말고. 생질녀를 잘 타일러주게. 그만한 나이와 인물로 신세를 망친다면 너무 아깝지 않은가. 내 말대로 한다면야 누이 좋고 매부 좋은 격이지. 헤헤……."

길청에 앉아서 주용식이 돌아가는 모습을 지켜보던 우준탁이 잔나비처럼 빠른 동작으로 객사에 뛰어들었다.

"봉사 어른, 뭐라 하던가요?"

"자네는 나에게 제갈공명 같은 모사謀士야. 헤헤……."

그들은 죽이 맞아서 기고만장하며 축배를 들었다.

그러나 집으로 돌아온 주용식은 안방으로 김효임을 불러 앉히고 사기봉사와 나눈 이야기를 전부 들려주었다.

"새벽에 배편을 주선할 것이니 짐을 챙겨두고 일찍 자거라."

"하지만……."

"왜 그러느냐?"

"외삼촌에게 후환이 있지 않겠습니까?"

"그런 염려는 마라. 내가 아니면 대궐로 들어갈 갑번甲燔에 그림을 그려 넣을 화공이 없어. 그러니 함부로 나를 다루지는 못할 것이다."

김효임은 잠을 이룰 수가 없었다. 아직 캄캄한 새벽 인시寅時쯤, 밖에 나갔다 온 구용식이 방문 앞에서 가만히 불렀다. 김효임은 발딱 일어나 대답하고, 깊이 잠든 가순을 깨워서 새벽바람에 주용식을 따라나섰다. 소내 포구에 즐비하게 매여 있는 배들 중 작은 야거리 한 척이 조심스럽게 노를 저어 그들이 향하는 기슭에 댔다. 사공은 주용식과 비슷한 쉰 연배로 보였다.

"나와 이십 년 지기니 너희를 서강까지 잘 데려다 줄 것이다."

"외삼촌이 걱정됩니다."

"내 걱정은 말라고 해도 그러는구나."

"그럼 안녕히 계세요……."

김효임은 목멘 소리로 인사하고 배에 올라탔다. 가순도 새벽 강바람에 오슬오슬 떨면서 그녀에게 바싹 붙어 앉았다. 삿대로 밀어 강기슭을 떠난 배가 안개 자욱한 강심江心으로 들어가면서 장승처럼 서 있는 주용식의 모습이 보이지 않자, 그녀의 볼 위로 눈물 두 줄기가 주르르 흘러내렸다.

물살이 빠른 두미를 지나자 사공은 돛을 달았다. 바람이 뒤에서 불어준 덕분에 배는 강물을 따라 빠른 속도로 내려갔다. 광나루와 두모포 앞을 지나 서빙고 어름에 이르렀을 때 해가 솟았다.

배가 서강 나루에 닿으니, 아침밥을 먹고 나오는 뱃사람들이 식전바람에 보따리를 들고 배에서 내리는 젊은 아낙을 엉큼한 시선으로 쳐다봤다. 김효임과 가순은 하선하자마자 길을 서둘렀다. 그들은 와우산 아래 즐비한 광흥창廣興倉 창고들 앞을 지나 새터말을 경유하여 녹번이를 향해 부지런히 걸었다. 그리고 녹번이에서 연서내를 건너고 역말과 궁말을 지나 벌고개를 넘었다. 그리운 고향 용머리 마을이 눈앞에 보이자 김효임은 까닭 모를 설움이 울컥 솟아올라서 장옷 자락으로 눈시울을 닦아내며 발걸음이 처지기 시작했다.

어느덧 삼 년 세월이 흘렀다. 스물세 살이 되던 해 집을 떠나서 댕기 머리를 자르고 박 상궁 슬하에 지내던 그 세월이 김효임에겐 가장 행복한 기간이었다. 그동안 함께 살았던 그들이 모두 잡혀가고 이제 자신도 쫓기는 몸으로 고향 집에 돌아오니, 그녀의 발걸음은 천 근 쇳덩이를 단 것처럼 무거워졌다.

대문으로 들어서는 김효임을 보고 어머니가 깜짝 놀랐다.

"어떻게 된 일이냐?"

"집에 별일 없지요?"

"우리는 그렇다만……."

"얘는 함께 데리고 있던 아이예요. 가순아, 인사드려라. 우리 어머니야."

가순이 절하는 인사도 받는 둥 마는 둥, 어머니는 그들을 성급하게 방으로 몰고 들어갔다. 안방에서는 김효주가 수틀을 무릎 위에 올려놓고 꾸벅꾸벅 졸다가 놀라서 깼다.

"너는 밤에 안 자고 낮만 되면 조느냐?"

김효주는 어머니의 꾸중은 아랑곳하지 않고 벌떡 일어나서 언니 김효임의 손목을 잡았다.

"언니, 갑자기 웬일이야?"

어머니도 동생도 반색하기보다는 긴장된 물음부터 쏟았다. 어쨌거나 집에 놀아오니 김효임은 마음이 포근하게 가라앉았다.

"다른 식구들은 어디 갔어요? 효순이도 안 보이고……."

어머니가 무겁게 한숨 쉬며 말했다.

"교난이 일어났다니 불안해서 어디 살겠냐. 그래서 네 오라비가 파주에 집을 한 채 마련하여 살림살이를 옮기는 중이다."

"그래요……?"

"남들 이목이 있으니 식구들이 한두 가지씩 나를 수밖에 없구나."

"잘하셨어요."

"농사철은 다가오는데 걱정이 태산 같다."

"도지로 남한테 주세요."

"논농사는 그런다고 해도 밭곡식이야……."

"밭도 그냥 지어 먹으라고 주세요."

"어머니는 텃밭이 못 미더워서 집을 안 떠난다고 저러시는 거야."

"이것아, 나라도 집을 지켜야지 빈집 만들고 전부 떠나가면 남들이 어떻게 생각하겠느냐?"

"우리가 천주님 믿는 것은 동네에서 알 만한 사람이면 다 아는데요, 뭐."

"우리로 인해 천주님을 믿게 된 이웃들을 놔두고 우리 식구만 전부 피하는 것은 도리가 아니다. 그들도 함께 떠난다면 모를까."

김효임은 어머니의 말이 옳다고 생각했다. 아버지가 돌아가신 후에도 집안 살림을 엽렵하게 꾸려 나가는 어머니의 억척스러운 기질 뒤에 숨어 있는 그런 인정과 의리가 남들의 존경을 한 몸에 받게 했다. 두 딸은 시집보냈으나 아래로 세 딸이 동정녀로 살겠다는 뜻을 이해하고 지원해 줄 만큼 도량도 넓었다. 하나뿐인 아들 내외와 손자들을 안전한 곳으로 피신시키려고 서두른 것도 어머니였다.

아직 피신처로 데려가지 않은 네 살짜리 조카가 밖에서 놀다가 들어왔다.

"어머? 기남이가 이렇게 컸네."

김효임이 안아주려고 하자 아이는 오래간만에 보는 고모가 낯설어 몸을 뺐다.

"기남아, 벌써 셋째 고모를 잊었어?"

"말도 못 하는 개구쟁이란다."

그때 이웃에 살면서 다정하게 지내는 두 아낙네가 찾아왔다. 그 교우들이 김효임에게 한양 형편을 물었다.

"우리 신도들이 계속 잡혀가고 있답니다. 한양에서 지척인 여기도 언제 포졸들이 나타날지 모르니 미리 몸을 피하는 것이 좋겠습니다."

이웃 아낙네들은 김효임의 이야기에 겁먹은 얼굴로, 농사철에 어디로 가서 살겠느냐고 땅이 꺼지게 한숨을 쉬었다.

"저는 어디 안 가고 집에 있을 것입니다. 저녁이면 놀러 오세요.

우리 함께 교리 공부하면서 기도해요. 모든 일은 천주님의 뜻대로 이루어지는 것이니, 이럴수록 믿음을 더욱 굳혀야 합니다."

이튿날 아침 어머니는 이불 한 채를 이고 파주에 갔다. 아들과 며느리가 어제 짐을 가지러 오지 않아 걱정된다면서 아침만 먹은 뒤에 떠났다. 가순이 쑥을 뜯겠다며 기남을 데리고 나가자 집에는 김효임과 외동생 김효주만 남았다.

"언니, 모방 신부님은 지금 어디에 계시는 거야?"

"작년부터 쭉 충청도에 계시다고 하더구나."

"샤스탕 신부님은?"

"전라도에 계시지."

"주교님은?"

"지금 한양에 계신다."

"이번 교난이 그분들 때문에 일어난 것인가?"

"그렇지는 않아."

"우리 동네에도 바다 건너 수만 리에서 서양인들이 들어왔다는 소문이 떠돈다지 뭐야."

"그런 소문은 많이 퍼졌나 보더라."

김효주는 이것저것 궁금한 일들을 언니 김효임에게 계속 물어봤다. 올해 나이 스물넷인 김효주는 키도 몸매도 김효임과 비슷하지만 얼굴이 좀 둥근 편이고 성격은 내성적이었다. 김효임이 대범하고 담력도 있는 반면, 김효주는 이웃집조차 안 다니고 하루 종일 울안에서만 지냈다. 그래서 동네 사람들도 이 집에 노처녀가 있는지

없는지 모를 정도였다.

　여러 달 만에 만난 자매가 간밤에 못다 한 이야기를 나누고 있을 때 별안간 이웃집 개가 요란하게 짖어댔다. 때가 수상한지라 그들은 동시에 뒷문을 박차고 뒤란으로 뛰어나갔다. 뒷담에 난 쪽문을 열고 나가면서 그들은 서로 허둥지둥 흩어졌다.

　포졸들은 이웃집 나뭇간에 숨어 있는 김효임을 금세 찾아냈다. 먼저 발견한 포졸이 우악스럽게 그녀의 머리털을 잡고 끌어내며 비웃었다.

　"이년이, 떠서야 버릇인데 숨어봐야 소용없구먼."

　김효임은 머리끄덩이를 잡힌 채 자기 집으로 질질 끌려갔다. 포졸이 마당 한복판에 패대기치는 바람에 앞으로 고꾸라진 그녀는 이마를 땅바닥에 댄 채 가쁜 숨을 몰아쉬었다. 잠시 후 김효주도 대문으로 끌려 들어오면서 울음을 터뜨렸다.

　"언니!"

　김효임이 상체를 일으키며 얼굴을 들자 김효주가 덮치듯 달려들어 언니를 끌어안았다.

　"그년들 인물은 반주그레하게 생겼구나."

　"어디, 머리 좀 올려봐라."

　포졸 한 놈이 흐트러진 머리카락을 쓸어 올리며 턱을 치켜들자 김효임이 손으로 뿌리쳤다.

　"고년, 사납기가 암고양이 같네."

　"이 사람들아, 잡소리 말고 빨리빨리 찾아봐."

포졸들은 전부 네 명이었다. 하나만 마당을 지키고 나머지 셋은 신발을 신은 채로 온 방을 헤집고 다니면서 장롱과 벽장을 뒤지기 시작했다.

"어럽쇼? 옷가지들을 전부 치웠잖아."

"여기도 쓸 만한 것이 하나도 없구먼."

"우리가 한 발 늦었네그려."

그들의 말투로 보아 재산을 약탈할 속셈으로 온 것이 분명했다.

"젠장맞을, 무명 자투리 하나 변변한 것이 안 남았어."

그들은 안방, 윗방, 건넌방까지 샅샅이 뒤지고 나서 부엌과 광으로 들어갔다. 나중에는 헛간의 빈 섬들마저 들쑤시고 다녔다. 그러다가 값어치 나갈 만한 것을 하나도 못 찾아내자 크게 실망하는 낯짝들로 투덜댔다.

"한양에서 예까지 헛걸음했구먼."

"어쩐지 아침 길이 내키지 않더라니."

"세간들을 어디에 감추었어?"

정신을 수습한 김효임이 대답했다.

"이런 시골집에 무엇이 있다고 그러시오?"

"땅문서는 있을 것이 아니냐?"

"우리는 여자들이라 그런 것을 모르오."

"네 오라비가 있다는데 어디 갔느냐?"

"우린들 달아난 사람이 어디로 갔는지 알겠습니까."

"우리에게 잘 보여야지, 그러지 않았다가는 포도청에 가서 고생이 많을 것이다."

"우리 집에 강도가 든 줄 알았더니 포도청 사람들이오?"

"뭐야?"

김효임이 싸늘한 얼굴로 비웃었다.

"나라 녹을 먹으면 똑바로 처신들 하시오."

"아니, 이년이?"

포졸 한 놈이 버럭 화내며 주먹을 치켜들자 다른 놈이 내뱉었다.

"말이야 바른 말 아닌가. 우리가 미친놈 말을 듣고 허겁지겁 달려온 것이 잘못이지."

"그년이 인물값 하느라고 바른 말을 하여 사람 무안을 다 주네."

그들은 서로를 쳐다보고 쑥스러운 너털웃음을 웃었다. 그러다가 그들 중 한 명이 교리 책을 흔들어 보이며 말했다.

"감추려면 이런 것을 감추었어야지. 어서 묶어서 떠나세."

포졸들은 포승줄로 김효임과 김효주의 손목을 따로 결박했다. 여자들이라 도주할 염려가 없다고 여겨서 가볍게 묶은 것이었다. 그때였다. 쑥을 뜯어 가지고 돌아온 가순이 나물바구니를 팽개치고 달려가서 김효임에게 매달렸다.

"언니!"

"이건 또 뭐야?"

포졸 한 명이 목덜미를 잡고 밀쳐내자 가순은 마당에 발라당 자빠졌다. 그러나 그녀는 잽싸게 일어나서 다시 김효임에게 매달리며 울부짖었다.

"언니, 나도 갈래요! 나도 갈래요!"

포졸이 다시 떼어놓자 가순은 안 떨어지려고 몸부림쳤다. 그때 기남도 울음을 터뜨리며 저쪽에서 천방지축으로 뛰어오고 있었다. 동네 사람 하나가 기남을 가로막고 번쩍 안아 올리자 영문도 모르고 울었다. 다른 동네 사람이 가순도 꼭 붙잡고 안 놓았다.

"언니, 나도 데려가요! 나도 언니 따라 갈래요!"

땅바닥에 데굴데굴 구르는 가순과 기남의 울음소리를 뒤로하고 두 자매는 소리 없이 눈물지며 끌려갔다.

6

밭갈이하고 씨 뿌리던 농부들이 일손을 멈추고 놀란 얼굴로 쳐다봤다. 손목을 묶인 채 포졸로 보이는 사내들 앞에서 고개를 푹 떨구고 가는 젊은 두 여자에게 측은한 시선을 보냈다.

비비배배, 비비배배…….

김효임이 아미를 들어 하늘을 쳐다봤다. 하늘 높이 떠 있는 종달새가 지저귄다. 보리밭마다 새싹들이 힘차게 솟아오른다. 산기슭마다 어린 나뭇잎들이 어제보다 고개를 더 내민 것 같다. 송아지가 쟁기질하는 어미 소를 따라다닌다. 아, 얼마나 귀여운 생명들인가. 얼마나 평화로운 봄 풍경인가. 다시는 볼 수 없는 정경들이기에 김효임의 마음은 더욱 애틋하고 서글펐다.

무슨 생각을 하는 것일까. 김효주는 시종일관 고개를 떨구고 땅만 내려다보며 걸었다. 김효임은 유달리 말수가 적고 행실이 조신한 동생이 오늘따라 한층 대견스러웠다. 이제 상상도 못할 악형과 모진 고통이 기다리는 포도청 감옥으로 가면서도 김효주의 행보는 조금도 흐트러짐이 없고 표정 또한 담담했다.

그들을 뒤따라오는 포졸들이 얼핏 누구를 욕하는 소리가 김효임의 귀에 들어왔다. 그녀의 집을 가르쳐준 사람을 향한 욕설이었다. 이웃에 천주교 신자들이 두 집이나 더 있어도 수색하지 않고 그냥 한양으로 돌아가는 길을 서두르는 것이 이상타 싶었는데, 포졸들이 주고받는 대화에서 김효임은 누가 자기 집만 고발했는지 알게 됐다. 포졸들에게 고자질한 사람은 김광배라는 자였다.

김광배는 김효임의 오빠 김효명과 어릴 적 친구인데, 십여 년 전부터 한양으로 올라가 종로 백목전白木廛에서 여리꾼 노릇을 하며 먹고살았다. 그러나 술과 노름을 워낙 좋아하는 그는 사방에 빚이 대추나무에 연 걸리듯 하여 주위 사람들의 평판이 나빴다. 그런 그가 지난해 용머리에 내려와서 김효명에게 동업으로 장사하자고 꾀었다. 그가 경험 있는 백목전을 열 밑천만 있으면 큰 돈벌이가 생긴다는 유혹에 김효명은 솔깃해졌다. 하지만 어머니가 반대했다. 고향 사람들에게도 빈축만 받는 건달과 무슨 동업을 하냐고 펄쩍 뛰었던 것이다. 그 일로 김광배는 깊이 앙심을 품어왔다.

용머리에서 도성까지는 이십 리 길이었다. 무악재를 넘어 모화관 앞에 이르자 많은 사람들이 포졸들에게 잡혀가는 두 여자를 구경거리로 삼았다. 구경꾼들 중에는 "천주학에 미친년들, 꼴좋구나"라고 야유를 던지는 자들도 많았다.

문안으로 들어와 육의전이 자리 잡은 시끌시끌한 종로 통을 지날 때는 사방에서 야유하는 소리가 더 많이 쏟아졌다. 갓 쓰고 도포 입은 양반 행색일수록 아귀찬 욕설을 퍼부었다. 드디어 그들은 커다란 건물 안으로 쑥 들어갔다. 좌포도청이었다.

포졸들은 먼저 종사관에게 김효임 자매를 끌고 가서 죄수 명부에 올린 다음 감옥으로 곧장 데려갔다. 뒷마당 쪽에 담장을 높다랗게 둘러친 감옥이 있었다. 뒷마당을 가로지르면서 다른 포졸들보다 점잖게 대해 주던 신 포졸이 말했다.

"포장의 문초를 빨리 받도록 조처할 것이니 내일이라도 여기서 나가도록 하거라."

은근한 말투의 마지막 친절에 김효임은 고맙다는 눈인사를 보냈다. 거멀장과 거멀못을 총총히 박은 육중한 대문짝 앞에 삼지창을 든 옥졸 두 명이 무표정하게 서 있었다. 지금껏 침착했던 김효주가 공포심을 감추지 못하고 언니에게 바싹 붙었다.

"겁먹지 마라. 이 문을 천국으로 들어가는 첫째 관문이라고 생각하자꾸나."

옥졸들은 아무 말 없이 큰문을 밀치며 열어주었다. 젊은 여자들이 들어오는 것을 보고 두억시니처럼 인상이 험악한 옥쇄장 하나가 씩 웃을 때는 저절로 오갈이 들었다. 신 포졸은 종사관이 발부한 쪽지를 건네주며 말했다.

"곧 풀려 나갈 여자들이니 함부로 대하지 말게."

옥쇄장이 다시 징그러운 웃음으로 비웃었다.

"뇌물이라도 받아 챙겼나?"

"뇌물을 먹어 그리 말한 것이 아니야."

"그럼 아래 품이라도 대주던가?"

"주둥아리 박살 낼까 보다, 이 자식."

"히히……, 하긴 너같이 용렬한 놈에게 살맛 보여줄 계집들이 아닌 것 같구먼."

그자는 거침없이 음담패설을 쏟아놓았다. 차복성은 포도청 감옥에서 가장 악명 높은 옥쇄장이었다.

"복성이 네 상판을 또 봤으니, 오늘 밤 꿈자리가 뒤숭숭하게 생겼다."

"그럼 네 마누라 사타구니 속에 대가리를 처박고 자려무나. 좋은 꿈을 꾸게 될 테니……."

"이 자식이 말끝마다……."

신 포졸이 주먹질해 보이자 다른 옥쇄장들이 킬킬거렸다. 옥쇄장들 중에는 차복성이 제일 고참으로 신 포졸과 비슷한 연배였다. 한 명은 쪽지에 적힌 성명, 나이, 주소 등을 붓으로 투옥 명단에 써넣고, 다른 한 명은 두 여자의 손목을 묶은 포승줄을 풀어주었다.

"다 끝났습니다."

"예쁜 여자들이니 내가 직접 모실까."

차복성이 김효임 자매를 돌아봤다.

"따라와."

김효임은 미안한 눈빛으로 쳐다보는 신 포졸에게 흘깃 시선을 보내고 조용히 지나갔다. 김효주도 언니를 놓칠세라 팔소매를 잡고 따라갔다.

　　차복성을 따라 안쪽에 있는 문을 하나 더 들어서자 감옥의 전경이 한눈에 들어왔다. 높은 담에 기대어 두터운 나무판자로 벽을 세운 낮은 건물들이 길게 이어져 있었다. 대여섯 동으로 나뉜 판자 건물들이 전부 옥방이었는데, 전체적으로는 말굽 모양으로 놓여 있었다. 그 앞쪽에는 죄수들의 면회소와 그들의 밥을 짓는 부엌이 각각 자리 잡았다. 그리고 한복판은 안마당이었다.

　　차복성은 여자 죄수들을 가둔 오른쪽으로 갔다. 그가 나타나자 첫번째 건물 밖에 나와서 저희끼리 발길질하며 장난치던 젊은 옥졸들이 기겁하여 행동을 멈추었다. 경계선을 친 앞뜰에는 병든 죄수들이 일부 나와서 햇볕을 쬐고 앉았는데, 김효임 자매는 그 참혹한 몰골들을 보는 순간 가슴이 섬쩍지근하여 몸서리쳤다.

　　두 번째 건물 출입문 앞에서도 옥졸들이 킬킬거리며 잡담하다가 차복성을 보고 일제히 자세를 바로 했다.

　　"한 놈이라도 안에 있어야 할 것이 아니야, 이놈들아."

　　차복성은 눈을 부릅뜨며 호통을 치더니 김효임 자매에겐 누그러진 말투로 타일렀다.

　　"밖에 나와 있는 병든 것들을 봤지? 너희도 이 안에 들어가서 몇 달만 있으면 그런 꼴이 된다. 천주학쟁이들은 잘못만 뉘우치면 빨리 석방하니까 다른 년들처럼 어리석은 고집은 부리지 말고 속히 풀려 나가도록 해라."

차복성은 제법 호의적인 충고를 하더니, 단단한 널판자로 짜 만든 출입문을 열고 안으로 성큼 들어갔다. 김효임 자매도 벌렁거리는 가슴으로 그를 따라 들어갔는데, 안에서 역한 냄새가 훅 풍겨 나와 숨이 콱 막혔다. 밝은 햇살 아래 있다가 갑자기 들어간 그들은 아무것도 보이지 않았다. 차복성이 소리쳤다.

"무쇠막 할멈, 어디 있어?"

바로 앞에서 노파의 음성이 들렸다.

"나리, 안녕하셨소?"

"당신네 늙은이들은 어차피 몇 해 못 살고 죽을 나이지만, 지금 들어온 계집들은 새파란 청춘이야. 자꾸 쓸데없는 소리로 젊은 계집들의 신세를 망치지 말게. 내 말뜻을 알겠는가?"

"잘 알았소. 이런 지옥 같은 곳에서 고생하라고 붙잡을 사람이 어디 있겠소?"

"맞아. 지옥이 따로 있나 여기가 지옥이지, 히히……."

그동안 차츰 눈앞의 사물들이 보이기 시작했다. 가운데로 복도 같은 공간이 나 있고, 양쪽으로 일고여덟 평 정도의 옥방이 두 개씩 붙어서 통나무 창살을 사이로 건너편 옥방과 마주 보고 있었다. 양쪽 옥방에서 수십 개의 눈동자가 출입구 쪽에 서 있는 자기들을 응시하는 모습을 보고 두 자매는 온몸에 소름이 쫙 끼쳤다. 방금 바깥에서 본 몰골의 군상이 컴컴한 곳에서는 귀신 형상처럼 보였다. 옥졸이 옥문에 달린 자물통을 빼자 차복성이 턱짓으로 들어가라고 지시했다. 김효임이 먼저 부들거리는 다리로 고개를 숙이고 들어가자 김효주도 얼른 뒤따랐다. 차복성이 밖으로 나가 버리자 옥졸이 맞은편 옥방을 향해 소리를 꽥 질렀다.

"모두 앉아!"

대여섯 여자가 창살에서 떨어지면서 자기들끼리 수군거렸다.

"인물이 아까워라. 쯧쯧쯧······."

"그러게 말이야."

"저런 여자들은 금세 배교하고 나갈 텐데, 뭐."

두 자매가 들어간 옥방에는 스무 명 가까운 사람들이 있었다. 절반쯤은 일어나서 그들을 맞았고, 나머지는 이 구석 저 구석에서 오그린 채 잠자거나 앓는 소리로 누워 있었다.

"불안하게 생각지 마오. 여기는 우리 교우들만 있는 방이니까. 자, 앉으시오."

무쇠막 할멈이라는 노파가 친절하게 자리를 권했으나, 김효임 자매는 바닥이 너무 불결하여 앉을 엄두가 나지 않았다. 그들이 선뜻 앉지 못하고 주춤거리자 다른 여자들은 낄낄 웃었다.

"그런 몸에는 비단 방석이 제격인데."

"하루만 지나면 내 집 안방보다 편하다오."

어느새 김효임과 김효주, 두 자매는 꿇어앉아 기도를 올리고 있었다.

"새 교우를 맞았으니 우리도 천주님께 기도합시다."

무쇠막 할멈의 제의에 따라 모두들 자세를 고쳐 앉으며 기도하기 시작했다. 건너편 옥방 여자들이 착잡한 시선으로 그 광경을 지켜봤다. 그들은 모진 고문에 굴복하여 배교한 신자들이었다.

기도를 마치자 옥방의 좌상 격인 무쇠막 할멈이 아주 친절한 태도로 두 자매를 격려했다. 그녀와 비슷한 연배의 다른 교우들도 친딸을 대하듯 따뜻한 말로 아직 얼떨떨해하는 그들을 안심시켰다. 그런 교우들의 친절은 참으로 큰 위안이 됐다. 무쇠막 할멈이 먼저 두 자매의 내력과 여기까지 잡혀 온 경위를 물었다. 김효임이 자기 고향과 교명을 밝히고 박 상궁과 함께 지낸 이야기를 하자 노파들은 깜짝 놀랐다.

"아니, 그럼 박 상궁이 말하던 그 동정녀가 아닌가?"

"맞아, 인물 생김이며 틀림없구먼."

김효임이 어리둥절하여 반문했다.

"박 상궁 마마가 제 이야기를 하셨습니까?"

"하다말다. 이 방에서 우리와 함께 지내면서 골롬바 이야기를 자주 했지. 골롬바는 잡히지 말고 자기가 못다 한 일들을 대신 이어 나갔으면 좋겠다면서 기구도 참 많이 했는데……."

김효임은 가슴이 메어 눈물이 핑 돌았다.

"그분은 우리와 신분이 달라서 형조로 곧 이감되셨네."

"에그! 골롬바도 이렇게 잡혀 온 것을 알면 낙담이 크실 게야."

"다 천주님의 뜻이 아니겠소."

"그럼은요. 우리는 그저 천주님께서 예비한 길을 따를 뿐이지."

한편 김효임은 자기를 둘러싸고 앉은 노파들의 신분을 알고 깜짝 놀랐다. 무쇠막 할멈은 여러 해 동안 옥중에서 고생하다가 지난해 늦가을에 병사한 이호영의 누님 이소사 아가타였다. 그녀는 감옥에서 세 살을 더 먹어 올해 쉰여섯이라고 자기소개를 했다. 그리고 박아기 안나, 김아기 아가타, 김업이 막달레나, 한아기 바르바라 등 모두가 삼 년 전에 사형 언도를 받고 감옥에 있는 천주교인들이라 한양의 신도들에게 널리 알려졌다. 김효임은 말로만 들어 귀에 익은 그들을 옥중에서 만나니 감격하지 않을 수 없었다.

그 옥방에는 다른 기결수들도 몇 명 더 있었으나, 대부분 판결을 못 받고 계속 문초 중인 신자들이었다. 특히 나어린 두 소녀가 김효임과 김효주의 눈을 끌었다. 포졸들에게 큰 화젯거리가 됐던 이광헌의 딸 이 아가타와 지금 형조 감옥에 있는 허계임의 손녀딸 이옥분이었다. 둘 다 형조 감옥에서 이곳으로 쫓겨 내려온 후에 얼마 동안 실심한 채 지내더니, 지금은 어른들의 사랑을 받으며 고통스러운 생활을 잘 견뎌 나갔다. 두 자매는 매우 감동했다. 그들은 나이 많은 할머니들이나 어린 소녀들의 열렬한 신앙심을 목격하고 가슴속에 용기를 키웠다.

저녁때가 되어 밥을 주는데, 작은 나무 그릇에 조밥 한 덩어리와 동치미 한 조각을 담아주었다. 오늘은 차조밥이라면서 모두들 맛있게 씹어 먹었지만 김효임과 김효주는 도무지 밥그릇에 손이 가지 않았다. 감옥에 처음 들어오는 사람은 으레 한두 끼니를 굶게 마련이라, 무쇠막 할멈은 그 밥을 젊은 교우들에게 골고루 나눠주었다. 그 광경을 보는 두 자매의 눈시울이 뜨거워졌다.

옥졸 하나가 밖에 물통을 놓고 서서 창살 틈으로 내미는 빈 그릇들을 받아 물을 퍼주었다. 지금이 아니면 내일 아침 끼니때까지는 물 구경을 못 하기 때문에 죄수들은 한 방울이라도 더 마시려고 아귀다툼을 하기 마련이지만, 이 옥방은 무쇠막 할멈이 철저한 교육으로 교우들을 잘 통솔하여 물도 밥그릇 비운 순서에 따라 질서 있게 받아먹었다. 안쪽에 있는 다른 여자 죄수들의 옥방에서는 물을 적게 준다고 악담을 퍼붓는 소리가 계속 들렸다.

옥방에 하나밖에 없는 천장 비로 밑 창문으로 석양빛이 비칠 무렵, 한 떼의 옥쇄장들이 들어와서 저녁 점검을 시작했다. 이때는 앓는 죄수들도 전부 일어나 줄을 서야 했다. 일일이 숫자를 헤아리고 신입수新入囚를 확인한 뒤에 옥방 문의 자물통을 담당 옥졸로부터 받았다. 옥방 네 곳을 모두 점검하고 나자 개중 상관으로 보이는 자가 오늘 밤 당직자들에게 훈시했다.

"날마다 이르는 말이지만 특히 불조심하거라."

"예!"

상관을 뒤따라 옥쇄장들도 전부 나가자 야간 당직을 설 옥졸 두 명만 남았다. 밖에서 빗장을 지르고 쇠사슬로 자물통을 감는 소리가 들리자 안빗장도 마저 걸었다. 이제부터 내일 아침까지는 바깥 출입이 차단된다. 아무리 급한 환자가 생겨도 소용없고, 불나더라도 꼼짝 못하고 타 죽을 수밖에 없는 것이다.

"자, 저녁기도 시간이오. 오늘도 주님의 은총에 감사드립시다. 저마다 하루를 지내면서 잘못한 일이 있으면 반성하고 통절한 마음으로 주님께 기도합시다."

무쇠막 할멈의 말이 떨어지자 옥방의 모든 교우들이 조용히 무릎을 꿇고 두 손을 모았다. 그리고 아주 낮은 음성으로 일제히 '성신강림송'을 외웠다.

> 임하소서, 성신이여. 엎디어 구하오니, 하늘로서 네 빛을 쏘사 내 마음에 충만케 하소서. 너는 가난한 이의 은주恩主시요, 고독한 이의 아비시요, 영성의 빛이시요, 근심하는 자의 위로시요, 괴로운 자의 평안이시요, 수고하는 자의 쉼이시요, 우는 자의 즐거움이시요, 내 마음을 화하는 손님이시니. 임하소서, 성신이여. 엎디어 구하오니, 마음의 더러운 것을 조촐케 하시며, 마음의 마른 것을 적셔주시며, 마음의 병든 것을 낫게 하시며, 마음의 굳은 것을 부드럽게 하시며, 마음의 찬 것을 덥게 하시며 마음의 길을 인도해 주소서…….

두 옥졸은 날마다 보는 일이라 조금도 관심을 두지 않았다. 처음에는 옥방에서 기도 소리가 흘러나오면 옥졸들이 인상을 버럭버럭 쓰고 호통을 쳤으나, 이젠 그들도 지쳐버린 터라 큰소리만 내지 않으면 모르는 척 내버려 두었다.

창문으로 비껴드는 노을빛이 희미해지고 어둠이 깔리면 옥방은 취침 시간에 접어들었다. 그러면 구석에 쌓아둔 무명 이불을 나눠주는데 손대기조차 끔찍스러운 누더기였다. 새카맣다 못해 기름기가 번들번들하고, 터진 곳으로 비어져 나와 너덜거리는 솜까지 흰 색깔은 전혀 찾아볼 수 없이 온갖 때에 절었다.

 김효임과 김효주도 다른 교우들 틈에 끼여 나란히 누웠다. 그들은 오늘 하루가 꿈만 같았다. 포졸들에게 끌려 집을 떠날 때 몸부림치며 울던 가순과 어린 조카 기남의 모습이 떠올랐다. 종로 통을 지나올 때 군중이 퍼붓던 야유 소리도 귀에 쟁쟁했다.

 여기저기서 곤히 잠든 듯 숨소리가 들려오기 시작했다. 아, 얼마나 평안한 숨결인가. 복도 양쪽 끝에 걸려 있는 등불만 희미하게 비칠 뿐 옥방은 캄캄하기 그지없었다. 겨울의 흰 눈이 온갖 추한 사물까지도 덮어버리듯 어둠의 장막은 이 좁고 더러운 공간에도 평화로운 안식을 가져다주었다.

 갑자기 옆방에서 여자의 노랫소리가 들려왔다. 너무 뜻밖의 일이라 김효임은 두 귀를 쫑긋하여 그 소리를 들었다. 노래하는 여자의 맑은 목소리는 구성진 가락으로 듣는 사람의 가슴을 축축이 적시는 호소력이 있었다.

> 송백수 푸른 가지 높다랗게 그네 매고
>
> 녹의홍상綠衣紅裳 미인들은 오락가락 추천鞦韆을 타는데
>
> 우리 임은 어디 가서 날 찾을 줄 왜 모르나
>
> 용천대검 비수로도 우리 사랑 못 베리라.
>
> 삼신산 불로초로 미음을 쑨다 해도
>
> 이내 병은 못 고치니 소생하기 만무로다.
>
> 임 그리워 병든 몸이 약을 쓴들 나을쏘냐.

"좋다! 잘 부른다!"
"천하 명창이 따로 없구나."
옥졸들이 흥을 돋우자 여자는 다음 노래를 부르기 시작했다.

모란꽃이 피거들랑 다시 오려마 다시 오렴.
연지 곤지 단장하고 다시 오려마 다시 오렴.
초가삼간 집일망정 금실 좋으면 그만이지.
호강 없이 살지라도 마음만은 너를 주마.
모란 비람 고이 피헤 다시 오려마 다시 오렴.
족두리를 고이 쓰고 다시 오려마 다시 오렴.
소금 반찬 밥일망정 맘 맞으면 그만이지.
백년해로 살지라도 사랑만은 너를 주마.

"아무렴, 그렇고말고."
"계속 불러라."
여자의 노랫소리는 다시 이어졌다. 옥졸 한 명은 나무토막으로 장단까지 치고 있었다. 노래에 취한 것은 아니었지만, 김효임은 좀처럼 잠을 이룰 수가 없었다. 곁에 누운 김효주도 몸을 뒤척이는 것이 잠이 안 오는 모양이었다. 그때 두어 사람 건너에 있는 여자가 말했다.

"잠들이 안 올 것이오. 나도 처음에는 그랬으니까. 노래 부르는 저 여자, 간부姦夫와 짜고 서방에게 비상을 먹여 독살했답니다."

김효임은 흠칫 놀랐다. 저렇듯 아름다운 목소리를 지닌 여자가 남편을 독살하다니.

"아가씨들도 내일 아침이면 보게 되겠지만 인물은 얌전하게 생겼다우. 설마 사람을, 그것도 서방을 죽일 여자 같지가 않아요."

"……."

"남녀의 정이라는 것이 무엇인지 정욕에 한 번 빠지면 눈이 머나 보오."

김효인은 한마디 대꾸도 못 했다. 그런 이야기는 어렴풋이 짐작이나 할 뿐 그녀로선 도무지 공감할 수 없는 일이었다.

김효주가 자꾸 긁적거렸다. 김효임도 온몸에 뭔가 굼실거리는 것 같아 속바지에 손을 넣어 더듬적거리다가 보리알만 한 이를 잡고 소스라쳐서 일어나 앉았다. 김효주도 기다렸다는 듯이 뒤따라 일어났다.

"이제부터 시작이오. 새물내 맡고 이 방에 있는 이들이 전부 두 사람에게 덤빌걸."

그 여자는 낮게 킬킬 웃으며 말했다. 김효임은 기가 막혔다. 그녀는 엄지와 집게로 이 한 마리를 들고 앉아서 어쩔 줄을 몰랐다. 바닥이 멍석이니 이를 죽일 방도가 없었다.

"손톱으로 그냥 터뜨려 죽이구려."

김효임은 저절로 한숨이 나왔다. 어느새 옆방의 여자 노랫소리는 멎었으나 두 자매는 이를 훑어내느라고 밤새도록 잠을 못 이루었다.

7

"문을 열어라!"

 밖에서 잠깐 덜그럭덜그럭하는 기척이 있더니 옥쇄장이 소리쳤다. 안에 있던 옥졸이 뛰어가서 안빗장을 빼자 옥문이 활짝 열렸다. 이미 옥방의 죄수들은 모두 일어나서 웅성거리고 있었다. 옥졸들이 열쇠를 받아 옥방마다 걸린 자물통을 열고 문고리를 벗겨버리자 죄수들이 우르르 쏟아져 나왔다. 병자들만 그대로 옥방에 남고 대부분이 앞마당으로 꾸역꾸역 나가기 시작했다. 다른 사람들에게 묻혀 밖으로 나간 김효임과 김효주는 온몸을 휩싸는 신선한 공기에 꽉 막혔던 숨통이 터지는 것만 같았다. 아침 공기가 이렇듯 달고 신선한지 전에는 미처 몰랐다.

 감옥 안마당이 온통 죄수들로 가득 찼다. 강도나 살인같이 중한 죄를 저지른 자들만 빼고 아침에는 전부 밖으로 나올 수 있었다. 여자 죄수들이 있는 쪽에는 경계선이 쳐져 있어 접근할 수 없었지만, 어느 한 모퉁이에서는 남녀가 서로 쳐다보며 큰소리로 대화할 만했다. 그래서 이 기회를 이용하여, 부부가 함께 잡혀 온 천주교 신자들이 서로 이야기를 나누는 광경을 여러 쌍 목격할 수 있었다. 몸이 잰 사람들은 먼저 우물가로 몰려가서 소세하느라고 법석을 떨었다. 두레박으로 물을 퍼 올리면 수십 명이 덤벼들기 때문에 얼굴에 물을 찍이 바르는 시늉만 하다가 그만이었다. 그래도 여자들에겐 시간을 넉넉하게 주지만, 남자들은 태반이 우물 근처에도 못 가보고 쫓겨나왔다. 아침 햇살이 활짝 퍼지는 이 시간이 감옥에서는 가장 활기차고 평화로운 풍경이 아닐까.

아침밥도 조밥 한 덩이와 무김치 한 쪽뿐이었다. 김효임과 김효주는 도무지 시장기가 느껴지지 않을뿐더러 입속이 깔깔하여 아침도 먹을 수 없었다.

빈 그릇들을 전부 내놓고 나서 아침기도를 하기 시작했다. 천주교인이 아닌 다른 옥방의 여자들은 밖으로 들락날락하며 흘깃흘깃 쳐다보거나 더러는 비웃음을 보냈다. 요즘 들어 감옥에도 신자들의 숫자가 크게 늘어났으니 망정이지, 전에 몇 명 되지 않았을 때는 기도한다고 구박도 참 많이 받았다고 한다.

한방의 교우들은 둘러앉아 이야기를 나누고 싶어 했다. 그러나 김효임과 김효주는 밤새도록 스멀거리는 이에 시달리느라 몹시 피곤했다. 눈치 빠른 무쇠막 할멈이 한쪽에서 잠을 보충하라고 권했으나, 그들은 잠이 올 것 같지도 않아서 벽에 기대어 눈만 감고 있었다.

한낮이 좀 기울었을 때 옥쇄장 두 명이 들어왔다. 그들은 세 사람을 불렀다. 이름이 불린 교우들은 한결같이 핼쑥한 얼굴로 공포에 떨었다. 무쇠막 할멈을 비롯하여 삼 년간 옥살이를 한 나이 든 교우들이 용기를 잃지 말라고 격려해 주었다. 옥쇄장들에게 등을 떠밀리면서 그들이 옥문 밖으로 사라지자 제일 나이 많은 김업이 막달레나가 중얼거렸다.

"젊은 아기 어멈들이라 이겨내기 어려울 게야. 어렵고말고……."

그 말에 옥방 안의 사람들은 모두 숙연한 표정을 지었다.

저녁때가 되어서야 밖으로 끌려 나갔던 여자들이 돌아왔다. 두 사람은 어기적대며 절뚝거리는 정도였으나, 한 사람은 축 늘어진 채로 옥쇄장들이 떠메다시피 데려왔다. 그 모습을 본 교우들이 일제히 일어나서 가슴에 성호를 그으며 경건한 자세로 맞아들였다. 다른 두 여자는 맞은편 배교자 옥방으로 들어갔는데, 그 방으로 들어가자마자 한 여자가 울음을 터뜨렸다. 그 울음소리에는 고문을 이기지 못하고 배교한 양심의 고통이 절절히 배어 있었다.

"김효임, 김효주!"

옥쇄장이 자기들 이름을 부르자 두 자매는 소스라치게 놀랐다.

"밖으로 나와!"

순간 김효임과 김효주는 눈앞이 아찔하고 무릎이 바르르 떨렸다. 교우들이 재빠르게 그들 곁으로 모여들어 속삭였다.

"천주님을 잊지 말아요."

"십자가에 매달리신 예수님의 수난을 생각하면 어떤 괴로움도 참을 수 있네."

"예수 마리아를 부르게."

"어서 나와라!"

옥쇄장의 독촉 소리에 김효임은 크게 한 번 숨을 내쉰 다음 침착한 태도로 옥방을 나섰다. 김효주도 뒤따랐다. 그들이 밖으로 나가자 한 교우가 머리를 갸우뚱했다.

"이제서 다 저녁에 따로 불러 가지? 내보내 주려나."

"그러게 말이야."

"저 아가씨들을 데려온 차복성이라는 그 지독한 놈이 어제는 점잖게 굴더라고. 뒤에서 누가 손을 쓰나 보구먼."

옥쇄장이 두 자매를 넘겨주자 형리 두 명은 한 명씩 뒷결박을 지워 옥사 정문으로 빠져나갔다. 저쪽으로 지나가던 사내 둘이 걸음을 우뚝 멈추고 빤히 쳐다봤다. 그들은 서로 몇 마디 나누고는 쭈르르 달려왔다. 포졸 넓죽이와 오목눈이였다.

"맞구나! 바로 그년이야."

넓죽이가 손가락질하면서 반색하듯 소리쳤다. 두 자매를 끌고 오던 형리들도 걸음을 멈추었다.

"요런 앙큼한 년! 천주학쟁이면서 우리에겐······."

"원수는 외나무다리에서 만난다더니 네 요년 잘 만났다."

그제야 김효임이 그들을 알아봤다.

"왜들 이러는가?"

형리 하나가 의아하여 묻자 넓죽이는 의기양양하게 떠들었다.

"말도 말게. 이년 때문에 우리가 당한 일을 생각하면 이가 갈리네."

"자네들 오늘 매질은 우리한테 맡기게. 분풀이를 해야겠어."

오목눈이도 무섭게 노려보며 씹어뱉었다.

"무슨 사연이 있는지는 모르지만 우선 비켜나게. 지금 포장 앞으로 데려가는 길이야."

"그래? 어쨌든 잘 걸려들었다."

"우리두 가보세."

악의에 찬 그들이 으르렁거리는 모습을 보고 당사자인 김효임보다 영문을 모르는 김효주가 더 겁을 먹었다.

그때 죄수들을 형문하는 방에서 포도대장 남헌교는 종사관 하영남과 술을 마시고 있었다. 남헌교가 오늘 남녀 합해 열 명을 문초하고 일어나려 할 때 하 종사관이 여자 둘만 더 문초하자고 건의하여 그냥 주저앉았던 것이다. 계속 연이은 심문에 목이 몹시 컬컬해진 그들은 찹쌀막걸리로 목축임을 했다. 하 종사관은 심복으로 여기는 신 포졸의 부탁을 받고 두 여자를 빨리 처리하여 석방할 작정이었다.

형리들에게 끌려 들어오는 두 자매를 보더니 포도대장도 종사관도 적이 놀라는 빛이었다. 음산한 실내가 금방 환해지는 듯싶었다. 어제 하 종사관은 마침 자리에 없어서 그들을 보지 못했다. 그들을 뒤따라 들어오는 사복 차림의 넓죽이와 오목눈이를 보고 하 종사관이 마뜩잖게 물었다.

"너희는 왜 여기에 들어오느냐?"

넓죽이가 능글스럽게 대답했다.

"이년들이 문초당하는 것을 보려굽쇼."

"뭐야?"

"지난달에 천주학 괴수들을 잡으러 손 포교님을 따라 광주 고을 앵자산에 갔을 때 바로 저년을 봤습니다요."

"그런데 어쨌다는 것이냐?"

"행색이 수상하여 우리가 몸 뒤짐을 하는데 마침 한량목이 나타났습지요."

"한량목?"

"저년이 천주학쟁이가 아니라고 잡아떼는 바람에 우리가 겁탈 누명을 뒤집어쓰고 묵사발이 되도록 맞았구먼요."

"한량목에게 말이냐?"

"아니요. 그자의 심복 노릇 하는 석팔이라는 놈에게요. 그놈 발에 짓밟혀서 지금도 날만 궂으려면 늑골이 욱신욱신합니다요."

"하하하……."

갑자기 남헌교가 너털웃음을 터뜨렸다.

"천주학쟁이를 잡으러 갔다가 뭇매를 맞았구나. 예끼, 못난 놈들 같으니. 포도청 밥을 먹는 놈들이 무뢰한에게 갈비뼈가 상하도록 맞고 다녀?"

"모두 저년의 초사招辭였습니다요."

"네놈들이 그 일로 원한이 깊은 모양인 것 같다만 여기서는 사사

로이 앙갚음을 못 한다."

"압니다."

"그럼 물러섰거라."

남헌교가 엉덩이를 얹은 승창을 바로 고쳐 앉으면서 문초를 시작할 태세로 무릎 꿇은 두 자매를 굽어봤다. 넓죽이가 떠벌리는 소리를 들으면서 한층 더 단단히 각오한 김효임은 떳떳하게 나가기로 결심했다.

"에헴, 먼저 성명부터 대어라."

"성은 김가이고 이름은 효임입니다."

"너는?"

김효주는 얼른 입을 못 열다가 작은 목소리로 이름을 댔다.

"큰소리로 대답해라."

옆에서 하 종사관이 윽박질렀다.

"너희는 이름을 하나씩 더 가지고 있지 않느냐?"

"그렇습니다."

"너희는 뭐라고 부르느냐?"

"저는 골롬바라 하고 동생은 아녜스입니다."

"하여튼 너희는 괴상한 족속이야. 성과 이름을 멀쩡하게 두고 왜 생뚱맞은 이름을 하나씩 또 갖느냐?"

김효임은 망설이다가 말했다.

"별도의 이름을 가졌다고 괴상하게 볼 수는 없을 줄 압니다. 선비들은 하나뿐이 아니라 두세 가지의 자字와 호號를 가지고 있으며, 절간 중들도 법명法名이 따로 있지 않습니까."

"뭐야……?"

남헌교는 말문이 막혀 우물쭈물하다가 탄식조로 내뱉었다.

"허, 고년. 대답하는 것을 보니 생긴 것과 다르게 당찬 년이로구먼."

하 종사관도 속으로 보통 계집이 아니라고 혀를 내둘렀다.

"그래, 나이는 몇 살이냐?"

"스물여섯입니다."

"가족들을 대라."

"부친은 안 계시고, 모친과 혼인한 오라버니와 아래로 여동생이 하나 더 있습니다."

"남편은?"

"없습니다."

"없다니? 죽었단 말이냐?"

"본래부터 없습니다."

"그럼 혼인하지 않았단 말이냐?"

"네."

"허! 또 가짜 유부녀가 들어왔구먼."

뒷전에 서 있는 포졸들이 수군거렸다.

"모를 것투성이가 너희 내막이기는 하다만, 처녀가 왜 시집을 안 가는지 도대체 모를 일이로다."

"……"

"어째서 그 나이가 되도록 시집을 안 갔는지 말해 봐라. 네 자색이 남들보다 뛰어난 것을 보니, 아직 네 눈에 차는 신랑감을 고르지 못한 것이 아니냐?"

"그건 아닙니다."

"그렇다면?"

"우리 천주교인은 몸과 마음의 깨끗한 동정이 천주님께 더 합당하고 완전한 지위라고 보기 때문입니다."

남헌교가 잠시 쳐다보고만 있다가 입을 열었다.

"그런 말은 너에게 처음 듣는 것 같구나. 너처럼 시집을 가지도 않고 머리를 얹은 계집들을 몇 명 겪어봤다만, 가난하여 혼인을 못했다는 둥 병이 있어 시집을 못 갔다는 둥 이런저런 핑계를 대며 숨기려고 하던데 너는 다르구나."

"잘못한 일도 아니요, 비겁한 일도 아니니 숨길 까닭이 없습니다."

"호오, 참으로 맹랑한 대답이로다!"

일고여덟 명의 포졸과 형리 들이 처음보다 조용한 자세로 지켜보고 있었다.

"너희가 받드는 천주는 꼭 혼인 안 한 몸을 바쳐야만 흡족하게 여기는가?"

"그렇지는 않습니다. 다만 일심으로 순결한 영혼을 드리는 것을 기뻐하시기 때문에 깨끗한 영혼을 지니기 위해 몸까지 온전히 보존하려는 것입니다."

"흥."

남헌교가 콧방귀를 뀌었다.

"사람들이 전부 너처럼 생각한다면 이 세상에 인종은 씨가 말라 버릴 것이 아니냐?"

"……."

"남녀가 결합하여 자식을 낳고 그 자식이 자라나 또 자식을 낳아야만 가통이 자자손손 이어진다. 또한 자손이 번성한 집안이 많을수록 나라도 융성하는 법이나. 그래서 혼인을 인륜대사人倫大事라고 말하는 것이다. 너희처럼 시집 장가 안 가는 백성들이 늘어나면, 어디 이 나라의 명맥인들 유지하겠느가."

이 대목에 이르면서 남헌교는 얼굴에 노기를 띠기 시작했다.

"우리 천주교가 모든 신도의 혼인을 막는 것은 아닙니다. 일부 희망자만 스스로 그렇게 할 따름입니다."

"하지만 너희 교가 그런 행위를 갸륵하게 보고 조장하는 것은 사실이 아니냐."

"……."

"이젠 너희와 입씨름하는 것도 신물이 날 지경이다. 왕명이 지엄하시니 잘못을 뉘우치고 배교하거라."

"그럴 수는 없습니다."

"임금의 명을 거역하겠다는 것인가?"

"천주님은 이 세상의 모든 인간 위에 계십니다. 임금님도 인간 가운데 한 분이십니다. 인간의 명을 따르고자 천주님의 큰 사랑을 배반할 수는 없습니다."

"저런 괘씸한 것……."

남헌교의 턱수염이 심하게 흔들렸다. 마침내 그의 분노가 폭발했다.

"사교를 버리지 않으면 국법으로 처형한다. 죽어도 좋다는 것이냐?"

"……."

"대답해라!"

"죽음을 각오하고 있습니다."

남헌교는 헛심이 빠지는 듯 혀를 차더니 한참을 무섭게 쏘아보다가 뇌까렸다.

"너희 족속은 말로써 다스릴 수 없다는 것을 경험으로 익히 알았노라. 하 종사관!"

"예."

"어떤 수단과 방법을 써서라도 이년들의 고집을 꺾어놓게."

"알겠습니다."

"보아하니 저년들을 섣불리 다뤄서는 안 될 게야."

"염려 마시고, 오늘은 과로하셨으니 이만 퇴청하시지요."

남헌교는 승창에서 무겁게 몸을 일으키고 이번에는 연민이 약간 섞인 눈빛으로 두 자매를 내려다봤다.

"순순히 말을 들으면 저희도 좋고 나도 편하련만……. 에잇."

남헌교는 손에 든 등채로 허공을 갈기며 화난 걸음으로 뚜벅뚜벅 나갔다. 문밖까지 나가서 인사하고 돌아온 하 종사관은 다짜고짜 구석에 치워둔 목판 앞으로 달려들었다. 그는 한 번 시작하면 만취가 되도록 마셔야만 직성이 풀리는 사내였다. 그는 술병이 금방 비자 부하들에게 소리쳤다.

"어느 놈이 가서 술을 더 받아 오너라."

형리 하나가 얼른 밖으로 나가려 하자 하 종사관은 한마디 덧붙였다.

"너희도 하루 종일 매질하느라 지쳤을 테니 술을 넉넉히 가져와."

그자가 싱긋 웃고 나갔다.

"야, 이놈 넓죽아."

"왜 그러십니까?"

"저년을 네놈에게 맡기랴?"

"엉덩이 까놓고 거기다가 곤장 몇 대 안기고 싶습니다요."

"망할 자식 같으니."

"종사관님은 아무것도 몰라서 그렇게 말씀하시지, 저년 때문에 우리가 어떻게 당했는지 보셨다면 소인들의 심정을 이해하실 것이구먼요."

오목눈이도 거들고 나섰다.

"날마다 계속되는 형문에 우리 아이들도 진저리가 나는 모양이니 오늘은 네놈들에게 맡기마."

"흐흐……, 오랜만에 신명 한번 떨게 됐네."

넓죽이가 단짝 오목눈이의 어깨를 툭 치며 좋아했다.

밖에 나갔던 형리 팔봉이 포도청 옆 주점에서 일하는 중노미에게 커다란 술 목판을 들려 가지고 들어왔다. 목판에는 모주가 담긴 술

방구리 둘에 안주로 돝고기와 나물 두어 가지가 놓여 있었다. 그들은 곧 술판을 벌였다. 호랑이 없는 골에 토끼가 왕이더라고, 포도대장이 퇴청했으니 이제 종사관 하영남이 포도청 안에서 제일 어른이었다. 동료 종사관이 두 명 더 있긴 했으나 포도대장의 심복 노릇 하는 그가 득세하는 것은 당연한 일일 것이다.

"웬 술이 이렇게 독하냐?"

술잔을 입에서 떼면서 하 종사관이 얼굴을 찌푸리자 술심부름한 팔봉이 대답했다.

"특별히 모주로 가져왔습니다."

"이놈들이……. 취하면 어쩌려고……."

"취하지 않는 것이 술인가요?"

"너희는 퇴청하거라. 오늘은 저놈들이 대신 곤장을 잡겠다니까 일찍들 들어가서 쉬어."

"거참 듣던 중 반가운 소리입니다."

왕방울 눈에 코가 뭉툭한 형리가 제꺽 일어서자 하 종사관이 핀잔했다.

"염태근 네놈은 남아야지. 매질이 서투른 이놈들에게만 맡길 수 있느냐."

"너무 우리를 무시하지 마십시오. 우리도 주장질에는 도가 텄습니다."

"이놈아, 갖바치 앞에서 가죽 이야기 하지 말아라."

하 종사관이 넓죽이에게 통박을 주자 여러 형리들이 낄낄거렸다.

그들이야말로 매질에는 도통한 집장사령들이었다.

창문으로 저녁노을이 비쳐들었다. 염태근과 팔봉만 남고 다른 형리들은 모두 돌아갔다. 하 종사관은 등불을 켜게 한 후 포도대장이 앉았던 승창을 차지했다. 김효임과 김효주는 그들이 술판을 벌이는 내내 기도를 올리고 있었다.

"어험!"

하 종사관의 헛기침 소리에 두 자매는 눈을 떴다. 그들은 기도로 모든 불안과 공포심을 쫓아내어 얄미울 정도로 태연해졌다. 술기운으로 눈자위가 벌게진 하 종사관이 위엄을 세우듯 허리를 쭉 편 채 눈을 부릅뜨고 말했다.

"아까 포장 앞에서 죽음을 각오했노라고 말했겠다. 그러나 죽기보다 더 어려운 일이 있다. 매에는 장사 없다는 말을 들어봤느냐?"

두 자매는 눈을 내리깔고 아무 말이 없었다.

"나도 자색 고운 그 몸에다 매질하기가 내키지 않아. 골병이 들고 난 후에 자복하지 말고 순순히 말을 들어라."

"……"

"사교에서 모시는 신주 이름이 예수라고? 그 예수를 다시는 안 믿겠다고 한마디만 대답해라."

"……"

"어서!"

"……"

"역시 말로는 안 되겠구나. 얘들아!"

"예."

"저년들에게 주리 맛을 보여라."

팔봉이 지체 없이 구석에 있는 새끼손가락 굵기의 밧줄을 가져왔다. 염태근은 김효임의 몸을 뒤로 벌렁 젖히더니 치마와 속바지를 걷어 올렸다. 흰 살결의 종아리가 드러났다. 두 팔을 뒤로 묶인 김효임은 반항할 수도 없거니와 반항하려고 하지도 않았다. 염태근은 익숙한 솜씨로 두 발목과 두 무릎을 묶었다. 옆에서 팔봉도 그렇게 김효주를 묶었다. 그리고 나서 팔봉은 주릿대 두 개를 가져다가 염태근과 하나씩 나누어 들고 먼저 김효임의 정강이 사이에 쑤셔 넣었다. 그들은 양쪽에 서서 주릿대를 엇갈리게 넣고 서서히 앞으로 당겼다. 그것은 가새주리라는 고문이었다. 김효임의 종아리는 차츰 밖으로 벌어지면서 점점 활처럼 휘어지기 시작했다. 십여 차례 계속 주리를 틀 즈음 하 종사관이 벌떡 일어서며 소리쳤다.

"그만!"

형리들은 주리질을 중단했다. 김효임이 머리를 축 늘어뜨리고 숨을 할딱였다. 넓죽이와 오목눈이는 팔짱을 끼고 서서 무표정하게 쳐다봤다.

"어떠냐? 그래도 고집을 부리겠느냐?"

김효임은 아무 소리도 귀에 들어오지 않는 듯 그냥 숨만 할딱거렸다.

"다음에는 동생 년을 주리 틀어라."

형리들은 주릿대를 빼더니 이번에는 김효주의 정강이 사이에 넣었다. 김효임과 똑같은 방법으로 주리질을 당하면서 말이 적은 김효주도 몸서리치는 비명 소리를 내질렀다. 갑자기 김효주의 비명이 뚝 끊겼다. 염태근이 씩 웃으며 씨부렁거렸다.

"역시 형만 한 아우가 없구먼."

"기절했느냐?"

"그렇습니다."

"독한 년들……."

하 종사관은 숨이 한껏 올라 시뻘게진 눈으로 두 자매를 내려다봤다. 젊은 처녀들의 하얀 종아리가 그에게 동물성을 불러일으켰다.

"큰 년부터 학춤을 추게 하여라."

"학춤이요?"

"그래."

하 종사관이 퉁명스럽게 내뱉는 소리를 듣고 염태근이 입가에 묘한 미소를 머금었다.

"벗길까요?"

"학이 잘 날게 하자면 거추장스러운 것이 없어야지."

염태근이 달려들어 김효임을 일으켜 앉히고 저고리를 벗겼다. 김효임이 깜짝 놀라 머리를 내두르며 반항하자 팔봉이 재빨리 그녀의 뒤로 가서 양쪽 귀를 꽉 잡으며 꼼짝 못하게 했다. 아무리 김효임이 몸부림쳐도 소용없었다. 염태근이 김효임의 허벅지를 타고 앉아 첫날밤 신랑처럼 느긋한 손길로 저고리를 벗길 때는, 넓죽이와 오목눈이도 침을 꿀꺽 삼키면서 욕정이 번들거리는 눈길로 긴장하고 있었다. 사내의 거친 손이 속적삼마저 벗기기 시작하자 김효임은 그제야 입술을 꼭 깨물며 체념했다. 그녀의 두 눈에 눈물이 솟구치며 볼을 타고 주르르 흘러내렸다.

"겉볼안이라더니 그년 얼굴 못지않게 속살도 박꽃처럼 희구먼."

하 종사관이 한마디 뇌까리고 나서 소리쳤다.

"무엇들 하느냐? 어서 매달아라!"

염태근이 뒷결박을 지어놓은 손목의 포승줄을 풀더니 저고리를 아주 벗겨 바닥에 팽개친 다음, 팔봉과 함께 양쪽에서 겨드랑이를 끼고 김효임을 뒤쪽으로 옮겨 갔다. 거기에는 편자를 박을 때 소를 묶어두려고 설치한 것같이 기둥이 두 개 세워져 있었다. 그리고 양 기둥 위에 또 다른 기둥을 하나 가로 걸쳐놓았다. 염태근과 팔봉은 다시 김효임의 손목을 뒤로 묶더니, 이번에는 무릎과 발목을 맸던 밧줄을 풀어버렸다. 그런 다음 긴 상자를 가져다 놓고 둘이 함께 올라서서 김효임의 묶인 팔목을 가로 걸친 기둥에 잡아맸다. 그러는 동안 우악스러운 손으로 김효임의 가녀린 몸을 사정없이 주물렀다. 김효임을 다 묶고 난 염태근과 팔봉은 상자를 치워버렸다.

두 팔을 뒤로 묶인 김효임의 몸뚱이가 허공에 떴는데 흡사 새가 날아가는 형상이었다. 그래서 이 고문을 학춤이라고 불렀다. 완전히 야수로 변신한 사내들이 허공에 매달려 있는 처녀의 나신裸身을 탐욕스럽게 바라보며 킬킬거렸다. 두 눈을 감은 김효임은 어깨뼈가 우두둑거리는 소리를 들었다. 견딜 수 없는 고통이 점점 가중되어 왔다. 밑으로 자꾸 처지는 자신의 몸무게를 덜려고 자연히 버둥거리며 온 힘을 어깨로 집중했다. 눈앞이 가물거린다. 점점 캄캄해진다. 의식이 몽롱해져 온다. 그때 밑에서 누군가 엉덩이를 떠받쳐 주었다. 그렇게 대여섯 번을 계속 반복하고 있을 때 의식을 되찾은 김효주가 그 광경을 보고 가슴이 찢어지는 소리로 울부짖었다.

"언니!"

사내들이 깜짝 놀라며 뒤돌아봤다.

"너도 이 꼴을 당하기 전에 예수를 안 믿는다고 말하거라."

"스흐흐……."

김효주는 바닥에 쓰러져서 이마를 짓찧으며 통곡했다.

"주여……."

이빨을 악물고 고통을 견디던 김효임의 몸뚱이가 축 늘어졌다. 형리가 계속 고문당하는 자를 지켜보다가 한계점에 다다르면 그의 몸을 받쳐주게 되어 있었으나 그 순간을 놓쳐버렸던 것이다.

"이놈들아, 정신을 어디에 두고 있는 거야?"

하 종사관이 버럭 소리를 질렀다. 염태근과 팔봉이 서둘러 풀어 내리고는 김효임을 바닥에 눕혔으나 송장이나 다름없었다. 하 종사관이 분통을 터뜨렸다. 그는 발을 번쩍 들어 염태근의 복부를 내질렀다.

"어이쿠!"

염태근이 두 손으로 배를 끌어안고 그 자리에 꿇어앉아 몸을 뒤틀자, 하 종사관은 이번에는 팔봉에게 달려들었다.

"너도 이리 와, 이놈아!"

겁을 잔뜩 집어먹은 팔봉은 이리저리 몸을 피하다가 머리통을 두 팔로 감싸 쥐며 주저앉았다. 하 종사관의 발이 팔봉의 등짝을 사정없이 짓밟았다.

"종사관 나리, 왜 이러십니까?"

넓죽이가 당황하여 만류하자 그제야 발길질을 멈췄는데, 하 종사관은 격투를 벌인 놈처럼 어깨까지 들먹이며 씨근덕거렸다. 술 마신 주사가 이제 발동하는 것이었다.

"저고리를 갖다가 덮어주어라."

광인간이 시뻘건 눈깔에도 젖가슴을 드러낸 채 누워 있는 긴효인의 모습이 거슬렸던 모양이다.

"네놈들은 없어져!"

염태근과 팔봉은 눈치를 보며 우물쭈물하다가 슬슬 물러갔다.

"이놈들아, 빨리 사라지거라!"

하 종사관의 두 번째 고함이 무슨 신호이기라도 한 듯 그들은 꽁지 빠지게 뛰어나갔다. 그들은 하 종사관의 고약한 술버릇을 잘 아는 터라 얼른 달아났던 것이다.

"남은 술을 가져오너라."

"하 종사관님, 과음하시면 안 됩니다."

"어서 가져오래도!"

"지금도 술이 과하셨구먼요."

"이놈이 감히 누구에게……."

하 종사관이 눈을 부릅뜨고 넓죽이를 노려보자 오목눈이가 술방구리 하나와 나물 접시가 놓인 목판을 들고 왔다. 술은 서너 잔 정도 남아 있었다. 오목눈이가 따라주는 술잔을 단숨에 비운 하 종사관은 손으로 나물을 집어 입에 처넣더니 우적우적 씹었다.

"모주라 독한데……."

"이놈이 그래도?"

"아, 아닙니다요."

넓죽이는 한 발 물러서며 뒤통수를 만졌다.

하 종사관이 술방구리를 깨끗이 바닥냈을 때 김효임이 입에서 신음 소리가 새어 나왔다.

"깨어나는 것 같구먼요."

"어깨를 주물러주어라."

"어깨를 주무르라굽쇼?"

"뼈가 탈골됐을지도 몰라."

포졸 두 녀석은 서로 시선을 마주쳤다.

"네가 만져주어."

오목눈이는 픽 웃더니 반듯하게 누워 있는 김효임의 머리맡에 가서 주저앉았다. 저고리로 젖가슴은 가렸으나 무처럼 희고 싱싱한 팔과 동그스름한 어깨는 너무 자극적이었다. 하 종사관의 입가에 야릇한 웃음이 감돌았다.

"어떠냐? 네 여편네 몸뚱이에 비해……."

"꿈꾸고 있는 기분이구먼요."

"<u>호호</u>……."

"저도 한번 주물러줄까요?"

"듣기 싫다, 이놈. 솥뚜껑 같은 네 손으로 아주 주물러 터뜨리려고?"

"이런 때가 아니면 언제 저런 계집의 몸을 만져봅니까?"

"아서라, 보는 재미가 더 좋은 법이야."

"에이."

그때 김효임이 눈을 떴다. 얼핏 꿈으로 착각한 듯 그녀는 두 눈을 깜빡거리다가 사내들의 모습이 확연해지자 몸을 부르르 떨며 다시 눈을 감았다. 그리고 자기 어깨를 주무르는 사내의 손을 의식하면서도 잠자코 그냥 두었다. 하 종사관은 김효주에게 다가갔다. 효주는 바닥에 이마를 박고 엎드린 채 웅얼웅얼 기도하고 있었다. 등불 아래에서 뒤로 치켜 올라간 처녀의 두드러진 엉덩이를 내려다보는 하 종사관의 눈이 동물적인 욕정으로 이글거렸다. 그사이 넓죽이는 잽싸게 저고리를 치우고 김효임의 젖가슴을 더듬었다. 오목눈이가 주먹으로 머리통을 쥐어박았으나 넓죽이는 죽자 사자 떨어질 줄을 몰랐다. 그러다가 별안간 상투 끝을 잡힌 넓죽이가 아픈 소리를 내지르면서 뒤로 벌러덩 나자빠졌.

"이 짐승만도 못한 놈 같으니……."

하 종사관이 발을 번쩍 치켜드는 것을 보고 넓죽이는 데구르르 두어 바퀴 돌더니 벌떡 일어나 도망쳤다.

"그만 저고리를 입혀라."

오목눈이가 상체를 일으켜 앉히고 저고리를 안겨준 뒤에 물러섰다. 김효임은 무의식적으로 가슴을 가리면서 몽롱한 눈을 들어 사내들을 올려다봤다.

"어서 입어!"

하 종사관과 오목눈이가 김효주 쪽으로 가면서 자리를 비켜주자 김효임은 그제야 저고리를 입으려고 몸을 움직였다. 그러나 그녀는 짧은 신음 소리와 함께 잠깐 멈췄다. 어깻숙지가 너무 아파서 팔을 들 수가 없었던 것이다. 그녀는 극심한 통증으로 오만상을 찌푸리면서 천천히 속적삼부터 팔에 꿰기 시작했다.

"하 종사관님, 용서하십시오. 소인이 잠시 여자에 환장했나 봅니다요."

넓죽이가 손바닥을 비벼대며 능글맞게 웃었다.

"꼭 암내 맡은 수캐처럼 저놈이……."

"히히……, 그렇게라도 못 해보면 평생 후회할 것 같았구먼요."

"우라질 자식 같으니."

하 종사관이 피식 웃었다.

"동생 년에겐 아무 짓도 안 할 것입니까?"

김효주는 모로 쓰러져서 숨을 죽이고 있었다.

"손발을 풀어주어라."

"포승줄을 풀라굽쇼?"

"그래."

이번에는 제 차례라는 듯 넓죽이가 재빨리 김효주에게 달려들어 뒷결박한 손목부터 풀기 시작했다.

"너는 저년을 이리 데려오거라."

오목눈이가 저고리를 입고 탈진해 앉아 있는 김효임에게 다가갔다.

"일어나거라."

오목눈이가 턱짓으로 명령하자 김효임이 가까스로 몸을 움직여 일어서다가 휘청 균형을 잃었다. 오목눈이가 얼른 붙잡아 주었으나, 김효임은 가볍게 뿌리치고 동생이 있는 쪽으로 느릿느릿 걸었다. 결박이 풀린 몸으로 앉아 있던 김효주가 언니에게 달려들었다. 두 자매는 서로 부둥켜안고 흐느껴 울었다.

"이년들아, 그러게 진작 종사관 나리의 말씀을 들었어야지."

넓죽이가 제법 위엄을 갖춘 상관으로 호통 쳤다.

"무릎을 꿇려라!"

하 종사관의 목소리가 냉엄했다. 넓죽이와 오목눈이가 달려들어 두 자매를 떼어놓으며 강제로 꿇려 앉혔다. 그들은 흐느낌을 멈추지 못하고 팔소매로 눈물을 닦아냈다.

"울지만 말고 내 말을 듣거라. 그래, 주리질을 당해 보니까 어떻더냐?"

김효임은 차츰 냉정을 되찾았다.

"네 동생도 벗겨서 학춤을 추게 하려다가 보류했다. 네게 달렸어. 그래도 예수인지 괴수인지를 계속 믿겠다고 고집하겠느냐?"

"……."

"어서 대답해라!"

"……."

"울화를 돋우지 말고 대답해!"

"이 몸이 천 갈래로 찢어질지언정 우리 주님을 배주할 수는 없나이다."

"허엇……?"

넓죽이와 오목눈이도 어이없다는 듯 입을 쩍 벌렸다. 하 종사관은 입술을 일그러뜨리면서 잔인한 미소를 짓다가 악의에 가득 찬 소리로 뇌까렸다.

"오냐, 네년 몸뚱이가 그렇게 하찮은 것이라면 매질은 더 이상 하지 않겠다."

이어서 넓죽이와 오목눈이에게 명령했다.

"이년들을 하나씩 부축하고 가거라."

"어디로 말입니까?"

"옥으로 데려갈 게야."

넓죽이와 오목눈이는 약간 어리둥절하더니 얼른 두 자매를 일으켜 세워서 하나씩 팔짱을 꼈다. 하 종사관이 등불을 들고 앞장섰다.

문지기 옥졸들이 다소 놀란 눈으로 일행을 맞았다.

"어서 문을 열어라."

그들은 하 종사관의 명령에 황급히 육중한 대문을 열어주었다. 안에서 당직을 서던 옥쇄장들도 어리둥절한 표정으로 쳐다봤다. 이 밤에 난데없이 포졸들이 여자 죄수를 하나씩 끼고 옥사로 들어왔기 때문이다.

"이 사람들아, 왜 그런 눈으로 쳐다보는가? 여기는 우리가 못 들어올 곳인가?"

"무슨 일이야?"

옥쇄장 하나가 속삭이듯 넓죽이에게 물었다. 다른 옥쇄장이 열쇠를 꺼내 들고 하 종사관을 따라갔다.

그들은 맨 구석에 자리 잡은 흉악범들만 가둔 옥방으로 갔다. 밖에서 자물통을 열고 안으로 들어가자 그곳에 있던 옥졸 두 명도 눈을 휘둥그렇게 뜨고 사뭇 놀랐다. 이미 잠자리에 든 옥방 죄수들이 한둘 일어나 앉으면서 무슨 일인가 하고 내다보다가 숫제 눈알이 뒤집히는 시늉들이었다. 등불에 비치는 새파랗게 젊은 여자들을 보고 그들은 이가 득실거리는 이불 속에서 비몽사몽 꿈꾸는 얼굴로 몽롱해져 있었다.

"이년들의 옷을 전부 벗겨라!"

하 종사관이 냉엄하게 명령하자 일제히 경직된 몸으로 그의 얼굴을 쳐다봤다. 그때 오장육부를 찢고 나오는 여자의 절규가 모든 사람의 귀청을 때렸다.

"나리! 너무하십니다······."

김효임은 외마디를 외치고 고개를 푹 떨구었다. 김효주는 아예 새파랗게 질려서 벌써 반은 정신이 나가 있었다.

"이놈들아, 어서 벗기란 말이야!"

이번에는 넓죽이와 오목눈이도 부들부들 떨리는 손으로 여자들의 옷고름을 풀고 저고리를 벗기기 시작했다. 수십 개의 죄수들 눈동자가 통나무 창살 사이로 그 광경을 지켜보고 있었다. 처녀들의 아름다운 상체가 알몸으로 드러났다.

"아랫도리도 벗겨라!"

여기저기서 긴장했던 숨통이 터지는 호흡 소리가 들렸다. 김효임은 여전히 죽은 듯이 서 있었으나 김효주는 치마를 벗길 때부터 몸을 뒤틀며 저항하기 시작했다. 넓숙이가 우악스럽게 한 발로 허리를 끌어안은 채 다른 한 손으로는 속바지까지 능숙하게 벗겨 내렸다. 그사이 옥쇄장은 옥문을 열어놓았다. 포졸 두 녀석이 처녀들의 알몸뚱이를 번쩍 안아서 옥방 안으로 디밀었다. 토굴 속의 짐승들처럼 눈알을 번뜩이며 앉아 있는 죄수들에게 야릇한 웃음을 보이면서 하 종사관이 말했다.

"그 계집들은 한 번도 남자 품에 들어가 본 일이 없는 년들이다. 그 안에서 일 년 열두 달 비역질과 용두질로 색정을 달래는 너희가 가긍해서 특별히 하사하는 것이니, 구워 먹든 삶아 먹든 마음대로 하거라."

풀어진 머리며, 땟국 밴 얼굴이며, 시커먼 주제꼴이며, 꿈에 보일까 무서운 흉악범들의 눈이 차츰 야수적인 본성으로 번들거리기 시작했다. 그때 한 사람이 벌떡 일어나더니 자기가 덮고 자던 누더기 이불로 여자들의 몸을 가려주었다.

"한 놈씩 달려들어 일을 벌여라."

하 종사관의 입에서 그런 말이 나오자, 이불로 두 자매의 알몸을 가려주던 자가 경멸이 가득 찬 눈으로 쏘아붙였다.

"종사관 나리는 울안에다 흘레붙여 놓은 돼지들을 구경하려고 거기에 서 계십니까?"

"네놈들이야 돼지만도 못한 놈들이지."

"계집을 둘씩이나 넣어주셔서 고마운 마음은 하해와 같습니다만, 그래도 인두겁을 쓰고서야 어찌 중인환시衆人環視 중에 일을 치르겠소."

"괜찮다. 색정에 굶주린 놈들이 체면을 찾게 됐느냐."

"종사관 나리는 별난 취미를 가졌나 봅니다그려."

"네놈들이 계집을 놓고 다투다가 살인이라도 낼까 봐 그런다."

"그런 염려는 안 하셔도 됩니다."

"도척이보다 더 흉포한 놈들을 어떻게 믿느냐?"

"그럼 계집들을 데려가시든지……."

"흥, 배부른 흥정으로 나오는구나."

"아무리 죄를 짓고 이런 곳에 있을망정 최소한 사람대접은 해달라는 말씀이오."

"흐흐……, 네 말마따나 인두겁을 쓴 한 가닥 체면은 남았다는 것인가."

"그렇소."

하 종사관은 잠시 망설이다가 부하들을 전부 데리고 자리를 뜨면서 크게 한마디 덧붙였다.

"오냐, 내가 물러가 줄 것이니 계집들을 아주 요절내지는 말거라."

하 종사관은 자신의 예상이 빗나가자 뒷맛이 씁쓸한 낯짝으로 옥사를 나갔다. 굶주린 승냥이들이 먹이 싸움이라도 하듯 한바탕 소동을 벌일 줄 알았다가 도리어 망신만 당한 꼴이 됐다. 하 종사관에게 대거리를 한 사내가 허리에 양손을 짚고 서서 동료 죄수들을 무서운 눈으로 쏘아봤다.

"이 중에서 자기가 짐승이라고 생각하는 자가 먼저 여자들에게 덤벼라."

"……."

"역시 짐승은 한 마리도 없구나. 우리가 흉악범 소리를 듣고 있지만 짐승이 아닌 사람인 것만은 분명하다. 그러나 종사관이라는 놈은 우리를 짐승 취급하고 이런 일을 저질렀다."

"……."

"무슨 죄를 저질러서 이런 지경에 떨어졌는지 모르나, 우리가 이 가련한 여자들을 능욕한다면 스스로 짐승임을 인정하는 것과 같다."

좁은 옥방이 숨 막힐 듯한 긴장감으로 가득 찼다.

"옳은 말이야. 이 방에서 날마다 벼슬아치와 양반을 욕하고, 우리를 잡아 가둔 포도청 놈들을 원망하는 말들을 많이 해왔네. 법으로 다스린다는 놈들이 처녀들을 알몸으로 벗겨서 이런 곳에 처넣는 짓은 하늘도 용서치 않을 일이야."

제일 나이 많은 쉰 연배의 중늙은이였다. 그가 한 말은 모든 죄수들을 감동시켰다. 한 명이 겉저고리를 벗더니 여자들 쪽으로 던졌다.

"누가 바지 두 벌 껴입은 사람은 벗어 내놔. 여자들 몸을 가리게 해줘야 할 것이 아닌가."

그 말이 떨어지자 여기저기서 돌아앉아 옷을 벗는 죄수가 여럿이었다. 그동안 서 있던 자가 개중 가장 깨끗한 바지와 저고리를 두 벌 골라 여자들에게 던져주며 말했다.

"더럽긴 하지만 일단 몸을 가리시우."

누더기 이불로 코밑까지 가리고 눈만 내놓은 채 떨고 앉았던 김효임과 김효주 두 자매는 감격하여 그만 눈물을 흘렸다.

"옷 입을 동안 모두 돌아앉아 있으세."

서 있던 자가 다른 죄수들 틈에 끼여 앉으며 말했다. 죄수 하나가 김효임에게 무슨 죄로 감옥에 들어왔는지 물었다.

"우리는 천주교를 믿는 신자들입니다."

"그럼 천주학쟁이란 말이오?"

구석에 앉은 다른 죄수의 물음에 천천히 머리를 끄덕이는 김효임을, 옥방 안의 죄수들이 뜻밖이라는 표정으로 쳐다봤다.

"요즘 천주학 하는 사람들이 많이 잡혀 온다더니……."

"그런 것을 믿는다고 해서 젊은 여자들을 이토록 심하게 다루다니……. 죽일 놈들 같으니!"

"색시, 대관절 천주학이 무엇이오?"

"어차피 초저녁잠은 설쳤으니 그 이야기나 해보슈."

"하긴 그려. 쉽게 잠자기는 틀렸네."

"나도 궁금하더라고. 나라가 금하는 것을 왜들 그렇게 악착같이 믿으려는지 말이야."

여러 죄수들이 천주교를 두고 설왕설래 떠들다가 모두들 김효임에게 설명해 주길 바랐다. 김효임은 조용히 눈을 감고, 세상에서 버림받은 사람들에게 하느님의 사랑을 전하여 영혼을 구원할 수 있는 능력을 달라고 기도했다. 그리고 곧 그녀는 말문을 열기 시작했는데, 성령에 감화했음인가, 그녀의 목소리에 실려 나오는 성서 구절들은 옥방 사내들을 완전히 사로잡았다. 누구나 쉽게 알아들을 수 있도록 차분하고 또렷한 음성으로 읊어 나가는데, 어느 한 군데도 말문이 막히는 법 없이 청산유수처럼 유장차게 이어졌다.
　김효임이 천주교 교리를 설명하는 동안 먼동이 트고 날이 밝았다. 그들은 밤을 꼬박 새웠던 것이다.

8

 손 포교는 나흘이 지나서야 김효임이 포도청 감옥에 갇혀 있다는 것을 알게 됐다. 그는 용인 지방에 서양인이 숨어 있다는 풍문을 듣고 백수철, 진효중 두 부하와 함께 내려가서 젓갈 장수로 변장하여 이틀 동안 수소문하다가 허탕 치고 올라왔다. 포도청에 돌아온 백 포졸은 상당한 미인이 감옥에 갇혀 있다는 동료 포졸들의 이야기를 들었다. 과부 행세한 천주교인 처녀에 관해 떠들어대는 것을 듣고 그는 언뜻 짚이는 바가 있어 감옥으로 달려갔다. 그리고 친한 옥쇄장을 앞세우고 가서 여자들의 옥방을 들여다보다가 김효임의 모습을 발견하고는 맥이 탁 풀렸다. 살리뭇골 집 봉창으로 쪽지를 던져 넣어 박 상궁을 비롯한 전부를 도망치게 했던 장본인이 바로 백 포졸이었던 것이다.

손 포교의 명령으로 그 집을 감시하게 된 백 포졸은 어느 날 밤에 담장을 넘어 들어가서 침 발라 뚫은 문구멍으로 방 안을 엿봤다. 아름답기 그지없는 여인이 소녀들에게 자수 놓는 법을 일일이 가르쳐 주고 있었다. 그러기를 며칠이었다. 한번은 그녀가 소녀들에게 교리를 해설해 주는데, 차분한 목소리도 듣기 좋았지만 그 내용에 온몸이 전율하는 감동을 받았다. 백 포졸은 천주교가 세상 사람들이 말하듯 그런 사악한 집단이 아니라 참된 가르침을 주는 훌륭한 종교임을 깨달았다.

'나쁜 사술이면 저렇게 아름다운 여자가 아이들을 가르칠 까닭이 없지.'

백 포졸은 그렇게 생각했다. 그가 아무리 귀 털고 엿들어도 그 집에 사는 여자들의 입에서 지탄할 만한 말들은 한마디도 들을 수가 없었다. 그는 자신의 감시 임무에 회의를 품었고 직책에도 환멸을 느끼게 됐다. 그러다가 이튿날 그 집을 덮친다는 손 포교의 암시를 받고 그는 엉겁결에 일을 저지르고 말았다. 다른 사람은 몰라도 소녀들을 가르치는 그 여자만은 감옥에 처넣을 수 없다는 의리심이 발동하여 밤새 달아나게 했던 것이다. 그 일로 손 포교에게 따귀까지 맞았지만 그는 마음속으로 통쾌했다. 귀신같이 찍어내는 손 포교도 결국은 그에 대한 의심을 풀고 이젠 그 문제를 덮어버렸다. 그런데 바로 그 여자가 포도청 감옥에 갇혀 있지 않은가.

"뭐라고? 살리뭇골 그 여자가 틀림없느냐?"

백 포졸의 보고를 받고 손 포교도 깜짝 놀랐다. 그는 당장 감옥으로 달려가서 김효임을 불러냈다. 돼지우리 같은 옥방에서 나왔지만 김효임의 미모는 감춰지지 않았다. 그는 반말로 말했으나 목소리는 은근했다.

"지난달 앵자산 절간에 불공을 드리러 갔던 일이 있지?"

김효임은 낯모르는 남자에게 뜻밖의 질문을 받고 의아한 시선으로 쳐다봤다.

"나는 손 포교라는 사람이다. 그날 절에는 올라가지 않았지만 그 근처에 있었다."

그제야 김효임은 짐작이 간다는 표정이었다.

"한량목이라는 남자가 생각나느냐?"

"……?"

"새벽 일찍 동생과 절에서 달아났다고?"

김효임은 두 눈을 내리깔았다.

"그날 이후로 한량목은 너를 찾느라고 혈안이 되어 있다. 한양 장안을 반은 뒤졌을 게야."

"……."

"한량목에 대해 얼마나 알고 있는지는 모르나, 소문처럼 타락한 사람은 아니야. 서자로 태어난 탓에 울분을 터뜨릴 데가 없어 시정 잡배와 어울리며 주사청루(酒肆靑樓)에 몸을 던지고 지내지만 참으로 아까운 사람이지."

"……."

"하하……, 내가 쓸데없는 소리를 하고 있구먼. 아무튼 한량목이 오늘내일 너를 만나러 올 게야. 내가 너를 찾아준다고 약속했거든."

김효임은 시종일관 한마디도 입을 떼지 않았다. 다시 옥방으로 들어가는 그녀를 보면서 손 포교는 내심 탄복했다.

'한량목의 말처럼 보통 계집들과는 격이 다른 여자구먼. 그놈이 흠뻑 빠지게도 생겼어.'

김효임이 처음부터 입을 다물고 그의 앞에서 한마디도 말하지 않았으나, 손 포교는 그 용모와 시선만으로도 사람됨을 저울질할 수 있었다.

'그나저나 옥중에 있는 여자를 알려주고 기와집 달라는 말은 못하게 됐구먼.'

이튿날 아침 손 포교가 붓골로 갔을 때 석팔만 집에 있고 한량목은 보이지 않았다.

"어디 있어, 지금?"

"수진방골에서 잤을 것이오."

"아예 이 집에 채봉이를 들여앉히지 그래?"

"여자는 성화하지만 형님이 그럴 생각은 없나 봅니다."

"날마다 기생을 끼고 자면서 왜 천주학쟁이 여자는 몸이 달아 찾는 게야."

"그래, 어떤 단서라도 찾았소?"

"그 여자가 있는 곳을 알아냈어."

"예? 정말입니까?"

"한량목을 데리고 포도청으로 가세."

"포도청이요?"

"옥에 있네."

"아니……?"

정오가 가까운 시각이었다. 한량목은 자리에서 일어서고 김효임은 조용히 들어왔다. 방으로 들어온 김효임은 고개를 떨군 채 섰다. 상대를 쳐다볼 생각도 않는 그 도도한 태도에서 한량목은 한풀 꺾이지 않을 수 없었다. 그는 말머리를 찾지 못하고 주저주저하며 섰다가 입을 열었다.

"좌우간 앉아서 이야기합시다."

한량목이 먼저 삿자리 위에 앉았다.

그제야 김효임이 아미를 살포시 들어 사내를 쳐다봤다. 그러고는 다소곳이 머리를 숙여 인사했다. 얼굴이 많이 야위었으나 미인은 찌푸리는 모습조차 아름답게 보인다던가.

"앉으시오."

김효임은 그림자처럼 소리 없이 앉았다. 그녀는 두 무릎을 약간 비껴서 편한 자세로 앉았으나 예절 바른 맵시였다. 조금 헝클어진 머리털, 때가 묻은 저고리 동정, 심하게 구겨진 치마, 까칠한 손……. 한량목이 안타까운 눈으로 쳐다봤다.

"놀라지 말게. 그 여자는 과부가 아니라 숫처녀야."

손 포교가 일러준 말을 생각하자 한량목은 다시 가슴속에 일어나는 방망이질 소리를 들었다. 그는 참으로 알다가도 모를 일이 지금의 자기 행위라고 생각했다.

'왜 이렇게 말을 꺼내지 못하고 혼자 안절부절못할까.'

한량목은 간신히 용기를 냈다.

"나는 천주교에 대해 아는 것이 별로 없소이다. 시중에서 광범위하게 여론을 귀담아 들었는데 비난과 동정이 반반이었소. 글줄이나 읽는 샌님들은 사교라고 매도했으나, 밑바닥 백성들은 천주교인들을 잡아가며 못살게 구는 조정을 은근히 욕하고 있었소. 나는……후자의 편으로, 천주교가 나쁜 것을 가르치는 사교라고 생각하지 않소. 다른 사람들의 말을 듣고 이렇게 말하는 것이 아니라, 바로 그대가 신봉하는 종교이기 때문이오."

순간 김효임이 고개를 들고 한량목을 쳐다봤다. 그러나 그녀는 한량목의 뜨거운 시선에 압도되어 창황히 눈길을 피했다.

"그대가 살리뭇골을 떠나던 날, 내가 그 집에 갔소."

김효임은 놀란 듯 다시 쳐다봤다.

"함께 지내던 전 상궁들이 지금 형조 옥사에 갇혀 있고, 그 여자들은 스스로 사형되길 바란다는 것도 알고 있소. 나는 도무지 이해할 수가 없구려. 천주교를 진실하게 믿으려는 마음은 알듯도 하지만, 그렇다고 죽음을 자청하다니……."

"……."

"사람의 목숨은 둘도 셋도 아니고 단 하나뿐이오. 이 세상에 태어나서 잠깐 살다가 죽으면 한 줌 흙으로 돌아가고 마는 것. 어찌 그런 귀중한 목숨을 함부로 버리려드는 것이오? 설마하니 그대도 그 상궁들처럼 생각하고 있는 것은 아니겠지요?"

"……."

"내일이라도 그대가 석방되도록 내가 주선하겠소."

침묵이 흘렀다. 김효임은 답답한 심정이었다. 무슨 말로 설명해야 이 사내가 알아듣겠는가. 하느님을 모르는 사람에겐 어떤 말이든 쉽게 무너뜨릴 수 없는 벽과 같음을 그녀는 잘 알고 있었다. 엊그제 흉악범들이 갇힌 옥방에서 김효임은 밤을 꼬박 지새우며 교리를 설명했다. 그녀의 이야기를 경청하던 죄수들 중 하느님의 존재를 인정하고 천주교를 믿겠다고 선언한 사람은 단 두 명뿐이었다. 그들은 모두 사형수였다. 특히 누구보다 앞장서서 김효임 자매의 몸을 지켜주었던 모욱종이라는 죄수는 눈물까지 흘리면서 하느님 앞에 회개하고 천국으로 이끌어달라고 기도했다. 그러나 지옥 같은 처지에 빠져 있으면서도 사형수가 아닌 다른 여덟 명은 끝내 마음의 문을 열지 못하고 하느님의 품으로 돌아오기를 주저했다. 하물며 고관대작의 아들로서 향락 속에 살아왔다는, 이 잘생긴 사내가 어찌 하느님의 사랑을 깨달을 수 있으리오.

"한마디라도 좋으니 입을 좀 열어보시오."

침묵을 견디다 못한 한량목이 애걸했다. 얼핏 한량목과 눈을 마주친 김효임은 쫓기는 심정으로 외면했다. 그녀는 예의를 갖추어 한량목을 대하고 싶었다.

"방금 제 석방을 주선해 주시겠다고 하신 말씀은 고맙기 그지없지만 헛수고가 될 것이니 그만두십시오."

"헛수고라니요? 그 정도는 내가 충분히 감당할 수 있는 일이외다."

"옥은 죄인이 갇히는 곳입니다. 저는 나라 법을 어겨서 여기로 잡혀 왔습니다. 나라 법으로 풀어준다면 모를까, 어느 한 분의 힘으로 석방되는 것을 원하지 않습니다."

"아니, 그게 무슨 말이오? 어떤 방법을 쓰건 우선 풀려나고 봐야 할 것이 아니겠소?"

"저도 한마디만 하면 여기서 나갈 수 있습니다. 그건 어려운 문제가 아닙니다."

"그럼 무엇이 어려운 문제라는 것이오?"

"나라가 우리 천주교를 인정하는 일이지요."

"응……?"

"배교하라는 조건이 붙기 때문에 많은 신자들이 옥에서 못 나가고 있습니다."

"그럼 배교하면 될 것이 아니오?"

"예……?"

"하하……, 내 말은 겉으로 배교하는 척하라는 뜻이오."

"그럴 수는 없습니다."

"그럴 수 없다니? 심중에 진심만 간직하고 있으면 되잖소."

"거짓으로라도 천주님을 배반하는 말을 입에 올릴 수는 없습니다."

"어째서요?"

"그건 우리를 박해하는 사람들에게 항복하는 것이니까요. 박해

자들의 자만심을 더욱 길러주는 결과를 가져올 뿐입니다."

한량목은 대꾸할 말을 잃고 벙벙히 처다봤다. 김효임이 덧붙이듯 말했다.

"어리석은 주인에게 무턱대고 복종하는 종은 더 구박을 받게 마련이지요. 자기가 희생되더라도 바른 말로 주인을 깨우쳐주어야 다른 종들이 덜 학대받을 것입니다."

한량목은 너무 안이하게 생각했음을 깨달았다. 이 사람들은 단지 양심의 가책 때문에 배교하지 않는 것이 아니라 그들을 탄압하는 조정을 상대로 저항하고 있었다. 그것도 생명을 던지면서. 한량목은 등골이 오싹해지는 한기를 느꼈다.

9

"뭐라고? 한량목이 그년을 만나고 갔어? 천하 팔난봉 녀석이 장안의 기생들을 모조리 품에 안고도 시원찮아서 옥에 있는 년까지 눈독을 들이더란 말이냐."

옥쇄장 차복성에게 보고를 받은 종사관 하영남이 소리를 버럭 질렀다.

"그년이 언제부터 한량목과 아는 사이라던가?"

"제가 그걸 어떻게 압니까요?"

"진딧물 있는 곳에 개미 새끼 있다더니, 계집 있는 곳에 그놈이 있구먼."

하 종사관은 까닭 모를 질투심이 치솟는 한편으로 마음이 켕기었다. 김효임을 알몸으로 벗겨서 흉악범들의 옥방에 넣었던 일을 알게 되면 한량목이 가만히 있지 않을 것은 분명했다.

이튿날 오전, 김효임과 김효주는 다른 신자들 세 명과 함께 형조 감옥으로 이감됐다. 하 종사관이 전격적으로 조치했다. 화근 단지를 더 붙들고 있다가는 무슨 앙화를 당할지 몰라서 포도대장에게 상신上申하여 형조로 서둘러 쫓아 보냈던 것이다.

형조 감옥으로 들어서자 여러 교우들이 두 자매를 환영했다. 옥방 안으로 들어간 김효임은 박 상궁과 전 상궁을 끌어안고 해후상봉의 기쁨을 나누었다.

"너만은 남아 있길 바랐는데……."

박 상궁이 무거운 한숨으로 말끝을 흐렸다.

"우리 손녀딸은 포도청에서 어떻게 지내고 있소?"

백발의 허계임이 손녀딸 옥분의 안부를 물었다.

"우리 딸 아가타도 잘 있습니까?"

몸집이 작은 이광헌의 부인 권희도 애끓는 모정이 담긴 눈으로 쳐다봤다. 김효임이 여러 교우들에게 포도청 소식을 말해 주고 있는 동안, 한 처녀가 김효주 앞으로 다가오더니 조심스럽게 물었다.

"언니, 날 모르겠어요?"

"글쎄, 낯은 익은데……."

"나 귀임이에요. 원귀임. 용머리 아랫말에 살던……."

"어머!"

"이제 생각나요?"

"생각나고말고. 어렸을 때 네 모습이 그대로 남아 있구나."

두 처녀는 서로 손을 마주 잡고 반가워하며 놀라워했다.

"언제부터 천주님을 믿었지?"

"언니들은 언제부터 천주교인이 됐어요?"

모두들 두 처녀에게 시선을 집중하자 김효주가 언니 김효임에게 소개했다.

"용머리 아랫말에 원씨들 많이 살잖아. 거기에 살던 어릴 적 진구야."

김효임이 빤히 쳐다보다가 말했다.

"그럼 객지 나가서 아버지 잃고 돌아와 친척 집에 살던……."

"맞아요, 언니. 기억력이 참 좋네요."

"언니가 어떻게 그런 일까지 알지?"

"네가 우리 집에 귀임이를 두어 번 데려왔잖아."

원귀임이 벅찬 얼굴로 김효임에게 말했다.

"나어릴 때도 언니를 보고 어쩌면 저리도 예쁠까 생각했어요. 아까 언니들이 옥방으로 들어올 때 나는 믿을 수가 없었답니다."

원귀임의 등을 가볍게 두드려주면서 김효임이 다정하게 물었다.

"교명이 뭐야?"

"마리아."

"우리가 같은 교우인 줄 알았으면 진작 만났을 것을……."

"나는 한양에서 살았어요."

"나도 삼 년 동안 한양에서 지냈어."

"그래요?"

원귀임은 아홉 살 때 어머니를 잃었다. 홀아비가 된 아버지는 딸을 데리고 한양으로 올라와서 행상하다가 재취를 얻었다. 게으른 여자였던 계모는 어린 그녀를 하녀 부리듯 구박했다. 그래도 심성이 착한 그녀는 계모에 대한 불평 한마디를 아버지에게 하는 법이 없었다. 그러다가 아버지마저 죽자 계모는 오두막 같은 집까지 팔아 가지고 어디론가 떠나버렸다. 그녀는 어쩔 수 없이 고향 용머리로 내려가서 당숙의 집에 얹혀살았다. 그 시절 그녀는 나물 뜯는 밭머리에서 김효주와 자주 만나게 되어 친해졌다. 그러나 몇 달 후에 그녀는 다시 한양으로 올라갔다.

그 후 원귀임은 고모의 슬하에 지내게 됐는데, 그 고모가 천주교 신자였다. 그녀는 바느질도 배우고 교리도 열심히 공부하는 착실한 처녀로 성장했다. 그녀는 스스로 동정서원한 뒤에 정결한 몸과 마음을 오직 천주를 공경하는 데만 바쳤다. 지난달 천주교 박해가 본격적으로 시작된 무렵, 누군가의 고발로 포졸들이 그 집에 달려들었다. 그녀는 재빨리 뒷문으로 빠져나갔지만 동네 아이들이 큰소리로 알려주는 바람에 곧 포졸들에게 붙잡히고 말았다.

처음에 원귀임은 겁에 질려 정신을 잃을 지경이었지만 포도청 감옥에 잡혀 온 많은 교우들을 보고 용기를 얻었다. 매를 못 견딘 고모는 배교하고 풀려 나갔지만, 그녀는 온갖 고문을 꿋꿋하게 버텨냈다. 그녀가 모진 매와 주리도 잘 견디는 것을 보고, 형리들이 귀신에 씌었다면서 그녀의 등에 부적을 써 붙이고 시뻘겋게 단 인두로 그 자리를 지지기까지 했다. 형조로 옮겨 와서는 판서가 직접 여러 말로 달래기도 하고 위협하기도 했지만 그녀의 굳은 신앙을 꺾을 수는 없었다.

한낮이 기운 시간에 면회 전갈을 받고 나갔던 전 상궁이 잠시 후에 새파랗게 질린 얼굴로 돌아왔다.

"이럴 수는 없는 일이야. 세상에 이런 일이 있을 수는 없어."

전 상궁은 너무 기가 막힐 따름이라 그 말만 되풀이했다.

"왜 그래요?"

"밖에서 무슨 일이 있었습니까?"

어리둥절한 교우들이 거듭 물었으나 전 상궁은 아직 충격이 가시지 않은 듯 얼른 입을 못 열었다.

전 상궁이 면회소에 나갔지만 아무도 없었다. 대신 나졸 한 명이 사식私食이라면서 국밥 한 그릇을 가져다주었다. 하느님의 계시였을까. 전 상궁은 선뜻 숟가락이 가지 않고 불길한 예감이 들었다. 그녀가 비녀를 뽑아 국밥에 담갔더니 금세 새까맣게 변색됐다. 국밥에 비상을 탔던 것이다.

사복시司僕寺에서 주부主簿로 벼슬하는 전창구는 퇴궐한 누이가 천주교인으로 감옥에 갇히자 날마다 찾아와서 배교하라고 졸랐다. 자신은 물론 돈벌이 좋은 내수사內需司에 다니는 아들까지 벼슬자리에서 떨려나게 되면 집안이 망한다는 것이었다. 그러나 전 상궁은 동기간 사정을 봐주어 배교할 수는 없었다. 그녀는 미안하다는 말만 거듭하다가 나중에는 오라비를 만나길 거부했다. 그렇게 자신의 뜻을 못 이루게 되자, 전창구는 행여 그녀가 감옥에서 죽으면 자기 가족들이 피해를 덜 입을까 싶은 마음에 누이를 독살하려고 비상이 든 국밥을 들이밀었던 것이다. 전 상궁은 즉각 오라비의 짓이라는 것을 알았다.

한편 한량목은 김효임이 형조로 이감됐다는 말을 듣고 당황했다.
"그렇게 놀랄 것 없네. 어차피 포도청에서 판결 날 일은 아니지 않은가?"
"하지만 형조는 수감자들이 마지막으로 가는 곳이니……."
"듣자니까 형조판서가 천주교인들에게 매우 동정적이라고 하더구먼."
"그래?"
손 포교의 말에 한량목은 귀가 번쩍 뜨였다.
"조병현 대감과 친분이 있는가?"
"내가 언제 벼슬아치들과 사귀는 것 봤어."
"조씨 집안과 사돈 간이 아닌가. 사촌 형수가 둘이나 부원군 댁 딸들이니."
"쳇! 나와는 거리가 먼 일이야."
"어쨌거나 조병현 대감에게 매달리는 방법밖에 없을 것 같구먼."
한량목은 말없이 고개를 끄덕였다.
"문제는 본인들의 태도야. 본심을 감추고 굴복하는 빛을 조금이라도 보여야 하는데, 누구 말마따나 그 사람들은 죽기 위해 태어난 것처럼 '어서 죽여주시오' 하니 속수무책이라고."

"참으로 이해할 수 없는 사람들이더구먼. 종교라는 것이 얼마나 무서운지 이번에 알았다네."

"그들의 교리라는 것을 들으면 그럴듯한 점도 많이 있지. 그럼 난 이만……."

"잠깐!"

"왜?"

자리를 털고 일어나던 손 포교가 다시 주저앉았다.

"형주에 내 사람을 하나 만들어야겠는데, 누구 적당한 인물이 없을까?"

"형조에 아는 사람이 없어서?"

"위인들이 시원찮으니 그러지."

"방석순을 아는가? 심률(審律)로 있는……."

"안면은 있네만……."

"그 친구를 잡게. 형조에서는 물건이야."

"자네가 중간 다리를 놔주어."

"모르는 소리야. 뒷거래에는 다른 관원이 끼는 것을 꺼리는 법일세."

"그런가."

"조용한 집으로 방석순을 불러서 술 한잔 먹이고 툭 까봐. 기름챗 날처럼 닳아빠진 놈이지만 일은 야무지게 잘한다네."

"알았네."

이튿날 낮에 여자 천주교인들만 있는 형조 옥방에는 난데없이 국밥 수십 그릇이 사식으로 들어와서 모두들 의아한 표정을 지었다. 그도 그럴 것이 같은 시간에 꼭 사람 수만큼 국밥이 배달됐기 때문이다. 그때 방석순이 나타나서 여자들에게 말했다.

"여러분이 옥중에서 고생하는 것을 알고 어떤 선비가 내게 돈을 맡기고 갔소. 누구인지 신분은 확실히 알 수 없으나 적선하는 마음씨가 고맙기 그지없어 내가 심부름하는 것이오."

그러면서 방석순은 김효임을 눈여겨본 후에 나갔다. 모두들 신원 미상의 독지가篤志家에 대해 이러쿵저러쿵 궁금해했지만, 김효임은 그가 한량목이라는 것을 알고 있었다. 그녀는 가슴이 뭉클하도록 고마웠다. 옥살이가 괴로운 것은 첫째가 배고프기 때문이었다. 여러 해씩 감옥에서 지낸 죄수들은 창자가 아예 졸아들어 적은 양의 식사로도 견딜 수 있었지만, 처음 들어온 죄수들은 허기로 탈진하여 늘어졌다. 잔학한 매질과 주리는 꿋꿋이 이겨내고도 배고픔을 견디지 못하여 배교하는 신자들이 많았다. 굶주림과 목마름이 가장 효과적인 고문임을 잘 아는 당국자들이 그 방법으로 많은 천주교인들을 배교시켰다.

김효임은 같은 옥방의 교우들까지 골고루 먹을 수 있도록 국밥을 넣어준 한량목이 진심으로 고마웠다. 한량목이 도량 좁은 사내였다면 자기 자매나 먹도록 두 그릇만 보냈을 것이다. 엊그제 그가 포도청으로 찾아와서 천주교인들을 이해한다고 했던 말이 생각났다. 김효임은 그날 너무 차갑게 그를 대했던 일이 마음에 걸렸다. 손 포교가 그를 두둔하던 말이 결코 허위가 아니었음을 그녀는 새삼 느낄

수 있었다. 한량목의 잘생긴 얼굴과 늠름한 풍채가 야릇한 흡입력을 가지고 다시금 그녀의 마음을 흔들어놓았다. 뜨거운 눈빛으로 응시하던 한량목의 시선이 떠올라 그녀의 머릿속은 또다시 혼란스러워졌다. 만약 그녀가 천주를 모르고 사는 여자였다면, 천주에게 동정녀가 되겠다고 약속하지 않았다면, 어찌 한량목의 접근을 뿌리칠 힘이 있었으랴.

10

형조판서 조병현은 좌우 포도대장을 불러놓고 노발대발했다. 포졸들이 감옥에 갇힌 천주교인들의 재산을 약탈한다는 사실을 뒤늦게 알고 노호하는 것이었다.

조병현이 온갖 말로 설득하고 달래어 한 가족에게서 배교 선언을 받아낸 일이 있었다. 그런데 가장인 사내가 갑자기 울음을 터뜨리면서 감옥을 나가 봐야 당장 식구들이 들어갈 집도 없는 알거지 신세가 됐다고 탄식했다. 사내의 갑작스러운 통곡에 당황한 조병현은 그때 비로소 포졸들의 약탈을 알게 됐다. 처음에는 그 사실을 믿지 않았던 그는 먼저 풀려 나간 배교자들까지 뒷조사한 다음에 포졸들의 공공연한 약탈 행각이 사실임을 확인했다. 나라 관리들이 백성의 재물을 버젓이 약탈하는 현실에 그는 아연실색하고 말았다. 그는 자신이 심문하여 배교시킨 사람들에게 얼굴을 들 수 없을 만큼 창피스러웠다.

격분한 형조판서 앞에서 두 포도대장은 전혀 모르는 일이라고 잡아뗐다. 조병현은 이번에 풀려 나가는 사람들뿐만 아니라 전에 석방된 사람들의 재산까지 전부 되돌려 주라고 명령했다. 집은 물론 모든 살림살이의 물목을 작성하여 한 가지도 빠뜨리지 말고 본인들에게 돌려주라는 엄중한 분부에 포도대장들은 난감한 표정으로 물러갔다.

그런 일이 있은 후에 조병현은 형조에 수감된 천주교인들 중 김효임과 김효주를 제일 먼저 문초하게 됐다. 포승줄에 묶인 몸으로 형리들에게 끌려 법정으로 들어오는 두 처녀를 바라보면서 그는 속으로 놀라지 않을 수 없었다. 인물도 보기 드문 미인들이었지만, 어떤 두려움도 부끄러움도 괴로움도 전혀 나타내지 않는 초연한 태도에 그들이 보통내기가 아님을 쉽게 알아볼 수 있었다.

"포승줄을 끌러주어라."

다른 신자들에게도 그랬지만, 조병현은 유화책을 써서 그들을 문초하기 시작했다. 엄포와 고문은 이미 많이 겪고 형조까지 넘어온 사람들이라, 강경하게 다루기보다는 부드럽게 토론하고 설득하는 방법을 취할 때 그들은 의외로 마음이 약해져서 쉽사리 무너졌다.

"여기 포도청에서 올린 공초供招를 보니 너희는 혼인을 안 한 처녀 몸이로구나."

조병현 역시 그 점에 먼저 관심을 보였다.

"어째서 그 나이가 되도록 혼인을 안 했는고?"

김효임은 또 같은 대답을 하기가 싫었지만 여기는 형조판서 앞이 아닌가. 그녀는 나라의 최고 법관에게 모든 것을 다 말하리라 작심했다.

"처녀 몸으로 그런 답변을 하기가 부끄럽다면 굳이 묻지 않겠다."

"아니옵니다. 손톱만큼도 부끄럽다고 생각하지 않습니다."

"으음?"

"절에서 참선하는 도승이 일평생 혼인하지 않는 것은 누구나 당연하게 여깁니다. 비구니가 시집갔다면 누구나 비웃을 것입니다. 저희도 그런 차원으로 봐주시면 혼인 안 한 몸이라고 이상하게 보일 까닭이 없지 않습니까?"

조병현은 놀란 눈으로 쳐다볼 뿐 선뜻 다음 말을 잇지 못했다. 천하절색들이 심문을 받는다는 소문이 퍼져서 형조의 관원들도 많이 나와 있었는데 그들의 얼굴에도 한결같이 놀라는 표정이 역력했다. 처녀인 김효임의 답변이 대담하면서도 함축성 있는 말이었기 때문이다. 조병현이 빙그레 미소를 지으며 머리를 끄덕였다.

"그렇지! 평생 도를 닦으려는 사람에겐 혼인이 거추장스럽고 방해될 뿐이다. 그런데 중들은 부처를 모시지만 너희는 예수를 받들고 있다. 천주교인이 되지 않고서는 높은 덕을 닦을 수 없느냐?"

"그렇습니다."

"어째서 그렇게 생각하는가?"

"예수님의 가르침만이 참 진리이기 때문입니다."

"그럼 공자나 맹자의 가르침은 진리가 아니란 말이냐?"

"성현들의 말씀이니 어찌 진리가 아니라고 주장할 수 있겠습니까. 성현들은 인의예지仁義禮智로써 인간이 바르게 살아가는 도리를 가르쳐주셨지만, 가장 중요한 영혼의 구원을 빠뜨리셨습니다. 사람의 몸은 육체와 정신 둘로 이루어져 있으니, 참다운 진리는 두 가지를 모두 다스릴 수 있는 가르침이어야 합니다. 하지만 성현들은 밖으로 나타난 육체를 다스리는 인륜과 도덕만을 강조하셨습니다. 영혼까지 채워주시고 완성하신 분이 예수 그리스도이십니다."

사위가 조용했다. 형조판서부터 말단 나졸들에 이르기까지 이십 명이 넘는 관원들이 누구 한 사람 입을 못 열고 뻥한 표정으로 김효임을 쳐다보고만 있었다. 말의 내용이 옳고 그름은 둘째였다. 한 처녀의 입에서 도도하게 흘러나오는 말소리에 그저 놀라고 있는 것이었다. 그래도 학문을 많이 닦았다는 선비 출신이기에 형조판서 조병현만 논리 정연한 그 말을 알아듣고 찬탄했다.

"참으로 공부를 많이 했구나. 네 스승이 누구냐?"

"과람하신 말씀입니다. 촌민의 딸이 무슨 공부를 했겠습니까. 스승이라면 예수님 한 분뿐이십니다."

"예수가 널 직접 가르친 것은 아니지 않느냐?"

"저희에겐 예수님의 말씀을 기록한 성서가 있습니다. 선비들도 공자의 말씀을 기록한 책으로 배우는 것이지 공자에게 직접 가르침을 받는 것은 아니지 않습니까."

"하하……, 우문현답愚問賢答이로다. 내 질문이 잠시 빗나갔다."

죽 둘러선 관원들도 웃음을 띠었다. 조병현이 정색하고 다시 물었다.

　"너희가 믿는 천주교는 진리라고 할지라도 근본을 모르는 먼 외국에서 흘러 들어왔다. 이 나라에는 너무나 생소하니 조정이 그것을 금하고 있는 게야."

　"외람된 말씀이오나, 대감이 깊은 병이 들었는데 조선의 약으로 효험을 보지 못하면 어찌하시겠습니까? 청나라의 약이라도 들여와서 병을 다스리는 데 쓰시겠지요."

　"물론이지. 그것이 양약良藥이라면."

　"육신의 병을 고치기 위해 외국에서 들어온 약이라도 써야 하듯이, 정신을 옳은 길로 인도하는 진리라면 외국에서 들어온 종교라도 크게 탓할 수는 없다고 생각합니다."

　"하지만 너희가 믿는 것은 서양 오랑캐의 종교야."

　"중국이나 서양이나 외국이라는 사실은 같습니다. 옛날부터 인접국이라 빈번히 교류해 온 중국의 문물은 당연한 것으로 받아들이고, 교류가 없었다는 이유로 서양을 덮어놓고 오랑캐로 보는 것은 조정의 좁은 소견입니다."

　"아니, 너는 지금 조정을 매도하는 소리를 하고 있지 않느냐?"

　"중국에는 천주교가 이백 년 전에 들어왔습니다. 천주교 신부님들이 청나라 조정에서 벼슬까지 하며 천문과 역학, 과학 기술을 가르친다고 들었습니다. 그런 일로써 서양이 중국보다 문명이 앞섰다는 것을 능히 알고도 남는데, 어찌하여 조선의 조정만 오랑캐 나라로 취급합니까?"

"너는 말을 조심하거라. 함부로 조정을 들먹이는 것이 아니야."

"죽을 년이라 무서울 것이 하나도 없나이다."

"어허, 어째서 죽을 생각부터 하느냐? 앞길이 구만리 같은 청춘이 아깝지 않은가."

"얼마나 오래 사느냐보다 얼마나 깨끗한 영혼으로 천국에 가느냐가 더 중요합니다."

"그런 말은 다른 사람들에게도 익히 들었느니라. 내가 하고 싶은 말은, 너도 이 나라의 백성이라는 점이다. 이 땅에서 태어나 이 땅에서 나는 곡식을 먹고살다가 이 땅에 파묻히게 된다. 한 집안에 가장 웃어른이 계시듯 나라에도 백성을 다스리는 상감이 계신다. 집안 어른이 가족을 사랑하듯 상감도 온 백성을 사랑하신다. 열 손가락 깨물어 안 아픈 손가락 없는 것이 부모의 마음이듯이, 팔도의 백성이 골고루 잘 살아가길 바라는 마음을 가지고 계신 분이 또한 상감이야. 설사 부모가 잘못해도 부모에게 순종하는 것이 효도이고, 반대로 부모를 원망하거나 바른 말로 지탄하는 것은 불효이다. 세월이 가면 훗날 부모도 자기 잘못을 뉘우칠 수 있고, 불효한 자식도 자신의 행동을 후회할 수 있는 것이다. 무엇보다 당장 눈앞에서는 부모에게 순종하고 복종하는 일이 중요하지. 그것이 효도이고 미덕이야. 우선 그렇게 하면 자식을 사랑하는 부모가 어찌 자식의 뜻을 헤아려 주지 않겠느냐. 부모가 요리조리 깊이 생각해 본 연후에 자식의 생각이 옳았다는 판단이 서면 결국 자식의 뜻을 따르게 될 게야."

김효임은 마음속으로 크게 놀랐다. 형조판서가 천주교 신자들을 너그럽게 대한다는 말은 들었으나 지금 그가 하는 말에는 더욱 깊은 의미가 내포되어 있었기 때문이다.

"내 말뜻을 알아듣겠느냐?"

"네."

"아무렴, 넌 총명하니까 바로 이해할 줄 믿는다. 하지만 이 자리에서 당장 네 답변을 듣지는 않겠다. 시간을 두고 충분히 생각해 보거라. 인생은 짧다지만 굽이굽이 인생길이라는 말도 있지 않느냐? 시야를 넓고도 멀리 두면 지금처럼 너와 내가 아옹다옹할 것도 없다. 옥중 생활이 괴롭겠지만 옥방에 들어가서 내 말을 깊이 생각해 다오."

조병현이 고개를 숙인 채 제 언니 곁에 함초롬히 앉아 있는 김효주를 바라보고 미소를 지었다.

"한 동기간이니 네 생각도 같으리라 믿는다. 다음에는 네 답변도 들어볼 테니 나를 너무 실망시키지 않길 바란다."

"대감, 한 말씀 올리고 싶습니다."

김효임이 얼굴을 똑바로 들고 말했다.

"무엇이냐? 말해 봐라."

"처녀는 양갓집 딸이든 촌가 딸이든 처녀로서 존중받을 권리가 있지 않습니까?"

"그야……."

"나라 법에 따라 저희를 죽이신다면 조금도 불평하지 않고 기꺼이 죽겠습니다. 그러나 나라 법에도 없는 형벌로 야만스러운 모욕을 당하니 너무나 치욕스럽습니다."

"아니, 야만스러운 모욕이라니? 대체 무슨 일을 당하고 그런 말을 하느냐?"

"차마 처녀 몸으로 입에 올리기도 민망한 일이지만, 다른 여자들에게도 그 같은 일이 일어나지 않길 바라는 마음으로 전부 밝히려 합니다."

"어서 말해 봐라."

"포도청에 있을 때, 옷을 전부 벗긴 채 저희를 알몸으로 매달았습니다."

"뭐야?"

"그뿐이라면 이 자리에서 말씀드리지 않고 참을 수도 있었을 것입니다."

"그럼 또 다른 일을 당했다는 것이냐?"

"저희 자매 모두 알몸으로 벗겨서 중범들만 들어 있는 남자 죄수들의 옥방에 처넣어 하룻밤 하루 낮을 보내게 했습니다."

"아니……?"

조병현은 경악했다. 뒷전에 섰던 관원들의 입에서도 일제히 놀라는 소리가 튀어나왔다. 조병현이 두 주먹을 쥐고 몸을 부르르 떨며 소리쳤다.

"도대체 어느 놈이 백옥같이 고귀한 이 처녀들을 능욕했단 말이냐? 천하에 단매로 쳐 죽일 놈들……."

마룻장을 쾅 구르며 벌떡 일어선 조병현은 관원들을 무섭게 노려봤다.
　"당장 포도청으로 달려가서 어떤 놈들인지 조사하여 모조리 잡아 오너라!"
　형조를 추조秋曹로, 형조판서를 추판秋判이라고도 일컫는다. 그야말로 추상秋霜 같은 명령이 격노한 조병현의 입에서 떨어졌다.
　심률로 있는 방석순도 그 자리에 참석하여 처음부터 모든 것을 지켜보고 있었다. 그는 형조를 빠져나가 수진방골 채봉의 집으로 뛰었다. 한량목에게 뇌물을 뭉텅 받아 챙긴 그는 이 사실을 빨리 알려주어 생색을 낼 참이었다. 그러나 한량목은 수진방골에 없었다.
　"당분간 붓골 집에 있을 것이니 누가 찾아오면 그곳으로 보내라고 한량목이 말씀하셨소."
　화장기 없는 얼굴로 채봉이 심드렁하게 하는 말을 듣고 방석순은 발길을 돌려 붓골을 향해 다시 뛰었다.
　한량목은 자기 집에서 석팔과 바둑을 두고 있었다. 그들은 허위단심 달려온 방석순을 놀라는 얼굴로 맞았다. 우선 방석순은 형조판서를 궁지로 몰기 일쑤였던 김효임의 똑똑한 사람됨부터 장황하게 한바탕 늘어놓은 다음에, 포도청에서 나체로 흉악범들의 옥방에 갇혔다는 사실을 낱낱이 고했다. 그 말을 들은 한량목은 형조판서보다 더 격노하여 흥분한 당나귀처럼 펄펄 뛰었다.
　"가세. 어떤 놈들인지 요절을 낼 테다."
　"형님, 진정하시오."

석팔이 허둥허둥 도포를 꿰입는 한량목을 만류했다. 그러나 한량목은 사납게 뿌리치며 호통을 쳤다.

"이놈아, 이 사실을 알고도 나더러 죽치고 앉아 있으라는 것이냐!"

"그럴수록 냉정하게 처신해야지요."

그러나 어떤 말도 소용없었다. 갓끈도 미저 매지 못하고 뛰어나가는 한량목의 뒤를 두 사람이 허둥지둥 따라나섰다.

"잠깐 내 말을 듣고 가시오."

한량목이 씨근거리며 방석순을 쳐다봤다.

"지금쯤 형조에서 내려와 포도청은 난리가 났을 것이오. 당사자들을 가려내는 자리에 우리가 뛰어들면 오히려 방해가 될 수도 있소. 내가 먼저 들어가서 포도청 실정을 알아볼 테니 당분간 밖에서 기다리는 것이 좋을 듯하오."

"옳은 말씀이오."

석팔이 찬성했다. 격한 흥분이 조금 가라앉은 한량목도 어쩔 수 없이 머리를 끄덕였다. 방석순만 포도청으로 달려가고 한량목과 석팔은 근처 주점에 들어가서 기다렸다.

두 사람이 술 한 방구리를 비웠을 때쯤 방석순이 돌아왔다.

"포졸 두 놈이 형조로 잡혀갔소."

"어떤 놈들이오?"

"김덕삼과 임치만이라고 하는데, 포졸들 사이에는 넓죽이와 오목눈이로 불리지요."

"아니, 그럼……. 그놈들은 앵자산 주어 고개에서?"

한량목이 쳐다보자 석팔도 놀라는 얼굴로 반문했다.

"바로 그놈들이란 말이오?"

"맞아!"

"하지만 그들은 하수인에 불과하오."

"뭐야? 그럼 원흉이 따로 있소?"

"종사관 하영남이 저지른 일로 판명 났소."

"하영남이?"

"그렇다면 어째서 그자는 청조로 안 잡혀갔소?"

"지금 포도청에 없다오. 오후에 출타하여 아직 들어오지 않았답니다."

"그럼 지금 밖에 어디 있겠구먼."

"포도청으로 들어오는 즉시 형조로 보내라는 호출령이 내렸소."

"무슨 소리요? 뒷구멍으로 구명책을 쓰려고 시간을 벌려는 수작들이 아니오."

"그런 것 같지는 않습니다. 하 종사관이 부재중인 것만은 틀림없소."

"석팔이, 일어나세!"

"어디로 가려고요?"

"그놈을 우리가 먼저 찾아야겠어."

한량목은 어느새 밖으로 뛰어나가고 있었다. 석팔이 술값을 던지고 바삐 뒤따라갔으나, 방석순은 이제 할 일을 다 했다는 듯 유유히 형조를 향해 걷기 시작했다.

"수하 아이들을 전부 풀어서 하 종사관이라는 놈을 당장 찾아내게!"

입에 게거품을 물고 설쳐대는 한량목 앞에서 종로 두목 온삼이가 어리둥절하고 있었다.

"뭘 꾸물거리고 있나. 빨리빨리 행동을 취하지 않고……."

"알았습니다."

온삼이는 곡절을 알아볼 염도 못 한 채 밖으로 뛰쳐나갔다. 온삼이는 한량목보다 세 살이 많았으니 가장 충직한 동지로 그의 오른팔 같은 존재였다.

종로 무뢰배 십여 명이 온삼이의 지시를 받고 사방으로 퍼졌다. 포도청 종사관이 대낮에 들어앉을 곳은 뻔해서, 다방골을 비롯하여 유흥가 중에서도 은밀한 곳에 있는 술집들을 들쑤시고 다녔다. 범죄와 소송사건을 관장하는 종사관들에겐 갖가지 매수의 손길이 뻗치게 마련인데, 간혹 엄청난 이권이 걸린 사건에서 그들의 농간에 따라 원고와 피고가 하루아침에 뒤바뀔 수도 있었다.

그런 일에는 문리가 난 놈들이라 무뢰배는 종사관들이 갈 만한 안침술집이나 기생집에 들어가서 급한 사건이라도 일어난 것처럼 큰소리를 냈다. 마침 오궁골의 한 기생집 안방에서 종사관 하영남이 깜짝 놀란 얼굴로 튀어나왔다.

"어느 놈이 날 찾느냐?"

몸집이 땅딸막한 떡충이라는 무뢰한이 할아비 본 손자 녀석처럼 반색하며 달려들었다.

"아이고, 종사관 나리, 여기 계셨구먼요. 나리를 찾느라고 한참을 헤맸습니다."

"무엇 때문에 나를 그렇게 찾아다녔단 말이냐?"

"나리를 뵙지 못하여 애태우는 사람이 있어서 소인이 나섰습지요."

"대관절 누구기에?"

"시골에서 논 섬지기나 짓는 부농으로 살인을 저지른 자식을 구명하고자 상경했답니다."

"그래? 이리 데려오너라."

"여기로 말입니까요?"

"괜찮다. 그런 이야기를 나눌 데는 이런 장소가 적격이니라."

"그럼 제가 나는 듯이 달려가서 모시고 옵지요."

떡충이는 굽실해 보이더니 대문 밖으로 뛰어나갔다. 다시 안방으로 들어온 하 종사관이 기생 관산월關山月의 몸뚱이를 끌어안으면서 치마 밑으로 손을 집어넣었다.

"아이참, 아직도 욕정이 덜 풀리셨나 봐."

관산월은 느물느물 파고드는 사내의 손을 뿌리치는 시늉만 할 뿐 그냥 두었다.

"네 기물은 만지는 재미가 더욱 좋구나."

"피, 언제는 보는 재미가 더 좋다더니."

"하하……, 오늘도 너의 쭉 빠진 몸매를 구경하다가 갈 참이었는데, 촌놈 하나가 올라온 모양이니 아쉽지만 다음으로 미뤄야겠구나."

"이제 낮에 옷 벗는 짓은 싫소."

"그럼 대낮에 이부자리를 펴고 뒹굴자는 것이냐."

"벗으나 뒹구나 오십보백보지요. 나리같이 짓궂은 분은 처음 보겠다니까."

"하하……, 나야 얼마나 점잖게 대해 주느냐. 이번에 오는 촌놈이 바치는 돈은 네 몫으로 떼어주마. 미난옷이라노 몇 벌 지어 입거라."

하 종사관은 입으로 그렇게 말하면서도 손은 연방 계집의 사타구니 안에서 떡집 아주머니가 찰떡 주무르듯 바쁘게 놀고 있었다.

밖에서 대문 열리는 소리가 들리고 잇따라 빗장을 지르는 소리가 덜거덕 났다. 기생의 몸에서 후딱 떨어져 앉은 하 종사관이 밖을 내다보기도 전에 한량목이 미닫이문을 열고 불쑥 들어왔다. 하 종사관은 기함하듯 입을 딱 벌렸다.

"너는 나가거라!"

무섭게 부릅뜬 한량목의 서슬에 깜짝 놀란 관산월이 뒷걸음치듯 방에서 나가다가 마루 끝에 석팔이 팔짱을 끼고 앉은 모습을 보고 또 한 번 소스라쳤다.

"여보게, 나를 용서하게."

이미 사태를 깨달은 하 종사관은 체면이고 나발이고 없이 무릎 꿇고 두 손으로 싹싹 빌었다.

한량목의 커다란 발이 힘껏 날아가서 하 종사관의 면상을 내질렀다. 하 종사관은 바람벽에 머리통을 세차게 부딪고 '꽥' 소리 한마디 지르더니 단번에 정신을 놓아버렸다. 그러나 한량목은 발길질을 멈추지 않고 축 늘어진 몸뚱이를 짓밟아 댔다. 석팔이 뛰어들어 한량목을 잡아채면서 떼어놓았다.

"비켜!"

"시체에다 매질하기요?"

살기 띤 눈으로 한량목이 식식거렸다.

"천천히 못 하고 이게 무슨 꼴이오? 정신은 이미 황천길을 헤매는 놈에게 더 매질한다고 분풀이가 됩니까?"

결국 석팔에게 떠밀려 한량목은 그 방을 나갔다.

반송장이 된 하 종사관의 어혈 든 몸에 똥물을 먹인다, 당귀수산當歸鬚散을 달여 먹인다 하면서 식구들이 경황없는 동안 넓죽이와 오목눈이는 귀양을 갔다. 넓죽이는 전라도 진안으로, 오목눈이는 경상도 영해로 귀양살이를 떠났다. 결과적으로 하 종사관은 전화위복이 된 셈이니, 중태의 병객으로 자기 집에 누워 있는 동안 우의정 이지연에게 뇌물을 바치고 그 사건을 유야무야로 묻어버리는 데 성공했다. 조카에게 매를 맞고 백부에게 구제를 받았던 것이다.

11

정하상을 비롯한 신학생들은 앵베르 주교를 모시고 다시 문안으로 들어왔다. 그동안 은신하고 있던 살곶이 다리 근처 숙박소에도 위험이 닥쳤기 때문이다. 그렇잖아도 형조판서가 천주교인의 약탈 재산을 되돌려 주라는 엄명을 내린 후에 포졸들의 활동이 현저히 줄었다는 소식을 받고 문안으로 옮길 참이었다. 그런데 새벽 미사를 드리기 위해 일찍 일어난 이문우가 측간에 앉아 있을 때, 웬 사내가 담을 넘어오더니 방 안을 엿보려는 것이었다. 이문우가 기침 소리를 두어 번 내자 정체불명의 사내는 허겁지겁 달아났다. 그 일로 그들은 더 지체하지 않고 날이 밝자마자 서둘러 그곳을 떠났다.

사실 그자는 동네 노름꾼이었다. 그자가 뚝섬 노름판에서 밤을 지새우고 새벽녘에 집으로 돌아오다 보면 번번이 그 집에 불이 켜져 있는 것이었다. 그자는 호기심이 솟구쳤다. 하루는 그 집의 동정을 엿보려고 담 밖에서 기웃거리다가 귀를 쫑긋했다. 집 안에서 여럿이 한 음성으로 외우는 경문 소리가 흘러나왔다. 무당의 주술도, 중의 염불도 아닌, 처음 듣는 이상한 경문 소리에 그자는 한층 더 궁금해졌다. 그래서 직접 자기 눈으로 확인하려고 담장을 넘었다가 이문우에게 발각됐던 것이다.

그자는 뚝섬 구역을 맡은 포졸에게 그 이야기를 들려주었다. 포졸은 대뜸 천주교인들로 단정하고 이튿날 새벽에 동료들과 함께 그 집을 망봤다. 역시 포졸들이 예상했던 대로 불도 켜지 않고 조용했으나, 내친김에 집 안으로 뛰어들어 잠자는 사람들을 깨워놓고 가택 수색을 벌였다. 주인 정국보는 태연자약했으나 깊숙이 감춰둔 교리책들을 들키고 말았다. 아무리 잘 감춘다고 해도 그런 일로 먹고사는 포졸들의 노련한 눈을 피하기는 어려웠다.

포도청으로 끌려간 정국보는 삼릉장 매질도 처음에는 잘 참고 견뎠다. 그러나 젊어서부터 몸이 약했던 그는 감옥에서 몇 끼니 굶자 급격히 쇠약해지며 기진맥진했다. 두 번째 주리질을 견디지 못한 그의 입에서 결국 배교하겠다는 말이 튀어나왔다. 정국보의 배교는 감옥에 있는 교우들에게 커다란 실망감을 안겨주었다. 특히 며칠 전에 체포된 이광렬이 크게 분개했다. 이광렬은 앵베르 주교가 없는 동안 모시전골 본당을 쭉 지켜왔다. 갑녕이 강원도 수구대에 다니러 간 사이에는 그가 대신 점포 주인 노릇까지 했다. 그러던 중 형님인 이광헌 부부가 없는 집에서 어린 손자들을 데리고 고생하는 여든 노모를 찾아갔다가 그만 이웃의 고자질로 잡히고 말았던 것이다.

집으로 돌아온 정국보는 며칠 동안 끙끙 앓았다. 그러다가 그는 밤중에 예수의 환상을 봤다. 십자가에 매달린 예수가 슬픈 눈으로 그를 내려다봤다.

"너는 어찌하여 나를 버렸느냐. 나는 너를 버리지 않았다. 천국의 문이 너를 기다리니 어서 일어나 가거라. 네가 누워 있는 자리는 지옥의 바늘 산 같은 곳이 아니더냐. 거기서 괴로워하지 말고 어서 일어나 가거라. 너를 기다리는 천국의 문을 찾아서……."

"주님, 용서하십시오. 주님을 버린 놈이로소이다. 주님의 크신 은혜를 받고 살아왔으면서도 주님을 모욕하고 비웃는 핍박자들 앞에 나아가서 감히 제 입으로 주님을 모른다는 말을 하고 풀려나왔나이다. 이 돌이킬 수 없는 죄를 어찌하면 기워 갚을 수 있나이까."

"눈물을 닦아라. 베드로도 밤사이 첫닭이 울기 전에 세 번이나 나를 모른다고 했느니라. 하늘에 계신 내 아버지께서는 회개하는 자를 더 어여삐 여기시는 것을 너도 알지 않느냐."

"주님, 고맙습니다. 앞으로는 어찌 주님을 모른다고 하리까."

정국보는 꿈인지 생시인지 분간할 수가 없었다. 그러나 그는 이부자리에서 일어나 두 무릎을 꿇고 줄줄 흐르는 눈물을 손등으로 닦는 자신을 깨닫고 꿈이 아님을 알았다.

날이 밝자마자 정국보는 돈을 주고 동네 사람 두 명을 고용했다. 그들은 들것에 정국보를 싣고 좌포도청 정문 앞까지 갔다. 들것에서 내린 그는 정문을 지키는 포졸에게 가서 말했다.

"나는 며칠 전에 여기에서 나간 천주교인이오. 배교한 것을 뉘우치고 다시 왔으니 옥으로 데려다 주시오."

문지기 포졸이 미친놈 다 보겠다는 표정으로 쳐다보다가 내뱉었다.

"이놈아, 여기가 아이들이 들락날락하는 놀이터인 줄 아느냐? 한 번 나갔으면 그만이지 왜 또 왔어!"

"마음이 일시적으로 약해져서 배교하고 나갔지만 지금은 잘못을 뉘우쳤소."

"듣기 싫다. 썩 꺼져!"

"내가 갈 곳은 여기뿐이오."

"이런 젠장맞을, 툭 건드리기만 해도 살인나게 생긴 것이 어디를 부득부득 기어들려는 게야."

"나는 천주교인이란 말이오."

"누구라도 한 번 나가면 다시 못 들어오게 되어 있다니까."

"제발 부탁드립니다."

"정말 귀찮게 구는구먼. 어서 물러가지 못해?"

문지기 포졸은 욕설만 푸짐하게 퍼붓고 끝내 정국보를 받아주지 않았다. 정국보는 어쩔 수 없이 들것에 다시 실려서 이번에는 형조로 갔다. 형조 정문 밖에서 몇 시간을 기다리자 드디어 형조판서 조병현이 귀가하려고 나왔다. 정국보는 형조판서 앞에 무릎을 꿇고 사정했다.

"소인은 며칠 전에 포도청에서 석방됐던 천주교인입니다. 배교한 것이 못내 괴로워서 다시 포도청 옥으로 들어가려 해도 받아주지 않습니다. 이렇게 소원하오니 어느 옥이든 다시 들여보내 주십시오."

조병현은 기가 막혔다. 도대체 천주교인의 정신 상태를 어떻게 봐야 할지 알고도 모를 노릇이었다.

"대감, 소인의 소원을 풀어주십시오. 대감마저 절 외면하시면 며칠이라도 이 자리를 떠나지 않겠습니다."

그의 태도로 보아 정국보는 그러고도 남을 위인이었다. 조병현은 묵묵히 쏘아보다가 한숨을 내쉬며 말했다.

"오냐, 죽은 사람의 소원도 풀어준다는데 산 사람의 소원을 못 풀어주랴."

그러면서 조병현은 뒤에 섰는 부하들에게 명령했다.

"이자를 포도청 옥으로 데려가라."

"대감, 고맙습니다. 정말 고맙구먼요."

정국보는 머리를 조아리면서 기쁜 목소리로 외쳤다. 사인교에 앉은 조병현은 뒤도 돌아보지 않고 그곳을 떠났다.

다시 옥방으로 들어오는 정국보를 여러 교우들이 반갑게 얼싸안았다. 마치 개선장군이나 되는 것처럼 정국보는 환하게 웃고 있었다. 그러나 건강이 더욱 악화된 그는 며칠 후에 치도곤까지 맞고 들어와서 임종의 시각을 맞았다. 그는 교우들을 올려다보며 중얼거렸다.

"나는 자식 복이 없어 어린 자식들을 열네 명이나 잃었소. 그 아이들은 세상에 죄지을 사이도 없었으니 천국에 갔을 거야. 아, 이제 천국에 가면 내 자식들을 다 만나봐야지……."

모든 죄수들이 코를 탈탈 골거나 잠꼬대를 하면서 잠들어 있는 한밤중에, 정국보 프로타시오는 교우들 몇 명이 지켜보는 가운데 이광렬의 무릎을 베고 고요히 숨을 거두었다. 그는 마흔한 살 한창 나이로 자신의 영혼을 천주에게 바쳤던 것이다.

해가 길어지고 날씨가 무더워지면서 옥중의 천주교 신자들은 더욱 극심한 고통을 당했다. 우선 긴 낮 동안 배고픔을 참기가 어려웠다. 그보다도 견디기 힘든 고통은 갈증이었다. 옥방에 누워 있는 환자들도 물만 찾았다. 논두렁에 고여 있는 썩은 물이라도 실컷 마시고 싶다면서 저마다 물 타령을 했다.

밖에 비가 내리면 더 환장할 지경이었다. 소나기가 내려 처마 끝에서 쏟아지는 낙숫물 소리만 요란해도 옥방 안에는 혀를 적셔줄 물 한 모금을 못 마신 군상들이 허우적거렸다. 이런 때 자기 신앙과 물 한 그릇을 바꾸는 천주교인들이 속출했다.

특히 열병을 앓는 환자들이 더욱 물을 찾았다. 이를 보다 못한 교우가 통사정하면 옥졸은 마음이 내킬 때만 물 한 그릇을 떠다 주었다. 그럴 때는 병아리들이 모이 보고 덤비듯 모두들 우르르 물그릇에 달려들었다. 그러면 환자에게 물을 먹이려던 교우가 물그릇을 안고 맴돌다가 폭삭 쏟는 일도 흔했다. 환자가 몇 모금 마시고 나면 나머지 물을 마시려는 아귀다툼이 치열하게 벌어졌는데, 그것은 육신을 지닌 인간들의 슬픈 투쟁이었다.

그래도 여자들의 옥방은 훨씬 덜했다. 무쇠막 할멈이 철저한 통제로 질서를 잡았기 때문이다. 그럴수록 고통을 참고 견디려는 교우들의 모습이 한층 눈물겨웠다. 그러던 중 삼 년 동안 이곳 포도청 감옥에 있던 다섯 사람을 형조로 이감한다는 명령이 내려왔다.

"드디어 우리가 천당으로 가는 날을 맞이했구려."

무쇠막 할멈이 기쁨에 넘쳐서 말했다. 옥중에서 오래 생활한 그들은 곧 사형 집행이 있음을 알아챘다. 그 판단은 적중했다.

형조판서 조병현은 고심 끝에 사형 판결을 내린 네 명의 명단을 의정부로 올렸다. 우의정 이지연이 독촉도 있었을뿐더러 이조판서 조인영의 압력 때문에 더 이상 질질 끌 수가 없었다. 형조에서 올린 네 명은 성물공聖物工 권득인 베드로, 주교관을 감춘 남명혁 다미아노, 회장 이광헌 아우구스티노, 지밀상궁 출신 박희순 루치아였다. 묘당 중신 회의에서는 사흘 동안 논의하다가 삼 년 전에 사형 언도를 받고 아직 포도청 감옥에 있는 다섯 여자들도 그들과 함께 처형하기로 결정했다. 그뿐만 아니라 전주와 대구 감영에서 무려 십삼 년째 옥살이를 계속하는 신자들도 이번 기회에 없애자는 결론을 내리고 파발을 띄워 왕명을 내려 보냈다.

섭정 대왕대비 순원왕후는 천주교인들의 사형 집행을 재가했다. 목을 잘라 죽일 만큼 그들이 흉악한 무리가 아니라는 것을 그녀도 잘 알고 있었으나 어쩔 수 없이 단안하고 말았다. 그들 중에 오랜 세월 함께한 박 상궁이 끼여 있기에 한층 더 괴로울 수밖에 없었던 순원왕후는 한 나라를 다스리는 통치자 자리에서 당장이라도 물러나고 싶은 심정이었다.

다섯 노파가 포도청 감옥을 떠나던 날, 옥방 안은 눈물바다가 됐다. 제일 나이 많은 김업이 막달레나가 언짢은 표정으로 나무랐다.

"그만큼 일렀는데도 어찌 눈물을 거두지 못하는가. 우리가 지옥 같은 옥 안에서 여태껏 참고 지내온 것은 오늘을 맞기 위함이었네. 얼마나 지루하게 기다린 끝에 맞이한 기회인데, 박수를 쳐주지는 못할망정 눈물을 보이다니……."

"잘들 있으시오. 훗날 천국에서 다시 만납시다. 여기를 벗어나 넓디넓은 하늘나라 아버지 곁으로 간다는 생각만 해도 가슴이 벅차다오."

김아기 아가타가 환한 얼굴로 말했다.

"이런 곳에서 정은 더욱 깊어지는 것일까. 남편과 자식 생각은 별로 안 나고 옥방의 교우들과 헤어지는 것만이 섭섭하구먼. 서로 못다 한 이야기들이 아직도 많이 남은 것처럼 자꾸 아쉬운 마음이 들어. 우리가 천국에서 다시 만나면 그때는 즐겁게 웃으며 회포를 푸세."

박아기 안나도 웃음을 담뿍 담은 얼굴로 젊은 교우들을 돌아봤다. 그녀는 형조까지 갔다가 배교하고 석방된 남편 태문행과 아들 태웅천이 한집에 살자고 끈덕지게 졸랐어도 끝내 거절했다.

다섯 중에 유일하게 사십 대 나이로 젊은 한아기 바르바라 혼자만 병으로 신음하는 옥분을 가슴에 끌어안고 눈물을 흘렸다. 어려서 부모를 여의고 고모들의 애정 속에 자란 옥분은 한 바르바라에게 처음으로 모정을 느꼈는지 엄마라고 부르면서 응석도 잘 부렸다.

새로 맺은 모녀의 정다운 모습은 어두운 옥방 생활을 하는 사람들에게 향기로운 웃음을 나눠주었다.

극성스럽도록 옥방 질서 잡는 일을 도맡아 온 무쇠막 할멈 이소사 아가타는 떠날 때 의외로 말이 없었다. 열일곱 살의 수줍은 처녀 이 아가타가 그녀의 손을 꼭 잡고 자기 볼에 비벼댔다. 무쇠막 할멈이 제일 먼저 옥방을 나섰다. 옥쇄장들이 빨리 나오라고 독촉하고 있었다. 작별 인사조차 할 기운이 없는 옥분을 눕혀놓고 맨 나중으로 나가는 한 바르바라의 눈에는 비 오듯 눈물이 쏟아졌다. 그 바람에 잠시 가라앉았던 이별의 슬픔이 되살아나 옥방은 온통 울음바다였다. 바깥 옥문이 쾅 하고 닫혀버리자 옥중의 인자한 어머니처럼 보살펴주던 다섯 노파의 모습은 영영 볼 수 없게 됐다.

12

 그날은 5월 24일, 봄이 한창 무르익어 초여름으로 넘어가는 계절이었다.
 형조 옥문 앞마당에는 우차 여섯 대가 준비되어 있었다. 사형수들을 싣고 갈 수레들이었다. 그런데 수레마다 굵은 통나무로 사람 키보다 큰 십자가를 만들어 세운 점이 특이했다. 예수 믿는 사람들의 상징으로 여긴 십자가를 크게 부각시켜 민중에게 경각심을 일깨우자는 의도인 것 같았다.
 먼저 이광헌이 덩치 좋은 옥졸의 등에 업혀 나왔다. 사형수들은 으레 업혀 나오는 것이 관례였다. 나졸은 맨 앞의 수레 위에 내려놓은 이광헌을 일으켜 세우더니 두 팔을 벌리게 하여 십자가 양 끝에 팔목을 비끄러맸다. 그리고 풀어진 머리털을 쓸어 올려서 십자가 통나무가 엇갈리는 위치에 동여맸다.

남명혁과 권득인도 차례로 업혀 나와 두 번째와 세 번째 수레에 이광헌처럼 묶였다. 세 사람은 약속이나 한 듯 십자가에 묶인 몸으로 푸른 하늘을 우러러봤다.

나머지 수레 세 대에 세운 십자가는 앞이 아닌 옆을 향하도록 세웠다. 막 상궁을 네 번째 수레에 올려 십자가의 방향 따라 묶으니, 그녀 혼자만 옆을 쳐다보게 됐다. 그들의 발밑에는 한 뼘 높이의 발판이 놓여 있었다

그러는 동안 마당에 나온 형조 관원들과 나졸들 수십 명은 말들도 별로 없이 무거운 분위기 속에 가라앉아 있었다. 사형수들의 표정이 너무나 담담하고 경건했기 때문일까, 아니면 집단으로 사형당하는 사람들을 동정했기 때문일까. 어쨌거나 죽음을 눈앞에 둔 사형수들의 초연한 태도에, 사형을 집행하는 사람들이 은연중 위압감을 느끼고 있음은 사실이었다.

드디어 포졸들이 여자들 다섯 명을 끌고 나타났다. 그 노파들은 수레 위에 먼저 묶여 있는 교우들에게 반가운 인사말을 던졌다.

"안녕하셨소. 그동안 고생들이 많았지요?"

"천당 길에 동행인이 이리 많으니 참으로 기쁩니다."

"우리 여자들만 가는 줄 알았더니 듬직한 남자가 셋이나 끼였으니 심심치 않겠구먼."

마치 천렵川獵이라도 가는 사람들처럼 노파들이 밝은 얼굴로 떠드는 것을 보고, 사형수들을 구경하던 관원들은 하도 어이가 없어 질

린다는 표정을 지었다.

　네 번째 수레에 제일 젊은 한 바르바라를 끌어올려서 박 상궁과 등을 맞대게 하고 십자가에 묶었다. 나졸이 그녀의 비녀를 빼 던지더니 손등에 긴 머리카락을 휘휘 감아서 가지런히 고른 후 십자가 통나무가 엇갈리는 위치에 동여맸다. 그녀는 주인의 손에 잠자코 몸을 맡기는 순한 양처럼 조용히 서 있었다.

　한 바르바라는 원래 천주교 신자인 부모 슬하에 태어났다. 그러나 젊은 시절, 그녀는 부모의 뜻을 거역하고 쾌락을 좇아 눈 맞은 남자와 결혼했다. 그러던 어느 날, 그녀는 어머니를 만나러 친정에 갔다. 마침 그곳에 있던 김 막달레나와 어머니는 그녀를 앉혀놓고 천주의 품으로 돌아오라고 간곡히 설득했다. 그런데 늘 부모의 속만 썩이던 그녀가 이번에는 진지한 자세로 귀를 기울였다. 바로 그 순간 그녀는 성총을 입은 것이었다. 딸이 눈물까지 흘리며 통절히 회개하는 모습을 본 어머니는 기쁨의 눈물을 흘렸다. 서른 살에 남편과 자식들을 돌림병으로 전부 잃은 그녀는 친정에 돌아가서 오로지 신앙생활에만 전념했다. 그녀는 오로지 사람의 영혼을 구하겠다는 열정으로 천주를 믿지 않는 사람들을 일일이 찾아다니면서 열심히 전교했다. 이제 그녀는 십자가에 묶이면서도 포도청 옥방에 두고 온 옥분만 생각하고 있었다.

　다섯 번째 수레에는 무쇠막 할멈으로 통하던 이 아가타와 예순여섯의 노파 김 막달레나가 묶였다.

　"지난해 치명한 내 동생 호영이가 '누님, 빨리 오시오' 하고 천당에서 손짓하는 것만 같구려."

이 아가타는 웃음이 떠나지 않는 얼굴로 바로 앞 수레에 묶여 있는 박 상궁에게 그런 농담까지 건넸다.

마지막 수레에는 박 안나와 김 아가타가 등을 마주 대고 묶였는데, 그들 역시 시골로 나들이 가는 사람들처럼 도란도란 이야기를 나누었다.

"오늘 남편과 아들이 형장에 나오려나 모르겠네."

"왜요? 마지막으로 한 번 더 보고 싶소?"

"태 서방 집안과 인연을 끊고 지내온 지 오래인데 보고 싶긴……. 자꾸 생각할수록 부자가 함께 배교한 것이 괘씸해."

"나중에 뒤따라올 것이오."

"천당에서 만나긴 틀렸네."

"그나저나 난 걱정이오."

"뭐가?"

"아침저녁 신공神功 드리는 경문도 외우지 못한 나를 천당에서 받아주겠소?"

"호호……, 천당 문 앞에 가서 따지게나. 어째서 나만 먹통 같은 머리를 가지고 태어나게 만들어 숱한 고생을 시켰냐고."

김 아가타는 십여 년을 노력했어도 머리가 너무 아둔하여 끝내 경문을 외우지 못했다.

우차부牛車夫들이 수레바퀴와 십자가가 잘 고정되어 있는지 점검하고 나서 성깔 사납게 생긴 부룩소의 고삐를 잡고 출발 준비를 갖추었다. 벙거지 쓰고 더그레 걸친 군사 삼십 명이 도착하여 창을 세워 든 채 대기하고 있었다. 이윽고 당상관 형조참의가 나와서 사인교에 올라앉자 정랑 안기원이 출발 명령을 내렸다.

북소리가 둥, 둥, 둥 울렸다.

맨 선두에 군사 다섯 명이 앞서고, 그 뒤에 고수鼓手 네 명이 북을 치면서 가고, 죄수들을 태운 우차들이 차례로 움직였다. 군사들은 우차 양옆을 일렬종대로 열 명씩 호위했으며, 맨 뒤에도 군사 다섯 명이 따랐다. 또 사인교 위에 앉은 형조참의 뒤로 관원과 나졸 수십 명이 수행했다. 이렇듯 사형 행렬의 규모가 크고 삼엄하기는 일찍이 볼 수 없던 광경이었다. 근년에는 아홉 사람을 한꺼번에 처형한 큰 사건이 없었던 터라, 거리의 백성들은 눈을 휘둥그렇게 뜨고 바라봤다.

형조를 출발한 사형 행렬은 육조六曹 앞 넓은 거리를 지나서 덕수궁의 대한문 앞을 통과했다. 요 근처부터 사형 행렬을 구경하려고 몰려드는 인파가 길을 메울 정도로 인산인해를 이루었다. 북소리가 군중을 불러 모았을 뿐만 아니라 수레에 높이 세운 십자가가 천주교인의 처형을 알렸던 것이다. 한껏 호기심이 강해진 구경꾼들은 앞자리를 차지하려고 서로 밀치다가 십자가에 묶여 있는 사형수들의 모습을 보곤 저마다 주춤했다.

죽으러 가는 사람들이 저렇듯 태평한 얼굴을 하고 있다니! 구경꾼들은 한결같이 그런 눈으로 쳐다봤다. 놀랍게도 뒤쪽 수레에 묶여 있는 여자들은 군중을 바라보고 웃음까지 흘렸다.

"저것들을 보게. 웃기까지 하네."

"천주학쟁이들은 전부 미쳤다고 하더니만, 정말 맞는 말이구먼."

북소리는 더욱 우렁차게 울렸다. 그러나 사형 행렬은 느릿느릿 움직였다. 이 광경을 더 많은 백성들에게 보여 경고로 삼으려는 의도이리라. 대한문 앞을 지난 사형 행렬은 오른쪽으로 꺾어 서소문을 향해 나아갔다. 그 뒤를 따라가는 구경꾼들이 갈수록 불어나서 군사들이 욕설을 퍼부으며 밀어냈지만, 수레와 군중 사이의 간격은 점점 좁아지기만 할 뿐이었다. 그 군중 가운데 한량목과 서팔이 모습도 보였다. 그들은 충격적인 시선으로 수레 위의 사형수들을 쳐다봤다. 이광헌은 묵상에 잠긴 듯 두 눈을 감았고, 남명혁은 입가에 미소를 머금은 채 여유롭게 군중을 굽어봤으며, 권득인은 낯익은 얼굴이라도 찾듯 태연자약하게 길 양쪽을 번갈아 바라봤다. 여섯 여자들 중 박 상궁 한 명만 하늘을 우러러보고 있을 뿐, 다른 다섯 명은 즐거운 나들이를 나선 듯 밝은 얼굴로 구경꾼들을 내려다봤다.

사형 행렬이 서소문을 통과했다. 여기부터는 내리막길이었다. 잠시 우차들을 세우고 사형수들이 딛은 발판을 빼버렸다. 아홉 명 모두가 십자가에 대롱대롱 매달린 꼴이 됐다. 사형 행렬을 진두지휘하는 안기원이 다시 출발 신호를 하자 선두에 있던 군사들이 냅다 뛰기 시작했다. 북재비들도 북을 메고 뛰었다. 이어서 우차부들이 부룩소의 고삐를 잔뜩 움켜잡고 달릴 태세를 갖추자 나졸 하나가 몽둥이로 소 엉덩이를 후려갈겼다. 놀란 소가 앞으로 내닫기 시작하자, 우차가 바퀴 소리를 요란하게 일으키면서 울퉁불퉁한 고갯길을 곤두박질치듯 미끄러졌다. 차례로 우차 여섯 대가 고갯길을 내달릴 때, 사형수들은 마구 흔들리는 몸을 지탱하지 못하고 고통으로 일그러진 얼굴로 신음했다. 십자가에 얽어맨 머리털이 몽땅 빠지는 것 같은 아픔은 아무리 이를 악물어도 오장육부를 찢는 신음 소리를 비어져 나오게 했다. 이것은 일차적인 고통으로 칼을 받게 될 사형수들의 정신을 빼놓으려는 절차였다. 내리막길을 내달아 우차들이 평지에 멎었을 때 사형수들의 혼은 이미 반이 나가 있었다. 다시 사형수들의 발판을 놓아주었다. 형조참의가 도착하자 사형 행렬은 왼쪽으로 방향을 틀어 다시 움직이기 시작했다.

참터로 불리는 사형장은 헌다리 남쪽 냇가 백사장이었다. 헌다리 밑을 흐르는 작은 시냇물이 좁은 모래밭을 만들면서 염청교 아래로 흘러 빠져나갔다. 그 어간의 백사장 일대를 사형장으로 사용했다. 그곳 동쪽에는 크고 깊은 우물이 하나 있었는데, 망나니 우물 혹은 두께 우물이라 일컬었다. 유독 물이 많이 샘솟았던 그 우물에는 늘 물이 흘러넘쳤다고 한다. 평소에는 우물에 뚜껑을 덮어두었다가 사형 집행이 있는 날만 열고 우물물에 망나니들이 피 묻은 칼을 씻도록 했다.

참터에 먼저 도착한 망나니 네 명이 땅바닥에 퍼질러 앉아 술을 마시고 있었다. 북소리가 점점 가까워지면서 사형 행렬이 서소문 내리막길을 내려오는 모습이 보이자, 벌써 눈알이 시뻘겋게 술 오른 망나니들은 소름 끼치도록 괴상한 웃음소리를 내지르며 자리를 털고 일어섰다. 어떤 자는 한 손으로 칼을 휘두르며 덩싯덩싯 춤추어 미리 신바람을 일으켰고, 어떤 자는 들메끈을 고쳐 맸다. 그들은 검푸른 긴소매 저고리를 허벅지까지 늘어뜨리고 잿빛 바지를 입었다. 그리고 두터운 머리띠로 어지러이 풀린 상투 머리를 질끈 동였다.

북 치는 고수들을 선두로 헌다리 앞을 지난 사형 행렬은 물이 마른 개천을 건너 참터로 곧장 들어왔다. 무수한 군중이 그 뒤를 따르고 있었다. 망나니들은 한구석으로 물러나더니 다시 술을 퍼마셨다. 참터 입구에서 사형 행렬이 멈추자, 나졸들이 우차마다 뛰어 올라가 십자가에 묶여 있는 사형수들의 머리털을 칼로 갈라내고 양팔을 맨 끈도 끌러버렸다. 그러자 엄장 좋은 나졸들은 사형수들을 하나씩 등에 업고 참터 한복판으로 데려갔다. 그리고 모랫바닥에 그들을 내려놓은 다음에 다시 뒷결박하여 무릎을 꿇렸다. 그사이에 구경꾼들이 둥그런 원을 커다랗게 그리듯 둘러쌌고, 군사들은 창대로 그들이 더는 앞으로 못 나오도록 위협했다.

사형수 아홉 명을 나란히 앉혀놓고 형조참의가 사형 결안結案을 낭독할 때는 군중도 조용했다. 그러나 군중은 결안의 내용에 귀 기울이지 않고 사형수들을 바라보기 바빴다. 남녀 사형수들은 시종일관 죽음의 공포를 전혀 보이지 않았다. 남명혁은 곁에 꿇어앉은 이광헌에게 농담까지 던졌다.

"내 가는 목은 베기 쉽겠지만, 형님 목은 그렇게 굵고 튼튼하니 망나니가 고생하겠구려."

그 말에 이광헌은 보일 듯 말 듯 미소를 지었다. 박 상궁은 눈짓으로 안기원을 불러서 부탁했다.

"망나니들이 우리 몸을 벨 적에 허둥대지 않도록 단단히 주의를 주시오. 헛칼질을 말고 단칼에 목을 자르도록 하오."

형조참의의 결안 낭독이 끝났다. 나졸들이 얼른 사형수 한 명씩을 붙잡고 말뚝 앞으로 옮겼다. 사형수들의 웃옷을 벗긴 다음 머리털을 말뚝 아래쪽에 칭칭 동여맸다. 이어서 뒷결박을 진 채 무릎 꿇은 사형수들의 턱밑에 굵은 나무토막을 받쳤다. 이렇게 목을 길게 빼고 수그린 형상이 되는 동안 사형수들은 한결같이 나졸들의 움직임에 순순히 몸을 맡겼다. 나중에 묶이는 사람들은 먼저 묶인 교우들을 보고서 스스로 목을 내밀기도 하고 턱을 치켜들어 나무토막이 잘 괴이도록 도왔다.

둥, 둥, 둥— 둥, 둥, 둥—

이윽고 북소리가 다시 울리기 시작했다. 군중의 한구석이 조용해지면서 길을 터주자 망나니 넷이 덩실덩실 칼춤을 추며 뛰어나왔다. 그들은 먼저 울타리를 친 구경꾼들 앞으로 한 바퀴를 돌며 시위했다. 독한 화주火酒를 퍼마신 시뻘건 얼굴로 언월도처럼 칼날이 넓고 자루가 짧은 칼을 허공에 휘두르면서 망나니들이 다가가면 구경꾼들은 기겁하여 물러났다. 그것이 자못 재미있다는 듯 망나니들은 괴상한 웃음소리를 내면서 북소리에 맞추어 서슬 시퍼런 칼을 들고 덩실거렸다.

군중 앞을 한 바퀴 돌고 난 망나니들은 여전히 춤추는 동작으로 꿇어 엎드린 사형수들에게 차츰 접근해 갔다. 구경꾼들은 긴장하여 마른침을 삼켰다. 망나니 넷이 사형수들을 둘러싼 채 빙빙 도는가 하면 따로 흩어져서 제멋대로 칼춤을 추다가 다시 모여들었다. 어쩌면 그런 망나니들의 군무를 보려고 구경꾼들이 모여드는 것이리라.

망나니 하나가 우뚝 멈춰 서더니 칼을 높이 추켜올렸다가는 이광헌의 목을 겨냥하고 내려쳤다. 그 순간 구경하던 여자들은 일제히 '악' 하고 소리를 질렀다. 그러나 이광헌의 목은 멀쩡히 붙어 있었고, 망나니는 다시 덩싯덩싯 춤추면서 비켜났다. 다른 망나니들도 사형수 한 명씩을 맡아서 똑같은 동작을 선보였다. 그것은 사형수들의 정신을 빼놓는 동시에 헛칼질 않고 단칼에 목을 베기 위한 연습 행위였다.

망나니들이 몇 차례씩 그런 동작을 반복하고 있을 때, 갑자기 북소리가 높아지면서 빨라졌다. 처형을 재촉하는 소리였다. 드디어 한 망나니의 칼이 번득이는 동시에 이광헌의 목에서 빨간 핏줄기가 솟아올랐다. 그러나 이광헌의 목은 그냥 붙어 있었다. 망나니는 제자리에 맴돌며 춤추다가 다시 겨냥하고 내려쳤으나 두 번째도 실패했다. 저희 딴에는 정확히 겨냥한다지만, 만취한 몸으로는 칼날이 빗나가기 일쑤였다. 이광헌의 머리는 네 번째 칼질에 모랫바닥으로 툭 떨어졌다.

남명혁과 권득인의 머리는 두 번째로 내려친 칼을 맞고 떨어졌다. 모랫바닥에 떨어진 권득인의 얼굴은 여전히 미소를 머금고 있었다. 여자들도 칼을 받는 순간까지 평온하고 온화한 기색을 잃지 않은 채 기도했다. 몸뚱이와 완전히 분리된 머리 아홉 개를 확인한 망나니들은 두께 우물에서 피가 뚝뚝 떨어지는 칼을 씻었다. 말뚝에 머리털이 묶인 채 두 동강 난 시체들이 내뿜는 빨간 선혈이 모래밭을 적시고 있었다. 그것은 광풍에 흩날리다가 떨어진 빨간 꽃잎들이었다.

13

모전 다리 못미처에 있는 어느 허름한 선술집에서 한량목과 석팔은 말없이 술잔을 기울였다. 오늘 그들이 본 참터 광경은 말 한마디조차 못 나눌 만큼 너무나 충격적이었다. 그러나 지금 두 사람은 조금 다른 생각에 빠져 있었다. 한량목은 옥중에 있는 김효임도 필경 그런 모습으로 형장의 이슬이 되리라는 예감에 불안해졌고, 석팔은 목이 떨어지는 마지막 순간까지도 의연한 미소를 잃지 않았던 천주교인들의 신앙을 생각했다.

술값을 치른 한량목이 밖으로 나가자 석팔이 따라가며 물었다.

"어디로 가는 것이오?"

"형조."

"지금이요?"

잠깐 주춤하던 석팔은 말없이 걷는 한량목을 쫓아갔다.
형조 정문을 지키던 나졸이 눈을 둥그렇게 뜨고 한량목에게 굽실 인사했다.
"형조판서 계신가?"
"조금 전에 퇴청하셨습니다."
"벌써?"
"오늘은 큰일도 있었으니……."
"옥에 있는 사람을 만나러 왔네."
"그럼 안으로 들어가서 말씀하시지요."
마침 방석순이 자리에 있다가 밖에서 들어오는 한량목과 석팔을 보더니 당황하는 빛을 띠었다. 그러나 곧 그는 시치미를 떼고 큰소리로 한량목에게 인사말을 던졌다.
"한량목이 여기는 웬일이오? 참으로 오래간만이오."
"방 심률은 형조에 여태 계셨소?"
"나야 형조 말뚝이 아니오."
방석순과 함께 있던 관원들 중에도 한량목에게 알은체하는 자들이 여럿 있었다. 한량목은 웃음으로 그들의 인사를 건성건성 받아넘기고 낮은 목소리로 방석순에게 용건을 말했다.
"옥에 있는 천주학쟁이 여자 하나를 만나러 왔소이다."
"누구? 이름이 뭐요?"
"김효임이라고……."
방석순이 어이없다는 얼굴로 한량목을 쳐다보다가 빈정거리듯 말했다.

"한량목의 오입 실력은 세상이 다 아는 일이지만, 어떻게 천주학 믿는 여자에게까지 손을 뻗치시오?"

"오해하지 마시오. 친구의 부탁을 받고 왔소. 그 여자도 오늘 참 터에서 목 잘린 사람들처럼 자진하여 죽으려 한다기에 마음을 돌려 볼까 하오."

"하하하……, 크게 잘못 생각했소."

"잘못 생각했다니?"

"다방골 기생들을 다루던 실력만 믿는 모양인데, 천주학쟁이 여자들은 근본부터 종자가 다르다오."

몇몇 관원들이 웃었다.

"어쨌거나 그 여자를 만나보기나 합시다. 천주학 귀신에 씐 사람들의 이야기는 많이 들었지만, 새파란 여자들의 목까지 친대서야 세상이 너무 살벌하잖소."

"누군들 목을 치고 싶어서 치나. 형조판서가 제발 살려주게 해달라고 빌다시피 해도 형장으로 나가는 것을 더 좋아하는 축들이 천주학쟁이들이오."

관원 하나가 농지거리로 말했다.

"여자들을 잘 녹이는 한량목의 수완으로, 어디 콧대 센 그 처녀도 녹여보구려. 어쩌면 마음이 변할지도 모르지."

"그러면 저 좋고 나 좋으련만."

"하하하……."

넉살 좋게 받아넘기는 한량목의 말에 관원들은 웃음을 터뜨렸다.
"그럼 내가 나가서 그 여자를 만나보게 해줄까."
방석순이 앞장서며 그들을 데려갔다. 다른 관원들과 멀찍이 떨어져서야 그가 핀잔했다.
"여기는 왜 왔소? 그 여자를 만나봐야 소용없다니까."
"참터에서 오는 길이오."
"한량목의 심정은 알겠지만, 당사자의 마음을 돌려놓기는 불가능한 일이오."
"잘 알고 있소. 하지만……"
"형조판서를 움직이는 방법밖에는 다른 도리가 없소."
방석순은 빈방으로 그들을 들어가게 하고 혼자 감옥으로 갔다. 한량목은 냉기 도는 방에 들어가서 침통한 얼굴로 팔짱을 끼고 앉아 있었다. 처음부터 말없이 따라만 다니던 석팔은 가벼운 흥분을 느끼고 있었다. 그는 김효임이 감옥에 갇힌 후 처음 만나는 것이다.

밖에서 방석순의 기침 소리가 나더니 방문이 열리고 곧이어 김효임이 나타났다. 한량목을 무표정하게 바라보던 김효임은 석팔을 발견한 순간 반색했다. 석팔이 주어 고개에서 포졸들에게 채찍질하던 남자라는 걸 금세 알아봤던 것이다.
"내가 밖을 지킬 테니 마음 놓고 이야기들 나누시오."
방석순이 그들을 안심시킨 후에 방문을 닫았다. 김효임은 두 다리를 약간 비껴서 다소곳이 앉았다. 한량목이 입을 열었다.
"아홉 분이 형장에서 참형당하는 모습을 보고 왔소"

"……."

김효임은 이미 짐작했던 터라 아무런 반응도 보이지 않았다. 그녀는 방바닥의 낡은 삿자리에 시선을 박은 채 아미를 숙이고 미동도 없이 앉아 있었다.

"천주교는 영혼을 중요하게 여긴다는 것을 알고 있소. 그분들의 영혼도 천당으로 승천했다고 믿으리라는 것도 잘 아오. 그런데……, 그런데 아무리 천당이 좋은 곳이라고 해도 그리 성급히 갈 것까지는 없지 않소? 이승에 한 번 태어난 목숨이니, 살 수 있는 방법이 있는 한 살려고 노력하다가 죽은 후에 영생을 찾는다고 무에 나쁘겠소."

"……."

"물론 배교하라는 조건이 붙어 있으니 옥을 나가지 못하는 것도 알고 있소. 그러나 국법으로 이미 선포됐으니 그것은 어쩔 도리가 없는 일이오. 지난번에 포도청에서 만났을 때, 그대는 나라가 국법으로 천주교를 인정하도록 만들려면 죽음으로 항쟁할 수밖에 없다고 말했소. 나는 천주교가 이 땅에서 인정받아야 한다는 생각은 옳다고 보지만, 그 방법은 틀렸다고 여기오. 재능 있고 똑똑한 천주교인들이 전부 죽는다면 누가 살아남아 천주교를 이어 가겠소."

"……."

"그래서 이렇게 말하는데, 내가 불일내로 형조판서를 만날 것이오. 다음 문초가 있을 때 형조판서가 에둘러 배교하라고 말하거든 어떤 대답도 하지 말고 머리만 한 번 끄덕여 보이시오. 그것으로 곧 석방령이 내려질 것이니……. 일단 옥 밖으로 나와 은인자중隱忍自重

하는 생활을 하다가 시국이 좀 잠잠해지거든 다시 신앙 활동을 계속하면 될 것 아니겠소. 그때는 나도 천주교를 위한 일을 도울 수 있을 것이오. 지금은 천주교에 대해 백지상태니 무슨 명분으로 내가 협조하겠소. 그러니 그대가 옥을 빠져나와 나부터 천주교인으로 만들어보시오."

그때였다. 여태까지 꼼짝없이 고개만 숙이고 앉아 있던 김효임이 얼굴을 번쩍 들어 한량목을 쳐다봤다. 지난번과는 반대로 한량목은 냉철한 표정을 유지했고, 김효임은 이글거리는 눈빛을 감추지 못했다. 김효임의 시선은 사내의 진심을 꿰뚫어 보려는 듯도 하고, 천주교에 귀의하겠다는 언질에 감격하는 듯도 하고, 자신을 향한 사내의 불같은 열정에 승복하는 듯도 한, 형언할 수 없이 복합적인 마음을 담고 있었다.

그러나 김효임은 곧 머리를 떨구면서 두 눈을 내리깔고 처음 입을 열었다.

"옥중으로 넣어주시는 사식……, 진심으로 고맙게 여깁니다."

"날마다 사식을 넣어주고 싶지만 이목이 많아 그마저도 여의치 못한 모양이오. 옥에 앉아 구메밥이나 먹을 것이 아니라 어서 넓은 세상으로 나오시오."

김효임은 아무런 대답 없이 처음처럼 다소곳이 앉아서 마냥 입을 다물고 있었다.

"내 뜻은 다 밝혔으니 신중히 생각해 주시오."

한량목은 그 침묵을 더는 참지 못하고 자리에서 일어났다. 그가 방문을 열자 문밖에서 방석순이 서성거리다가 얼른 쫓아왔다.
"이야기를 끝마쳤소."
김효임은 공손한 태도로 두 사람에게 인사했다. 석팔도 얼른 일어나서 정중하게 허리를 굽혔다. 김효임이 방에서 나가자 한량목은 천장을 바라보면서 까닭 모를 한숨을 푹 내쉬었다.
형소를 나선 한량복과 석팔은 아무 말 없이 서린방 쪽으로 걷기 시작했다. 석팔은 내심 탄복하고 있었다. 여인은 단 한마디밖에 하지 않았지만 시종일과 방 안의 분위기를 사로잡고 있었다. 뜨거운 마음을 담은 한량목의 간절한 열변도 여인의 무언에 압도되는 느낌이었다. 장안의 호걸이라는 한량목이 그 여인 앞에서는 하잘것없는 졸장부처럼 보일 정도였다.

참터에서 아홉 사람이 치명한 이틀 후, 포도청 옥방의 귀염둥이 옥분도 그들을 뒤따라 세상을 떠났다. 옥중에서 인연을 맺은 양어머니가 형장으로 떠난 후에 병세가 급격히 악화된 옥분은 밤새 헛소리를 하다가 새벽녘에 잠들듯 눈을 감았다. 곁에 있는 사람조차 처음에는 옥분이 죽은 줄 몰랐다. 날이 밝자 옥졸 하나가 들어와서 가뿐한 소녀의 시체를 한 손으로 번쩍 들고 나갔다.
사흘 사이에 김 바르바라라는 젊은 과부와 정 아가타라는 늙은 노파도 숨을 거두었다. 한편 남자들이 있는 옥방에서도 정국보에 이어 장성집이 옥사했다. 장성집은 형문 장소로 끌려 나가 치도곤 스물다섯 대를 맞고 들어온 날 밤에 숨을 거두었으니, 그의 나이 쉰

넷이었다. 좌포도대장 남헌교는 김효임 자매를 나체로 고문한 사건과 포졸들이 천주교인의 재산을 약탈한 사건으로 형조판서에게 심한 책망을 받고 난 후 악에 받친 놈처럼 독살스럽게 나왔다. 그는 더욱 철저히 문초하여 신자들을 배교시키든가, 아예 매질로 장살하든가 결딴을 내려고 작심한 것 같았다.

앵베르 주교와 정하상 일행은 사흘째 되는 날 이른 새벽에 참터로 향했다. 사형을 집행하고 나면 포졸들이 보통 사흘 동안 시체를 지켰다. 더구나 이번에는 시체를 가지러 오는 천주교인들을 노리고 있었기 때문에 그들이 빨리 손쓰기도 어려웠다. 그렇다고 시일을 자꾸 지체할 수는 없는 터라 하루를 더 기다리지 못하고 시신들을 훔치러 나서기로 용단을 내렸다. 시각은 인시寅時, 다행히 안개가 조금 꼈다. 그들은 전부 열 명이었는데, 주교 외에 각자 치명자의 시신을 한 구씩 운반하기로 했다.

전날 밤, 만리재 아래 박우물골 어느 교우의 집에 모인 그들은 희뿌연 새벽안개를 헤치고 거기서 멀지 않은 참터 근처에 이르렀다. 최기풍이 참터를 감시하는 포졸들의 동태를 살피려고 혼자 염청교 쪽으로 내려갔다. 얼마 후에 돌아온 그는 조심스럽게 보고했다.

"참터 근처에 사람이 있는 것 같지는 않습니다."

정하상을 선두로 일행은 발꿈치를 들고 소리 없이 걸어 참터가 있는 백사장으로 내려섰다. 여기저기 박혀 있는 말뚝에 머리들이 매달렸고, 그 아래에 목 없는 시체들이 널려 있었다. 두 동강이 난 시체들은 머리와 몸뚱이가 서로 바뀌지 않고 제자리에 있어 구분하기 쉬웠다. 아홉 사람이 빠른 동작으로 움직였다. 그들은 각자 가져간 마대로 시체를 싼 다음에 다시 거적으로 둘둘 말고 멜빵을 걸어 짊어졌다. 한둘 일어나서 출발하기 시작하여 모두들 삽시간에 참터를 떠났다. 그 과정에서 그들은 기침 소리 한 번 내지 않은 채 치밀하고 날래게 움직였다.

그들은 배다리 아래를 흐르는 개천을 끼고 남쪽으로 걸었다. 흡사 행수 한 명과 보부상 아홉 명의 행렬 같았다. 그들은 다시 청파에서 방향을 꺾어 서쪽으로 뻗은 언덕배기로 올라갔다. 그곳은 언덕바지 일대에 참나무와 상수리나무가 듬성듬성 서 있는 황량한 숲이었다. 숲속 가운데쯤 되는 곳에서 이미 교우 세 사람이 구덩이를 세 군데 파놓고 기다렸다. 그곳은 오늘과 같은 날을 대비하여 치명자들의 임시 공동묘지로 쓰려고 미리 매입해 둔 땅이었다.

그들은 그곳에 도착하여 땀 닦을 겨를도 없이 시신들을 정식으로 염하기 시작했다. 이런 일에 경험이 많은 박후재가 하는 대로 각자 시신의 피 묻은 옷을 벗기고 새 옷으로 갈아입혔다. 그리고 머리를 몸뚱이에 맞추어 거적 위에 반듯이 눕힌 후 남은 거적 자락으로 덮은 다음 세 토막이 되는 지점들을 새끼줄로 묶었다. 시신들을 구덩이에 넣을 때는 머리와 몸뚱이가 분리되지 않도록 여럿이 조심스레 받쳐 들었다. 넓게 판 구덩이 안에 이광헌과 남명혁, 권득인이 나란히 누웠다. 그들은 시신 위에 먹물로 쓴 명패를 올려놓아 훗날 좋은 묘소로 이장할 때 구분하기 쉽도록 했다. 앵베르 주교는 순교자들의 시신을 소홀히 매장하는 것이 가슴 아팠다. 그는 유럽에서처럼 비단옷을 입히고 값비싼 향유를 발라주지 못하는 데 죄책감을 느꼈다. 그러나 어쩌겠는가. 지금 땀을 뻘뻘 흘리며 작업하는 신자들을 보호하기 위해 한시바삐 이곳을 떠나야 할 처지가 아닌가. 여자 시신들도 다른 두 군데 구덩이에 세 명씩 눕히고 매장했다. 봉분을 만들 수는 없었다. 먼동이 훤해지기도 하거니와 새 묘를 쓴 흔적을 남길 수 없었기 때문이다. 그들은 그저 매장한 자리에 풀잎과 묵은 낙엽들을 긁어다가 덮은 후에 표식만 해두었다. 모든 작업이 끝났을 때 하루의 새날을 여는 여명이 밝았다. 그들은 주교의 집전으로 경건한 미사를 간단히 올린 후에 그곳을 떠났다.

한편 대구와 전주에도 천주교인들의 사형이 집행됐다. 그들은 모두 십삼 년 동안 옥살이를 계속하다가 그렇게도 소원하던 천국의 문을 두드렸다.

대구 감영에서 참수된 신자는 박사의 안드레아, 이재행 안드레아, 김사건 안드레아 세 명이었다. 그들의 시체는 포졸들이 직접 거두어 정중한 예로 장사를 지내주었다. 이런 일은 일찍이 없었다. 비록 그들은 옥중 죄수의 몸이었지만 포졸들에게까지 얼마나 깊은 존경과 애정을 받았는지 충분히 알 수 있다.

전주 감영의 사형 집행은 대구보다 사흘이 늦은 날 풍남문 앞 장터에서 시행됐다. '작은 모세'로 유명했던 신태보 베드로가 아직 여기에 살아 있었다. 어느덧 그는 이른 고령이었으나 오랜 세월 옥살이한 깡마른 체구에도 강단은 여전했다. 그와 함께 마지막까지 순교의 날을 기다려온 신자들은 김대권 베드로, 이일언 욥, 정태봉 바오로, 그리고 이태권 베드로까지 네 명이었다. 그들 다섯 명을 전주에서 가장 번화한 거리로 끌어내어 수많은 군중이 보는 앞에 참수했다. 그러나 백성들에게 사교를 경계시키려는 의도로 시행된 공개 처형은 역효과를 불렀다. 오히려 여러 해 동안 잊혔던 천주교를 백성들에게 널리 알리는 결과를 가져왔을 뿐이다. 그 땅에 뿌린 순교자들의 피가 호남 지방에 진리의 씨앗을 사꾸는 밑거름이 됐던 것이다.

천국과 지옥

1

 좌포도대장 남헌교와 형조판서 조병현이 관직에서 물러났다. 남헌교는 조정에서 본격적으로 천주교를 탄압하자, 안동 김씨들과 풍양 조씨들의 양쪽 눈치를 살피며 소신 없이 처신하다가 어느 쪽의 신임도 얻지 못하고 포도대장 자리에서 쫓겨났다. 그러나 조병현은 스스로 의정부에 사직서를 내고 형조판서라는 커다란 감투를 벗어던졌다. 그는 천주교인 아홉 명을 참형한 이튿날부터 출근하지 않았다.
 한량목은 맥이 탁 풀렸다. 형조판서에게 접근하기 위해 조병현에 대한 모든 것을 상세히 파악하고 그를 매수하는 여러 가지 방법을 검토하여 치밀한 계획을 세워두었다. 이젠 직접 그를 만나 담판할 일만 남았는데, 형조의 방석순이 달려와서 형조판서가 사직서를 내고 출근하지 않는다는 사실을 알려왔다. 김효임 자매를 석방시키려던 일련의 공작은 일단 보류할 수밖에 없었다.

좌포도대장의 후임자로 이완식이 등용됐다. 우의정 이지연이 그를 추천했다. 이틀 후에는 형조판서도 새로 임명됐는데, 풍은 부원군 조만영과 외척 간인 홍경모가 그 자리에 앉았다. 두 사람 모두 풍양 조씨 사람들이라, 이후로 천주교 박해가 더욱 심해질 조짐을 나타냈다.

그러나 한 달이 지나도 그런 기미는 보이지 않았다. 뜻밖에 포도청은 잠잠했다. 천주교인들을 잡으러 다니는 포졸들도 거의 없었다. 그동안 박후재 한 명만 잡혀갔을 뿐이다. 용인 태생인 그는 신유년에 아버지가 순교한 이후 가족과 함께 한양으로 올라왔는데, 어머니는 물장사하고 그 자신도 짚신과 미투리를 삼아 처자를 부양하면서 가난하게 살았다. 비록 곤궁히 생활할망정 그는 곧은 마음으로 천주교 신자의 본분을 열심히 지켜서 많은 사람들에게 감명을 주었다.

천주교 탄압을 획책한 풍양 조씨 수뇌들은 당황하고 있었다. 그들은 민심이 천주교도의 처형에 동조하지 않는다는 것을 알게 됐다. 지난달 천주교인 아홉 명을 참형하던 날, 그 사실이 확연히 드러났다. 사형장으로 가는 행렬을 구경하려고 모인 백성들이 십자가에 묶인 채 실려 가는 자들에게 욕설을 퍼붓기는커녕 침묵 가운데 동정의 눈길을 보냈다지 않은가. 어떤 자들은 오히려 집단으로 천주교인들을 사형하는 조정의 처사가 지나치다고 비난하더라는 말도 들렸다. 게다가 참터에 모여든 군중도, 망나니들의 칼춤 앞에서 시종 의연한 자세로 목이 떨어지는 순간까지 두려워하는 기색을 전혀 보이지 않은 천주교인들에게 감탄만 했다는 소식을 전해 들었다. 민심이 자기들의 의도와는 반대로 돌아가고 있음을 깨닫자 조인영과 이지연은 아연실색하고 말았다.

"이러다가 우리만 인심을 잃는 것이 아니오?"

"백성이란 원래 우매한 것들이지 않소. 뭘 알아야지."

"사교가 얼마나 무서운 해독을 끼치는지 널리 알릴 필요가 있소."

"맞소. 삼강오륜을 기조로 삼는 나라에 윤기의 뿌리부터 파먹는 독충이라는 것을 모르니 한심스럽소."

"천주학 무리가 흔해져서 백성들도 이젠 대수로운 일로 보아 넘기는 것이 사실이오. 천주학쟁이를 처형하는 것만이 능사가 아니라, 먼저 사교 불감증에 걸린 백성의 어리석은 머리부터 깨우쳐주는 일이 시급하오."

"옳으신 말씀이오. 백성이 우둔하긴 하지만 그들을 등지고는 우리 일을 성취할 수 없는 노릇."

그런 논의를 한 뒤부터 조정에서는 천주교를 규탄하는 발표를 거듭하면서, 전처럼 강경 일변도가 아닌 우회적인 방법을 썼다. 천주교가 동방예의지국의 남녀 간 풍기를 문란케 하고 조상의 제사도 지내지 않는 사악한 집단임을 강조했다. 그런 계략은 곧 효과를 거두어, 사람들이 모이는 곳이면 천주교를 두고 설왕설래하는 일이 많았으며 애먼 유언비어도 난무했다. 또한 아직 조정의 공식 발표는 없었지만, 백성들 사이에는 이미 조선에 서양인들이 숨어 활동한다는 풍문이 널리 퍼져, 단연 그 화제가 가장 자주 오르내렸다.

천주교인들은 곳곳에서 어처구니없는 모함을 자주 당하곤 했다. 박종원 회장의 부인 고순이도 이웃 마을에 볼일을 보러 갔다가 아낙네들이 지껄이는 소리를 들었다.

"천주학 중은 도술을 부린다는구먼. 뱀과 두꺼비, 지네를 한꺼번에 넣고 생으로 찧어서 이상한 약재와 섞은 약물을 지니고 있다는데, 여자 정수리에 그 약물을 몇 방울 떨어뜨리면 고스란히 배꼽 밑으로 흘러 들어간다네. 그때부터 여자는 정신을 못 차리고 서양 중이 자기 머리에 손만 얹어도 몸뚱이가 흐물흐물해지면서 두 손으로 매달리게 된다는구먼."

한 아낙이 수다를 떨자 다른 아낙이 물었다.

"그렇게 매달리면 어쩐다는 게야?"

"뻔한 일이지. 그런 것까지 캐묻나."

또 다른 아낙이 아는 체했다.

"서양 중이 쓰는 골방이 따로 있다네. 여자를 그 골방으로 데리고 들어가는데, 얼마 후에 방을 나와서는 희희낙락하는 얼굴로 돌아간다더구먼."

"여자 하나만 그러는 것이 아니라지. 하루에도 몇 여자를 건드리는데, 많을 때는 하룻밤 사이 열 여자를 받는다는구먼."

"어머나, 하룻밤에 열 명을?"

"설마……. 항우장사도 그러지는 못하겠네."

"이런 멍텅구리 같은 소리! 기운만 세다고 여자를 많이 다루나. 그런 힘은 따로 가지고 있는 게야."

"하긴 약물로 도술을 부린다니 몸보신 탕약을 먹고 불끈한 힘인들 못 내려고……."

"서양 중은 우리네보다 몸도 크고 코도 두 곱절 크다는데, 사실인가?"

"누가 알아? 만나봤어야 알지."

"아무튼 서양 중을 한 번 겪은 여자들은 죽어도 천주학을 못 놓는다네."

"그것들이 저희끼리는 형제로 알고 아우 형님 한다더니 다 일리가 있는 이야기구먼."

"한 사내를 모시는 동서 간이잖아."

"호호호……."

밑도 끝도 없이 지껄이는 여편네들의 이야기를 듣다가 고순이는 발길을 돌렸다. 가슴에서 불덩이가 치미는 분한 마음을 가눌 길이 없었다. 집으로 돌아온 그녀가 그 이야기를 남편에게 전하자 박종원은 대수롭지 않게 받아넘겼다.

"그 정도 가지고 뭘 그리 흥분하오. 그보다 더 심한 유언비어도 파다하게 퍼져 있는데……."

"이래서야 어디 얼굴을 들고 다니겠소. 혼자 있어도 낯이 화끈거립니다."

"대명천지에 언젠가는 그 사람들도 진실을 알게 될 것이오."

그 무렵 앵베르 주교는 모시전골 본당에 있었다. 문안으로 다시 들어와서는 창골 본당에 머물렀는데, 모시전골에 있는 것보다 더 안

전하다고 여겼기 때문이다. 그러다가 근래 천주교인들을 잡아들이려는 포도청의 동정이 뜸해지자 모시전골로 옮겨 왔다. 하지만 교우들의 출입을 엄격하게 통제했다. 그들도 전부 긴장을 풀지 않고 있었으므로 지도층의 지시에 잘 순응하며 경거망동을 삼갔다.

어느 날 충청도에서 쉰이 가까운 손경서라는 천주교 신자가 정하상을 찾아왔다. 그는 홍주 태생으로 정하상이 내포 지방에 내려갈 때마다 극진히 대접했다. 사업 수완이 좋은 그는 재산가였는데, 남달리 시세를 보는 눈이 날카롭고 판단력이 뛰어나서 어떤 장사든 손대기만 하면 번번이 큰돈을 벌었다. 그러나 그는 누구에게나 겸손하고 원만히 지내는 성품으로 다양한 친구들을 폭넓게 사귀었으며 어려운 사람을 잘 도와주어 인심을 얻었다.

손경서는 지난해 섣달 천주교인들이 여럿 잡혀갔다는 한양의 소식을 듣고부터 머지않아 큰 교난이 일어나리라는 것을 예견했다. 그래서 그는 다른 일을 모조리 팽개치고 안전한 피난처를 찾아 나섰다. 그는 지관으로 행세하면서 여러 고을을 두루 돌아다니다가 마땅한 장소를 발견했다. 그곳은 수원성 서쪽 해변이었다. 지형이 아주 묘했는데, 바다로 깊숙이 뻗은 반도였다. 그 일대를 중심으로 십 리 밖에는 동네가 없고 황무지와 야산들뿐이라 사람들도 거의 다니지 않았다. 좁다란 외길을 따라 반도로 들어가면 낮은 구릉을 등지고 바닷가에 게딱지 같은 초가집 네다섯 채가 납작 엎드려 있었다. 그곳은 바다를 항해하는 배에서도 잘 보이지 않았다. 상곡이라고 불리는 그곳 외진 구석에서, 한집안 삼 형제가 박토에 씨도 뿌리고 오죽잖은 배 한 척으로 물고기도 잡으며 가난하게 살고 있었다.

손경서가 적당한 구실을 대고 그곳을 통째로 사버렸다. 삼 형제는 바깥세상에 나가서 살고 싶어도 빈주먹이라 엄두를 못 내다가, 그들이 살던 터전과 맞바꾼 거금을 가지고 흔연히 떠났다. 손경서는 자기 가족과 다른 교우 두 집안까지 솔거(率去)하여 그곳으로 이사했다. 튼튼한 배를 한 척 장만하여 이삿짐을 날랐다. 허술한 집들을 손질하고 제법 살 자리가 잡힌 무렵, 수원에 나간 손경서는 아홉 명의 신도가 서소문 밖에서 참형됐다는 소식을 들었다.

"제 소견입니다만, 이번 교난이 가라앉을 때까지 저희 집에 주교님을 모시는 것이 어떻겠습니까? 아무래도 주교님이 한양에 계시면 위태롭지 않겠습니까? 그 일을 의논하려고 제가 오늘 정 회장님을 만나러 온 것입니다."

정하상은 귀가 번쩍 뜨였다. 그렇잖아도 요즘 앵베르 주교의 건강이 매우 나빠져서 공기 좋고 한적한 곳을 찾던 참이었다. 게다가 신자들의 출입을 통제한 후에는 주교가 할 일도 별로 없었다.

"잠깐 앉아 계시오. 내가 여쭤보겠소."

정하상은 먼저 갑녕과 함께 앵베르 주교의 거처 문제를 상의했다. 갑녕도 주교가 편히 지내도록 한적한 곳을 물색하던 중이었다. 그의 생각으로는 앵자산 주어사가 적합했다. 그 절간의 주지승이 허락할지는 의문이었지만, 이삼 일 내로 그가 직접 가서 주지승을 만나볼 요량이었다. 그러던 차에 손경서가 수원 상곡에 피난처를 준비해 두었다는 말을 듣고 갑녕은 두말없이 찬성했다. 주교도 쾌히 승낙했다.

사흘 후에 정하상 일행은 앵베르 주교를 모시고 삼개 나루로 나갔다. 이른 아침이라 나루터에는 사람들이 별로 보이지 않았다. 손경서는 다른 교우 두 사람과 함께 약속 장소에 미리 와서 기다리고 있었다. 정하상 일행이 배를 댄 곳으로 다가가자 서른 남짓한 사내가 쑤르르 앞으로 나오더니 주교 앞에 큰절하듯 허리를 굽혔다.

"주교님을 모시게 되어 기쁘구먼유. 저는 정 안드레아예유."

그 사내가 너무 크게 말하여 정하상 일행은 당황했다. 첫눈에도 어수룩하고 순박한 얼굴이었다.

"쉿! 배 안에서 인사를 드리시오."

정하상이 핀잔 투로 주의를 주자 그 사내는 커다란 눈을 껌벅이다가 무안한 표정을 지었다.

"아이고 참, 이러면 안 되는데……."

그 사내의 행동에서 물씬 풍기는 시골 무지렁이 냄새에 이문우는 '킥' 웃음까지 터뜨렸다.

이재용과 이문우가 앵베르 주교를 따라 배에 올랐다. 그들도 그곳으로 가서 함께 지내기로 했는데, 둘 다 라틴어를 공부할 생각으로 주교를 호위할 겸 심부름꾼으로 자청했던 것이다. 일곱 명을 태운 야거리는 즉시 뭍에서 멀어져 강심으로 들어갔다. 갑녕은 허리를 굽혀 주교에게 인사하고 다른 사람들에게도 손을 흔들었다. 손경서는 가볍게 두어 번 손짓했지만, 정 안드레아라고 자신을 소개한 정화경은 두 팔을 크게 휘휘 내저으면서 한참 인사를 보냈다.

2

 감옥에 갇혀 있는 김효임 때문에 애태우는 사내가 한량목 말고 또 한 사람이 있었다. 바로 김순성이다. 그는 살리뭇골 박 상궁의 집에서 김효임을 처음 봤던 날부터 짝사랑한 이후로 하루도 그녀를 잊고 지낸 날이 없었다.
 박 상궁이 포도청으로 잡혀가고 김효임이 행방불명됐다는 소식은 그날 오후 갑녕의 귀에 들어왔다. 갑녕은 크게 놀랐다. 박 상궁의 체포도 놀라웠지만 김효임의 묘연한 행방은 그에게 큰 근심거리가 아닐 수 없었다.
 갑녕이 끌탕하고 있을 때 마침 김순성이 찾아왔다. 그가 분원에 다시 갔을 때는 김효임이 고향 용머리로 떠난 이틀 뒤였다. 다음 날 용머리로 찾아간 그는 자매가 함께 잡혀갔다는 말을 듣고 눈앞이 캄

천국과 지옥 ··· 185

캄했다. 경황없이 발길을 되돌리다가 사람들이 보이지 않자 그는 길바닥에 털썩 주저앉아 주먹이 피투성이가 되도록 땅을 치며 분통을 터뜨렸다. 지난번에 분원에서 김효임을 만났을 때, 그의 고향 청주로 내려가자는 말을 좀더 강력하게 설득하지 못한 것을 통한했다.

낙담과 좌절감을 안고 한양으로 돌아온 김순성은 세상 살 맛을 잃었다. 이젠 선주고 교회고 그의 안중에 없었다. 항상 넘치는 활기로 부지런히 교회 일을 돌보던 그의 열성도 김효임과 더불어 물거품처럼 사그라졌다. 그는 김효임이 배교하고 풀려나올 여자가 절대로 아니라는 것을 잘 알고 있었다. 날마다 앵베르 주교가 있는 곳을 들락거리던 발걸음도 이젠 내키지 않았다. 김효임이 없는 교회는 불꺼진 화로처럼 썰렁하게 느껴질 뿐이었다.

며칠을 집 안에만 틀어박혀 뒹군 뒤에야 김순성은 모시전골 본당으로 옮긴 앵베르 주교를 찾아갔다. 하지만 아홉 신도가 참터에서 처형된 후 눈에 띄게 쇠약해진 주교의 몰골은 그날따라 절로 연민이 일 만큼 초라하고 가련해 보였다. 주교에게서 하느님의 종이라는 성직자다운 위엄은 찾아볼 수가 없었다. 그저 심신이 몹시 지쳐 있는 한 서양인이 앉아 있을 뿐이었다.

'제기랄……, 조선 신자들이 다 죽고 나면 주교고 신부고 무슨 소용이 있어.'

김순성은 속으로 씨부렁거리다가 자리를 박차고 나와 버렸다. 그리고 열흘쯤 지나서 그는 다시 모시전골로 갔다. 그런데 본당에는 정하상이 혼자 자기 방에 앉아서 무슨 글을 짓는 듯 열심히 붓글씨를 쓰고 있었다.
"주교님은 어디 가셨습니까?"
정하상은 그를 쳐다보지도 않고 대답했다.
"정양 겸 피정避靜 떠나셨네."
"피정이요? 어디로요?"
"……."
정하상은 대답이 없었다. 김순성은 슬그머니 반발심이 생겼다.
'나를 완전히 무시하고 있지 않은가.'
김순성에겐 교회에서 가장 거북한 존재가 정하상이었다. 앵베르 주교는 늘 그의 열성에 감탄하며 격려해 주었지만, 정하상은 말없이 쳐다보기만 할 뿐 먼저 그에게 말을 거는 일이 드물었다. 그런 정하상의 시선 앞에서 그는 웬일인지 자꾸만 주눅이 들었다. 그래서 그는 누구보다도 정하상에게 거리감을 느꼈다. 오늘만 해도 그가 열흘 만에 나타났지만, 정하상은 그에 대해 한마디 물어보지도 않았을 뿐더러 주교의 행방을 궁금해하는 물음도 묵살해 버렸다.
'적어도 나에겐 주교님이 어디로 가셨는지 가르쳐주어야 마땅하지 않은가. 그동안 내가 얼마나 주교님에게 충성했는데…….'
김순성은 갑자기 소외감이 들었다. 그만 따돌리는 것 같은 느낌을 받았던 것이다. 그는 화가 치밀었다. 쓸쓸한 얼굴을 하고 점포로 나오는 그를 서사 문성준이 의아하게 쳐다봤다.
"왜 벌써 나오십니까?"
"내게 주교님이 안 계신 본당은 장모 없는 처갓집 같은 곳일세."

김순성의 퉁명스러운 대답에 문성준이 대꾸를 못 하고 주저주저했다.

"자네도 주교님이 가신 곳을 모르는가?"

김순성이 못마땅한 어조로 물었다.

"모릅니다. 나뿐만 아니라 다들 모르는 것 같소."

김순성은 미심쩍은 듯 문성준을 빤히 쳐다보다가 화난 사람처럼 인사말도 없이 밖으로 나가 버렸다. 갑녕이 점포로 들어오면서 불쾌한 표정으로 말했다.

"저 사람은 왜 저러는가? 나를 보고도 모르는 척 지나치는구먼."

"골났나 봅니다."

"왜?"

"주교님 가신 곳을 정 회장님이 안 가르쳐주었나 봅니다."

"저만 모르는 일도 아니거늘……."

"요즘 저이는 본당 출입도 잘 안 하고 어딘가 좀 이상해 보이지 않습니까?"

"들리는 말이 헛소문은 아니로구먼."

"무슨 말씀이십니까?"

"지난달 감옥에 갇힌 김 골롬바라는 동정녀가 있지 않은가?"

"예."

"김 요한이 효임이를 마음에 두고 있었다네. 그래서 심란한 모양이야."

"그 동정녀를 언감생심 제깟 놈이 감히……."

지금도 갑녕은 살리뭇골로 김효임이 살던 집을 둘러보고 오는 길이었다. 김효임을 생각하면 그는 늘 가슴이 서늘해지면서 안타까운 마음을 금할 길이 없었다.

삼 년 전에 갑녕은 모방 신부를 마중하러 나갔다가 돌아오는 길에 김효명의 집에 들렀다. 그의 누이동생 김효임의 첫인상이 누님 문영인과 비슷했다. 이목구비가 확연히 다른데도 갑녕이 그들을 닮았다고 여긴 것은 전체적으로 풍기는 분위기가 비슷했기 때문이다.

문영인과 김효임, 둘 다 빼어난 미모를 감출 수 없었지만 하느님의 겸손한 딸들이었다. 어디에 내놔도 한 점 부끄러움이 없을 만큼 자신 있는, 아니 자랑스러운 하느님의 딸들이 아닌가. 갑녕은 그가 열여덟 살 때 만난 다정다감하고 살뜰한 문영인과 오늘의 김효임을 저울에 달면 엇비슷할 것이라고 생각했다. 물론 그들의 성장 과정은 달랐지만 윗사람들에게 귀여움을 받고 신임을 얻는 것은 꼭 닮은 꼴이었다.

그런 김효임에게 깊이 빠진 사내가 한량목이라는 것을 알았을 때 갑녕은 내심 많이 놀랐다. 그는 한량목이 어떤 자인지 비교적 소상히 알고 있었다. 그래서 그는 흥미롭게 한량목의 일거수일투족을 지켜봤다.

물론 한량목은 노는 물이 달랐다. 그러나 그의 행적은 시중에 금세 퍼져서 사람들의 입에 오르내렸다. 장사꾼들 사이에 오가는 소문을 환히 꿰고 있는 갑녕이 최근 한량목의 동태를 알게 됐다. 한량목이 감옥에 갇힌 김효임을 석방시키려고 애면글면하고 있다는 것을.

희정당에서 중신 회의가 열렸다. 섭정 대왕대비는 그 자리에서 신하들에게 물었다.

"근래에는 사학을 어찌 다스리고 있소?"

우의정 이지연이 대답했다.

"사학을 엄히 처단하라는 왕명이 내려진 후에 전보다 체포된 자들이 훨씬히 줄있다 하옵니다. 그러나 이는 그들이 마음을 고쳐먹은 덕분이 아닌 줄 아나이다. 신유년 때는 백성들이 모두 놀라고 분히 여겨서 사학을 징치하라는 여론이 불길처럼 일어났으나, 오늘에 와서는 사교도 보기를 예사로 알아 관에 고발하는 자들이 별로 없다고 하나이다. 이것이 가장 걱정스럽고 슬프옵니다."

"그 문제를 맡은 좌포도대장이 갈리고 형조판서도 새로 부임했으니, 앞으로는 더욱 철저히 조사하여 사학 무리를 잡아들이는 데 힘쓰오. 특히 양 포도대장을 엄히 신칙(申飭)하여 이완된 민심에 구애되지 말고 자력으로 사학의 뿌리를 뽑기에 경주해야 할 것이오."

"대왕대비 전에 한 가지 소청이 있습니다."

"말해 보오."

"듣건대, 전날에는 포졸들이 체포한 사교도의 재산을 횡재하여 열의를 보였사옵니다. 그런데 전임 형조판서가 그들이 약간씩 분배하여 가진 사교도의 재물을 전부 되돌려 주게 하고, 그런 행위를 엄격하게 금지한 후부터는 사학죄인들을 퇴치하는 일을 외면하게 되어 실적이 도무지 없다고 하나이다. 이 점을 유념하여, 일선에서 활약하는 포졸들의 사기 앙양책을 강구함이 어떨지요."

이를테면 포졸들에게 다시 천주교인의 재산을 약탈하도록 허락해 주자는 뜻이었다. 일국의 재상이라는 자가 고작 그따위 의견이나 내놓고 있으니 나라 꼴을 가히 알 만한 일이다. 대왕대비 순원왕후는 그 제안을 받아들이지 않았다. 그러나 한 번 내친걸음인지라 그녀는 천주교를 박멸하는 일에 더욱 힘쓰라고 거듭 촉구했다. 신임 좌포도대장 이완식은 팔을 걷고 자신의 첫 임무에 본격적으로 나섰다.

정하상이 주동 유진길이 집을 방문했다. 열세 살 난 어린 이들에게 글을 가르치던 유진길은 아들 대철을 굽어보며 강조하듯 말했다.

"여기 계신 정 회장님이 너에겐 가장 훌륭한 스승으로 일생의 사표_{師表}가 되시는 분이라는 것을 잊지 말거라."

"아버지, 명심하고 있습니다."

순진하면서도 똑똑하게 생긴 소년은 얌전하게 머리까지 조아려 보였다. 대철이 방에서 나가자 정하상이 화내는 어조로 힐문했다.

"그것이 무슨 망발이오. 내가 일생의 사표이자 스승이라니요?"

"나는 허튼 말 한 것 없소."

유진길은 웃지도 않고 말을 이었다.

"정 공은 신유년 교난으로 선친을 잃고 몰락한 가세 속에 천자문조차 제대로 못 배웠소. 나이 스물이 되어서야 배움에 눈을 뜨고, 멀리 함경도 무산까지 단신으로 조동섬이라는 분을 찾아가서 처음으로 제대로 된 교육을 받았다고 했소. 그 후로 젊은 열정을 다해 신부님들을 조선으로 모셔 오려고 수십 차례 국경을 넘나들면서도 꾸준히 독학하여, 오늘날에는 어느 선비에도 견줄 바가 아니지 않소. 이것이 어디 평범한 사람들이 이룰 수 있는 일이겠소."

"우리 사이에 과찬도 유분수이지……."

"아니요."

유진길은 머리를 저으면서 진지한 얼굴로 말했다.

"정 공의 그 굳건한 의지와 줄기찬 노력을 내 자식 놈에게 가르치려는 것이오. 머지않아 그 녀석도 아비 없는 자식이 될 테니……."

순간 정하상의 표정이 흠칫 굳었다.

"이번 조정의 처사를 보면 우리 교회가 올해를 무사히 넘길 것 같지 않소. 모든 것을 천주님께 맡기고 우리는 각자 치명할 대비를 해야 할 것이오."

"……."

한동안 무거운 침묵이 흘렀다. 심각한 얼굴로 앉아 있던 정하상은 가져온 보자기를 풀었다. 두툼한 두루마리 죽청지竹靑紙에 정성을 기울인 붓글씨가 가득 쓰여 있었다. 그것을 받아 펼치던 유진길이 놀라듯 정하상을 쳐다봤다. 서두에 '상재상서上宰相書'라는 네 글자가 쓰여 있고, 그 밑에 '정보록丁保祿 저술'이라고 집필자의 이름을 명기했다. '보록保祿'은 바오로의 한문 표기였다.

"나도 치명에 대비하여 이 글을 지었소. 한 번 읽어보시고 틀린 부분은 바로잡아 주시오. 워낙 천학비재淺學菲才라 보충할 대목도 많을 것입니다."

유진길은 편안하게 자리를 고쳐 앉으며 장문을 읽기 시작했다. 그 글은 조선 조정의 최고 벼슬에 있는 우의정 이지연에게 바치는 호교론護教論이었다.

그 무렵 좌포도청 포교 손계창은 이상한 편지 한 장을 받고 머리를 갸우뚱했다.

"이 서신을 누가 가져왔느냐?"

"객점 중노미로 보이는 젊은 놈이 꼭 손 포교님에게 직접 전해 달라고 당부했습니다."

"지금 어디 있어?"

"포도청 밖에서 기다립니다."

손 포교는 편지를 전달한 포졸을 뒤따라 포도청 밖으로 나갔다. 정문 앞 미루나무 그늘에 키가 작달막하고 아래턱이 약간 비뚤어진 청년이 서 있었다. 그자는 자기 앞으로 오는 손 포교를 보더니 버릇인 듯 손바닥을 비벼대며 눈치를 봤다.

"내가 손 포교인데, 너를 보낸 사람이 누구냐?"

"저희 집에 몇 번 오신 손님입지요."

"혼자인가?"

"예."

"나를 보자니 가봐야지. 가자."

잔망스러운 체구에 비해 주먹처럼 큼직한 상투를 얹은 중노미가 쫄랑쫄랑 앞장을 섰다. 포도청에서 멀지 않은 청계천 변 갓우물골 어느 객점으로 그자가 쑥 들어갔다. 서른 살쯤으로 보이는 해말쑥한 주모가 앞치마에 물기 묻은 손을 닦으면서 반색하는 얼굴로 맞았다.

"손 포교 나리십니까요?"

"그렇다네."

"안으로 들어오세요."

주모의 싹싹함이 봉산 배 맛이었다. 색을 동하게 하는 푸짐한 엉덩이를 흔들면서 뒤채로 돌아간 수모가 외따로 떨어져 있는 방문 앞에 가서 지게문을 열었다.

손 포교는 점잖게 기침을 한 번 하고 주저 없이 성큼 방으로 들어섰다. 삼십 대 중반의 사내가 그제야 자리에서 일어나며 인사했다.

"당신은……?"

손 포교가 빤히 쳐다봤다.

"나를 기억하시겠습니까?"

"글쎄, 어디에서 봤더라……."

사내는 빙긋이 웃었다.

"옳지! 초봄에 앵자산 절간에서 내려오지 않았소?"

"명포교라더니 역시 총기가 대단하시오. 딱 한 번 마주쳤을 뿐인데……."

사내가 감탄했다. 그는 김순성이었다.

"앉으시지요."

두 사람은 자리를 잡고 앉았다.

"기억만 하는 것이 아니라 당신이 천주교인이라는 것도 알고 있소."

"예……?"

김순성이 깜짝 놀라는 얼굴로 물었다.

"그것을 어떻게……?"

"하하하……, 물론 그 당시에는 몰랐소. 나중에야 알게 됐지."

"나중에요?"

"사역원의 유진길 역관이 천주교를 믿는 것을 알고, 그날 절에서 같이 내려온 일행도 동패라고 추측했소."

"아니, 그럼 유 역관이 천주교인이라는 것은 알고 있단 말이오?"

"오래전부터."

김순성은 머리통을 한 대 맞은 기분이었다.

"그래, 무엇 때문에 나를 보자고 했소?"

먼저 기선을 제압당한 꼴이라 김순성은 말머리를 못 찾고 우물쭈물했다.

"서양인들의 잠복처라도 알려주려고 온 것 같은데, 이왕 마음먹었으면 주저하지 말고 털어놓으시오."

참새 알도 멜빵으로 걸머진다는 김순성이 완전히 얼어버렸다. 손 포교가 한 수 위였다.

"포도청에서도 조선에 서양인 신부들이 들어와 있다는 것을 알고 있소?"

"웬만한 백성들도 다 알고 있는 일을 우리가 모르겠소."

"그럼 어째서 잡으려고 하지 않는 것이오?"

"그들이 쉽게 잡히지 않으리라는 것을 알기 때문에 신중히 움직일 뿐이오. 그런 사실을 섣불리 공개했다가 위에서 빨리 체포하라고 독촉하기라도 하면 우리만 골치 아프거든."

"손 포교님이 사형당한 남명혁이라는 신자의 집에서 주교관을 찾아내어 조정의 높은 대신들도 전부 알고 있는 줄 알았는데……."

"우리가 적당히 얼버무려 두었소. 아마 그분들도 어렴풋이 짐작하고는 있을 것이오."

"손 포교님이 서양 신부들을 잡으면 출세하시겠구려."

"나쁠이겠소. 그들의 잠복처를 제보한 사람에게도 상당한 포상이 내려지겠지."

"포상이라면 어느 정도를 말합니까?"

"글쎄, 상금을 내릴 것은 분명하고, 본인의 의사에 따라 벼슬자리도 내주지 않을까."

김순성이 마른침을 삼키고 나서 나직한 목소리로 말했다.

"나와 손을 잡읍시다."

손 포교는 별다른 반응을 보이지 않았다.

"내가 천주교의 내막을 환히 알고 있단 말이오."

"이런 일은 말보다 행동으로 보여야 하오. 서양인들이 숨은 곳을 알고 있다는 것이오?"

"지금 당장은 모르지만 신부들이 있는 곳을 찾아내기는 어렵지 않습니다."

"그런 말은 나도 할 수 있소."

손 포교의 냉담한 반응에 김순성이 초조해졌다.

"얼마 전까지도 주교를 내가 모시고 있었단 말이오."

손 포교는 빤히 쳐다봤다.

"서양인 주교가 거처하던 집을 가르쳐줄 테니 당장 가서 확인해 보시오. 내 말이 헛소리인지……."

"거기가 어디오?"

"모시전골이오."

"모시전골?"

"지난달 초에 포졸들이 그곳에 있는 모피전 한 집을 털어 가지 않았소? 바로 그 맞은편 점포 안채기 천주교 본당이오."

이번에는 손 포교도 입을 딱 벌리고 쳐다보다가 무릎을 치며 뇌까렸다.

"이런 젠장……, 등잔 밑이 어두웠군."

3

 갑녕은 여러 날 벼르다가 마침내 수원 바닷가 상곡으로 길을 떠났다. 앵베르 주교가 있는 곳을 둘러보기 위함이었다. 교우 손경서가 자비로 준비해 둔 그곳은 십 리 안팎에 다른 집이 없어 사람이 숨어 지내기에 안성맞춤이었다.
 갑녕은 수원성을 거쳐서 걸어가기로 작정하고 과천으로 향했다. 그런데 그 길이 천주가 계시한 길인 것을 어찌 알았으랴. 그가 떠난 이튿날 새벽에 모시전골 본당은 포졸들의 습격을 받았다.
 잠결에 눈을 뜬 정하상은 소스라치게 놀라서 일어나 앉았다. 마당에 횃불들이 일렁거리고 발소리들이 어지러웠다. 마루로 뛰어오른 자들이 미닫이를 열어젖히고 횃불을 들이댔다. 그들은 우뚝 앉아 있는 정하상을 보더니 주춤했다. 다른 자들이 안방 문을 열었다.

갑작스러운 사태에 정정혜와 홍금주가 놀라는 소리가 들렸다.

"옷을 입으시오."

방문을 막고 선 손 포교가 말했다. 정하상이 짧게 한숨을 내쉬고 입을 열었다.

"이런 날이 올 것을 기다리고 있었소. 가족들이 떠날 차비를 하는 동안만 기다려주시오."

손 포교가 말없이 끄덕여 보였다.

"빨리 옷들을 주워 입고 나와라!"

안방 문을 닫은 포졸이 소리쳤다. 점포에서 잠지던 문성준이 덜미를 잡힌 채 안마당으로 끌려 나오고 있었다. 정하상은 미리 준비해 둔 감물 먹인 베잠방이를 옷장에서 꺼내 입었다. 그는 옥중에서 삼복더위와 싸울 대비를 하는 것이었다.

"하상아!"

안방에서 노모가 정하상을 불렀다.

"소자 여기 있습니다. 아무 염려하지 마시고 떠날 채비를 하십시오. 제가 말씀드린 대로 삼베옷을 입으셔야 합니다."

손 포교는 정하상의 거동을 지켜보고 있었다. 과연 정하상은 범상한 인물이 아니었다. 그가 탁자 밑에서 종이 뭉텅이를 꺼내 들었다.

"이것은 조정의 재상에게 바치려고 쓴 글이오. 내가 보관하고 있다가 전달할 수 있도록 협조해 주시오."

손 포교가 고개를 끄덕였다.

"좋소."

정하상은 종이 뭉치를 전대에 싸서 허리춤에 둘렀다. 이제 그는 포도청에 갈 만반의 준비를 마쳤다. 손 포교는 머릿속이 착잡해졌다. 어쩐지 그는 큰 죄악을 범하는 기분에 휩싸였다. 일흔이 훨씬 넘은 듯한 정하상의 노모가 아들딸과 함께 결연히 나서는 것을 보고는 더욱 그런 기분이 들었다.

포졸들이 그 집에 있던 다섯 사람을 포승줄로 묶는 동안, 손 포교는 다른 두 부하를 데리고 아래채에 붙어 있는 곳간으로 들어갔다. 그는 횃불을 밝히고 구석구석을 뒤지다가 최근에 판 흔적이 있는 땅바닥을 괭이로 팠다. 아니나 다를까, 괭이에 찍히는 나무 상자의 둔탁한 소리가 들렸다. 그것을 파내어 상자 뚜껑을 열었다. 여러 겹의 창호지로 싸인 네모진 보자기가 나왔고, 그 보자기까지 들추자 은 쟁반에 뚜껑까지 덮여 있는 금빛 찬란한 술잔이 두 개나 있었다. 성작聖爵이었다. 그 외에도 귀중품으로 보이는 물건이 여러 가지 있었다.

"어서 이 나무 상자를 들고 나가거라."

손 포교가 애써 흥분을 감추고 냉엄한 목소리로 명령했다. 정하상은 나무 상자를 들고 나오는 포졸들을 보고 가까운 교우가 밀고했음을 직감했다. 그의 머릿속에는 언뜻 김순성이 떠올랐다. 본당을 자주 출입하는 교우 중에서 정하상이 신앙의 본심을 의심해 온 사람은 그밖에 없었던 것이다.

손 포교는 정하상을 정중히 대했다. 정하상이 천주교도의 최고 우두머리라는 말을 김순성에게 듣기도 했지만, 막상 그를 대면하자 인생을 달관한 사람만의 묵직한 인품이 강렬하게 다가와서 절로 머리가 숙여졌다. 손 포교는 포도청에 가서도 정하상을 당장 감옥에 넣지 않고 빈방에 따로 감금했다.

다음 날 아침에 선임 포도대장 이완식이 출근하자 손 포교는 그간의 경위를 설명하고 모시전골에서 압수해 온 상자를 열어 보였다. 이완식이 놀라 물었다.

"이것들이 전부 어디에 사용하는 것이라던가?"

"그들의 의식에 쓰는 제기(祭器)들인 것 같습니다."

"조선에 잠복한 서양인이 셋이라고?"

"그렇습니다."

"이건 보통 일이 아닐세."

"이제 서양인들을 체포하는 것은 시간문제입니다."

"자네, 장담할 수 있는가?"

"상부에 보고하는 것은 당분간 보류해 주십시오."

"그것도 시일 문제지, 너무 오래 끌 수는 없지 않은가."

"이달 안으로 전부 잡을 수 있습니다."

"오늘 체포해 왔다는 자를 끌어 오게. 천주학의 총두령이라니 어떻게 생긴 놈인지 상판을 보고 싶구먼."

"그자에겐 자백받기를 기대하지 않는 게 좋을 것입니다."

"어째서?"

"무식한 노파들도 춤추듯 사형장으로 나갔는데, 그런 위치에 있는 사람이 입을 열겠습니까."

"흠!"

이완식은 전형적인 무반武班 출신이라 단순하면서도 우직한 면이 있었다. 그는 어떤 일에 집착하면 그 일을 밀고 나가는 추진력이 대단하여 부하들을 정신 못 차리도록 몰아쳤다.

"그자는 우의정 대감에게 바치려고 쓴 장문의 글을 지니고 있습니다."

"그래? 어떤 글인가?"

"탄원서 같은 것이 아니겠습니까?"

"탄원서?"

"제가 그 글을 꼭 전달하도록 해주겠다고 약속했습니다. 포장 어른이 그것을 가지고 의정부에 다녀오셨으면 합니다만……."

이완식이 눈을 끔벅거리며 쳐다봤다.

"사교도의 대표자가 올리는 탄원서이니, 조정에서도 일단 관심을 가지고 봐야 할 줄로 압니다."

"그자를 데려와 보게."

오후에 좌포도대장 이완식이 그것을 가지고 의정부로 들어갔을 때, 마침 이조판서 조인영도 그 자리에 와서 우의정 이지연과 담소하고 있었다. 그들은 좌포도대장의 설명을 듣고 나서 자못 관심을 보였다. 그들은 방바닥에 두루마리 종이 뭉치를 내려놓고 처음부터 신중한 자세로 장문을 읽어 나가기 시작했다.

거기에는 '상재상서上宰相書'라는 제목과 함께 한문으로 이렇게 쓰여 있었다.

엎디어 생각하건대, 맹자孟子가 양자楊子와 묵자墨子를 물리친 것은 그 외람됨이 유교에 해로울 것을 두려워했기 때문이고, 한유韓愈가 불교를 배척한 것은 그 유혹됨이 백성을 어지럽게 할 것을 두려워했기 때문이외다. 옛적에 군자가 법을 세워 못 하게 하는 데는 반드시 그 의리義理가 어떠하며 그 해로움이 어떠한가를 생각한 연후에, 금할 것은 금하고 금하지 않을 것은 금하지 않았소이다. 그것이 과연 의리에 합당한 것이라면 비록 천한 나무꾼의 말이라도 성인이 이를 반드시 취했으니, 이는 사람으로서 말을 버리지 않는다는 뜻이외다. 조선에서 천주 성교聖教를 금하는 뜻은 무엇입니까? 처음에는 의리가 어떠한지도 묻지 않고 지극히 악한 설이라 하여 이를 사도邪道로 돌리고 반역의 법률로써 다스려 신유辛酉 전후에 인명을 크게 손상했으나, 한 사람도 그 원류를 살펴 알아보지 않았소이다. 오호라, 천주교를 믿는 자가 장차 유교에 해가 되오리까. 어리석은 나무꾼들을 어지럽히는 것이 되오리까. 이 도는 천자부터 백성에 이르기까지 날마다 항상 행하는 길인즉, 가히 해害나 난亂이 된다고 말할 수 없소이다. 이에 감히 그 도리가 그릇되지 않음을 몇 마디로 말씀드리겠소이다.

대저 천지 위에는 스스로 주재하시는 분이 있으니, 그에는 세 가지 증거가 있소이다. 첫째는 만물이고, 둘째는 양지良知고, 셋째는 성경이외다. 무엇을 만물이라고 말하리오. 동물과 식물의 기기묘묘한 모양이 어찌 자연으로 생겼겠습니까. 이것을 자연으로 돌림은 유복자가 그 아비를 보지 못하여 그 아비가 있음을 믿지 않는 것과 어찌 다르겠습니까. 이는 만물로써 주재가 있음을 알게 함이외다. 무엇을 양지라 말하리오. 시골의 어리석은 백성이라도 궁하고 슬플 때를 만나면 반드시 천주를 불러 고하니, 이는 본래의 마음과 떳떳한 본성을 가릴 수 없는 것이 있음이로소이다. 이는 양지로써 주재가 있음을 알게 함이외다. 무엇을 성경이라 말하리오. 옛날 요堯, 순舜의 이야기도 경사經史로 전해 내려옴이 있어, 이를 금석金石같이 믿고 있습니다. 우리 성교도 또한 경전으로 전해 내려오고 있습니다. 중국의 경사에도 밀하고 있지 않소이까. 『주역周易』에는 상제上帝를 모시라는 말이 있고, 『시전詩傳』에는 밝히 상제를 섬기라는 말이 있고, 『서전書傳』에는 상제에게 제사하라는 말이 있고, 공자는 하늘에 죄를 지으면 빌 곳이 없다고 말했소이다. 어찌 서양의 역사가 들어오지 않은 것을 탓하리오. 손권이 세운 오吳의 적오赤烏년간에는 철로 만든 십자가를 얻은 일이 있고, 당唐의 정관貞觀 9년에는 경교(景敎, 네스토리우스파의 기독교)가 크게 일어나, 조정 대신부터 백성에 이르기까지 모두 이를 숭배하여 성대한 제사를 시작하고 경교비景敎碑까지 세웠소이다. 위징魏徵, 방현령房玄齡 같은 대현大賢도 이를 독실하게 믿어 의심치 않았습니다. 명明의 만역萬曆년간에는 서양 선비들이 나와 많은 책을 지었으니, 이것이 지금까지 중국에 전해지고 있소이다. 천주께서 잠잠한 가운데 동방을 도우사 우리 동방의 나라가 행복을 같이하게 된 것을 기특히 여기시오며 이제 오십여 년이나 됐소이다. 이는 성경으로써 주재가 있음을 알게 함이외다. 이 세 가지 증거를 들음으로써 이미 주재가 있음을 밝히 알았은즉,

마땅히 천주께서 천지 만물을 창조하심은 그 복福을 같이하게 하고 그 덕을 나타내고자 하심임을 알 것이외다. 사람이 세상에 존재함은 모두 천주의 힘이로소이다. 이를 받들어 섬기는 길은 높고 멀어 행하기 어려운 일이 아니며, 숨은 것을 찾고 괴상한 것을 행하는 것이 아닙니다. 죄과를 고치고 스스로 새롭게 하여 천주의 계명을 따를 뿐이외다.

계명이라는 것은 무엇이리오. 천주께서 가르쳐주신 십계十誡이외다. 첫째는 하나이신 천주를 만유 위에 흠숭함이요, 둘째는 천주의 거룩한 이름을 불러 헛되이 맹세하지 않음이요, 셋째는 첨례瞻禮 날을 지킴이요, 넷째는 부모를 공경함이요, 다섯째는 살인하지 말음이요, 여섯째는 간음을 행하지 않음이요, 일곱째는 도둑질하지 말음이요, 여덟째는 망령된 증참證參을 하지 말음이요, 아홉째는 남의 아내를 원치 말음이요, 열째는 남의 재물을 탐내지 말음이로소이다. 이 십계는 크게 두 가지로 모을 수 있으니, 곧 천주를 만유 위에 사랑함과 남을 나와 같이 사랑함이외다. 위 세 가지 계는 천주를 섬기는 절목節目이고, 아래 일곱 가지 계는 사람을 다스리는 공부입니다. 안자顔子가 말한 네 가지 하지 말라는 것(四勿, 즉 예가 아니면 보지 말고, 듣지 말고, 말하지 말고, 움직이지 말 것)과 『예기禮記』에 말한 아홉 가지의 생각하라 함(九思, 즉 보는 데는 밝음을, 듣는 데는 총명함을, 얼굴빛에는 부드러움을, 몸가짐에는 공손함을, 말함에는 충실함을, 섬김에는 공경함을, 의심에는 물음을, 노함에는 어려움을, 얻음에는 의리를 생각할 것)은 도저히 이에 비길 것이 못 되나이다. 참으로 충서忠恕, 효제孝悌, 인의예지仁義禮智가 모두 십계 속에 들어 있으니, 무엇이 티끌만큼이라도 부족한 것이 있으리까. 이 도를 한 집안에 행하면 그 집안은 가히 화목해질 것이요, 한 나라에 행하면 그 나라는 가히 다스려질 것이요, 천하에 행하면 천하가 가히 태평하리다.

천주의 계명은 다만 그 일을 다스릴 뿐만 아니라, 그 마음 또한 다스리나이다. 천주께서는 지극히 공변되시어 착함에 갚지 않음이 없고, 지극히 올바르시어 악함에 벌하지 않음이 없소이다. 만일 몸이 죽은 후에 혼도 따라 없어지면 상이나 벌은 무엇에 베풀겠습니까. 그러므로 마땅히 영혼이 죽지 않음을 알아야 하겠나이다. 혼에는 셋이 있으니 첫째는 생혼生魂이요, 둘째는 각혼覺魂이요, 셋째는 영혼靈魂이외다. 생혼은 초목의 혼으로서 능히 생장은 하나 지각이 없고, 각혼은 금수의 혼으로서 능히 지각은 하나 의리를 알지 못하고, 영혼은 사람의 혼으로서 능히 생각하고 지각하고 시비를 분별하고 도리를 추론합니다. 만물 중 오직 사람이 가장 귀하오나, 사람에게 제일 귀한 바는 그 혼의 영靈이외다. 그러므로 세 가지 혼이 자주 흩어지고 또 혼魂은 올라가고 백魄이 내려온다고 했사오니, 그 혼이 셋이 있음과 영혼이 죽지 않음이 분명하외다.

이미 영혼은 불사불멸하는 것인즉 마침내 어디로 가겠습니까. 착한 자의 영혼은 하늘로 올라가서 상을 받고, 악한 자의 영혼은 땅으로 내려가서 벌을 받으니, 상이라는 것은 천당의 영복永福이요, 벌이라는 것은 지옥의 영고永苦이외다. 만약 천당과 지옥을 보지 못했다고 그것들이 있음을 믿지 않는다면, 장님이 하늘을 보지 못하여 하늘에 해가 있음을 믿지 않는 것과 무엇이 다르리오. 상벌의 권한은 한 나라의 임금도 가지고 있사온데, 하물며 천지의 대군에게 없으리까. 이는 족히 진교의 한 증거이외다. 한마디로 말하면 지극히 거룩하고, 지극히 공변되고, 지극히 바르고, 지극히 참되고, 지극히 홀로 오직 하나라 둘도 없는 교이로소이다.

아비를 없다 하고 임금을 없다 한다고 말하는 것은 성교의 뜻을 알지 못하기 때문입니다. 십계의 넷째 계명에 부모를 공경하라고 했소이다. 무릇 충효 두 글자는 만대에 바꿀 수 없는 길이외다. 부모의 뜻을 받들고 몸을 봉양함은 사람의 자식이 마땅히 해야 한 일로서, 교를 받드는 사람은 더욱 간절히 행하고 있습니다. 그러므로 부모를 봉양하되 그 예를 다하고, 봉양하되 그 힘을 다하며, 충忠을 임금에게로 옮겨 몸을 바치고, 목숨을 던져 끓는 물에라도 뛰어 들어가고, 감히 불을 밟기를 피하지 않소이다. 이와 같이 하지 않으면 교의 계명에 어김이 있소이다. 이것이 과연 무부무군無父無君의 학學이오리까. 한 나라 안에서는 임금이 가장 중하고, 임금보다 높은 것은 천지의 대군이외다. 아비의 명은 듣되 임금의 명은 듣지 않으면 그 죄가 무겁고, 임금의 명은 듣되 천지 대군의 명은 듣지 않으면 그 죄가 더욱 무거워 비길 바가 없소이다. 그런즉 천주를 받들어 섬김은 구태여 임금의 명을 어기고자 함이 아니라 부득이하기 때문이외다. 이 하나를 들어 생각하더라도 무부무군이라고 말함이 어찌 옳으리까.

또 재물과 색色을 통한다고 말하오나, 무릇 재물을 서로 통함은 예로부터 나라를 가지고 집을 가진 자라면 하루라도 이를 업수이 할 일이 못 되오이다. 가진 이와 없는 이가 서로 통한 연후에 산 백성은 서로 도우며 살 것이외다. 만일 통화通貨의 법이 없다면 한 나라 안에서 살 자가 얼마나 되오리까. 이것이 과연 아름답지 못한 법입니까, 도리어 가히 금할 일입니까. 이른바 색을 통한다는 것은 금수라도 오히려 그렇지 않은 면이 있거늘, 하물며 이늘 성교聖教에 붙이오리까. 십계의 여섯 번째 계명에 가로되 '간음을 행하지 말라' 하고, 아홉 번째 계명에 가로되 '남의 아내를 원치 말라'고 했으니, 여섯 번째 계명은 몸으로써 이를 범하지 말라는 것이요, 아홉 번째 계명은 마음으로써 이를 범하지 말라는 것이외다. 이와 같이 성교가 사음邪淫을 거듭 엄금하옵는데, 도리어 색을 통한다는 말로써 탓하오니, 어찌 그와 같이 윤리를 거스르고 세상을 어지럽히는 교가 있으리까. 도의 참되고 거짓됨과 일의 그릇되고 옳음을 알아보지도 않은 채 가까이하지 못할 당찮은 설이라 하여 물리치고 때리니, 이것이 어찌 외국이 도이기 때문에 그러함이 아니오리까.

금金은 그것이 나온 땅을 보고 선택하는 것이 아니라 오직 그 깨끗함을 보고 보배로 삼듯이, 도道 또한 그것이 유래된 지방이 아니라 오직 그 거룩함을 보고 참됨을 알게 되오이다. 그 도가 전한 곳을 가지고 어찌 이곳저곳의 경계로 삼으리까. 중국에는 각 나라의 사람들이 왕래하여 서로 통하고 있소이다. 불교도 그 교가 행하는 대로 맡겨두고, 외국인이 많이 와서 살아도 일찍이 그를 금하는 것을 보지 못했습니다. 조선에 불교가 있은 지 오래이외다. 팔도에 있는 부처의 궁전은 가장 사치스러워 금은과 동으로 빚은 상像이 재력을 낭비하고 있으나, 저 불교 또한 서역西域의 이단이로소이다. 화복禍福을 헛되이 떠들며 어리석은 백성을 공갈하여 이제까지 괴상한 폐해를 이루고 있나이다. 점과 굿, 풍수, 산명算命, 관상 등으로 여자와 아이를 속이고 재물을 낚는데도 이를 예사로 보건만, 어찌 성교는 홀로 조선에 포용되지 못합니까? 집에 해가 되리까, 나라에 해가 되리까. 그 일을 보고 그 행함을 살피면 가히 그 사람의 어떠함과 그 도의 어떠함을 알 것이외다. 우리가 일찍이 반역을 꾀했소이까, 도둑질을 했소이까, 간음을 했소이까, 살인을 했소이까.

무릇 천주께서는 만물의 대모이시요, 대주재자이시외다. 옛적부터 성현들이 밝히 섬겨 믿어왔는데, 어찌하여 오늘 천주를 섬기는 사람들은 이렇게 핍박당하는 것입니까. 극심한 굶주림으로 집과 나라가 곤핍한 이때, 오직 우리 임금님은 새벽에 일어나서 낮에야 요기하시며, 정치를 잘하고, 인仁을 베푸시니, 생生을 좋아하시는 덕이 백성의 마음에 가득하외다. 오호라, 저들 성교를 믿는 사람은 홀로 우리 임금님의 적자赤子가 아니오리까. 그런데 어찌하여 이 사람들을 조금도 불쌍히 생각해 주시지 않으시나이까. 옥중에서 쓰러지고 문간에서 목을 베이는 일이 끊이지 않아 눈물과 피가 강을 이루고 울음소리가 하늘에 가득 차니, 아비는 자식을 부르고 형은 아우를 불러 궁한 사람이 돌아갈 곳이 없소이다. 맑고 밝은 세상에 이 무슨 광경이란 말입니까. 무릇 생을 버리고 치명하여 천주의 진교를 증명하고 그 영광을 드러냄은 저희 사이의 일이외다. 이 몸도 장차 죽을 몸입니다. 이제 감히 말씀할 때를 만났으니 한 번만이라도 목을 들어 길이 호소하옵고, 슬픔을 참고 지금 죽음으로 나아가지 아니하면 장차 산같이 쌓인 마음을 백세百歲에 스스로 나타낼 기회가 없을 듯하외다.

엎디어 빌건대 촛불을 들어 굽어보시되, 도리의 참됨과 거짓됨과 그릇됨과 옳음을 자세히 밝히신 후에 위로는 조정을 다스리시고 아래로는 백성을 거느리시길 바라나이다. 또한 한 번 바른길로 돌이키시어 교인을 잡아들이는 일을 금하고 감옥에 갇힌 교인도 석방하여, 한 나라의 백성과 더불어 편안히 성교를 믿고 같이 태평을 누리게 하시기를 천만 번 원하나이다.

또 아뢰오리다. 죽은 사람의 자취 앞에 술과 먹을거리를 차려놓는 것은 성교가 금하는 바이외다. 생전의 영혼도 음식을 먹지 못하거늘 하물며 사후의 영혼이리요. 음식은 육신에게 바치는 것일 뿐, 도덕이 영혼의 양식이외다. 지극히 효성스러운 아들일지라도 잠자는 부모 앞에 맛있는 음식을 바칠 수는 없소이다. 잠잘 때는 음식을 먹을 때가 아니외다. 하물며 길이 잠들었을 때야 더 말할 것이 있으리오. 벼, 기장, 수수, 피같이 맛있는 열매는 허虛한 것이 아니면 가假한 것이외다. 사람의 아들 된 자로서 허하고 가한 예를 가지고 참된 공경이라고 말할 수 있으리까. 올바른 이론이 근거가 없고 양심이 허락하지 않으므로, 오히려 죄를 사대부에게 얻을지언정 천주께 얻기를 원치 않나이다.

정하상의 장문을 다 읽은 두 대신은 서로 눈빛만 교차할 뿐 잠시 아무 말도 못 했다. 그들이 몹시 충격받은 것이 분명했다. 논리는 정연하고 내용은 명확했다. 하지만 그들의 입에서 나오는 말은 사뭇 달랐다.

"참으로 방자하고 불경하기 짝이 없는 사문난적斯文亂賊이야."

이지연이 내뱉는 말에 조인영도 맞장구쳤다.

"그렇소. 교활한 궤변만 늘어놓은 사특한 잡문에 지나지 않소."

"좌포장은 이것을 읽어봤는가?"

"아닙니다. 겉장에도 '상재상서上宰相書'라 쓰였을뿐더러 봉함까지 되어 있어 감히 개봉할 수가 없었습니다."

"잘했네. 이것을 읽어봤자 머릿속만 뒤숭숭할 뿐이야."

"이것을 쓴 자가 신유년에 참형된 정약종의 자식 놈이라고?"

조인영이 물었다.

"예, 일차 심문에서 본인의 입으로 자백했습니다."

이지연이 뇌까렸다.

"그럼 유배에서 풀려나 귀향하여 천수를 누리고 죽은 정약용의 조카로구먼."

"그렇다고 하옵니다."

"글재주 하나는 핏줄을 타고난 것 같구먼."

"그래서 대역부도大逆不道의 참형자는 삼족을 멸해야 하는데, 씨를 남겨두어 다시 오늘 같은 일이 벌어진 것입니다."

조인영의 얇은 입술에서 잔혹한 소리가 튀어나왔다.

4

사역원에 손 포교가 나타났다. 백수철, 진효중 두 포졸이 그를 수행했다. 이미 포도대장을 통해 우의정의 허락을 받았으므로 손 포교는 거침없이 역관들이 근무하는 방으로 들어갔다. 당상 역관 유진길은 상석에 앉아서 조용히 책을 읽고 있었다.

"안녕하십니까. 좌포청 포도군관 손계창올시다. 여기 통부通符와 체포 영장이 있으니 확인하시지요."

다른 역관들이 놀라서 벌떡 일어났다. 유진길은 책장을 덮고 천천히 일어나더니 그 책을 서가에 얹었다. 그는 더워서 벗어둔 도포를 입은 후 갓도 내려 썼다. 마치 집에서 외출하려는 사람 같았다. 그는 손 포교에게 사과하듯 말했다.

"이른 봄, 앵자산에서는 내가 실례를 많이 했네."

"아, 아닙니다."

"묶게."

유진길은 두 손을 내밀었다. 손 포교가 눈짓하자 진 포졸이 허리춤에 찬 포승줄을 끌러 결박했다.

"유 역관님, 어떻게 된 일입니까?"

후배 역관의 목멘 소리에 유진길이 미소를 지었다.

"내가 천주교를 믿는 것은 자네들도 짐작한 일이 아니던가. 그 때문일세."

동료 역관들의 얼굴이 숙연해졌다. 그들에게 유진길이 말했다.

"역관이란 말이나 통역하는 신분이 아닐세. 때로는 중대한 국사國事가 역관의 말 한마디에 좌우지되니 상대국의 고관들을 설복할 수 있는 실력부터 갖춰야 하네. 그러자면 공부를 많이 해야겠지."

"평소에 하시던 말씀을 명심하고 있습니다."

"잘들 있으시오."

유진길은 인사말 한마디 남기고 밖으로 뚜벅뚜벅 걸어 나갔다. 마당까지 따라 나온 다른 역관들이 금방이라도 울음이 터질 것 같은 얼굴로, 두 팔을 묶인 채 포졸들 앞에서 묵묵히 걸어가는 그를 바라보고 있었다.

그 시각, 포도청에서는 정하상이 고문을 당하는 중이었다. 신임 포도대장 이완식은 두어 차례 그를 불러내어 문초했다. 처음에는 주로 의정부에 올린 상재상서의 내용에 관해 질문하여 정하상은 또 한 번 입으로 그 내용을 반복하지 않을 수 없었다. 그 통에 천주교에 완전히 문외한이던 이완식도 유교나 불교, 천주교까지 상당한 수준으로 알게 됐다. 하지만 포도대장 앞에서 천주교의 진리를 당당히 설파하던 정하상은 서양인 신부들이 숨어 있는 곳을 대라는 말만 나오면 함구무언했다. 그래서 오늘은 줄톱질로 정하상을 고문하고 있었다. 그것 역시 잔인한 고문이다. 말총으로 꼰 밧줄을 넓적다리에 감고 형리 두 명이 밧줄의 한 끝씩 잡고서 그 밧술이 살 속으로 파고들어가 뼈에 닿을 때까지 서로 당겼다 늦추었다 톱질을 반복한다. 그러면 전전이 배어 나오기 시작하는 피가 나중에는 바닥에 흥건하게 고인다. 다음에는 밧줄을 약간 옮겨서 위쪽이나 아래쪽에 다시 시작한다. 대개는 몸부림치다가 도중에 기절하게 마련이지만 정하상은 끝내 정신을 잃지 않았다. 형리들도 혀를 내두르지 않는 자가 없었다.

정하상이 형리의 등에 업혀 나간 후 유진길이 압송되어 왔다. 포도청에 당도할 때까지 손 포교와 두 포졸은 입 한 번 떼지 않았는데, 며칠 전에 잡아들인 정하상과는 또 다른 그의 인품에 위압됐던 것이다. 유진길도 첫날은 감옥으로 들여보내지 않고 독방에 감금했다. 당상관 벼슬에 있는 사람이라 특별한 예우를 하는 셈이었다.

그런데 얼마 후에 유진길의 형님과 사촌 한 명이 새파랗게 질린 얼굴로 달려왔다. 소식을 들은 다른 친척들도 포도청으로 몰려와서 유진길에게 빨리 배교하여 풀려나라고 빗발치듯 독촉했다. 그들은 중인 계급으로 낮은 벼슬자리에 있긴 했지만, 대부분 관직에 있는 터라 그들에게까지 불똥이 튈까 봐 겁먹었다. 온 문중이 들고 일어나 그에게 욕설을 퍼붓기도 하고 그를 달래기도 하면서 아우성쳤다. 그러나 유진길은 바위 덩이처럼 꿈쩍하지 않았다. 나중에는 그의 아내와 자식들까지 울고불고 매달렸지만, 여전히 그는 요지부동으로 아무 반응이 없었다.

유진길은 이튿날 포도대장 앞에 끌려 나갔다. 그 자리에는 하영남의 후임으로 우포도청에서 전임해 온 종사관 채경수 한 명만 배석했다. 이완식이 근엄한 태도로 문초를 시작했다.

"너는 나라의 녹을 먹는 당상관 지위에까지 오른 몸이거늘, 어찌하여 상감이 금하시는 사도에 미혹됐느냐?"

"……."

"대답하라."

채 종사관이 옆에서 윽박질렀다.

"사도에 미혹된 것이 아니라, 오랜 기간 신중히 검토한 연후에 천주교가 유일한 진리를 담고 있다는 것을 깨닫고 스스로 믿게 됐소."

"처음 누구에게 배웠는가?"

"정해년에 전주 감영에서 옥사한 이경언이라는 신자에게 배웠소."

"천주교는 외국 종교이다. 관직에 있는 몸으로 조선의 풍속을 버리고 그에 빠진 것이 잘한 일이라고 생각하는가?"

"내 집에도 중국에서 가져온 물건이 많소. 사대부들이 외국의 귀중품들을 즐겨 사용하면서, 천주교가 외국에서 들어왔다고 배척하는 것은 도리에 맞지 않는다고 생각하오."

"천자가 계신 중국과 서양 오랑캐를 같은 외국으로 취급할 수 있느냐?"

"조선의 사대부들은 우물 안 개구리요. 서양이 문명국이라는 사실을 하루빨리 깨달아야 할 것이외다. 그리고 스스로 중국의 속국으로 자처하는 사대주의 근성을 버려야만 조선도 진취적인 나라가 될 것이오."

"저, 저런 괘씸한……."

이완식이 감정을 자제하며 다시 입을 열었다.

"네가 사도를 가르친 자들의 성명을 대라."

"없소. 내 가족조차 입교시키지 못했는데, 하물며 남들을 어찌 가르쳤겠소."

"듣자 하니, 황산 대감이 너한테 천주학을 배웠다던데?"

유진길의 얼굴에 내심 놀라는 빛이 떠올랐다. 포도대장이 함부로 그런 말을 하다니 뜻밖이었다. 나는 새도 떨어뜨린다던 세도가 김유근이 지금은 비록 산송장으로 누워 있을망정, 일개 포도대장이 들먹일 수 있는 사람은 아니었다. 유진길은 비로소 정치적인 흉계가 깔려 있음을 깨달았다. 포교와 형리 들까지 전부 내보내고 그를 심문하는 이유도 알게 됐다. 바로 며칠 전, 그는 삼청동으로 올라가서 김유근에게 대세代洗를 주었다. 이젠 삶을 완전히 포기한 김유근이 원했던 것이다.

"어째서 답변을 못 하는가?"

이완식이 다그쳤다.

"황산 대감과는 십여 년 전부터 교분을 맺고 지내온 사이라오. 생명이 경각에 달린 분에게 터무니없는 모함을 삼가시오."

"신임 형조참판과도 교분이 두텁다지?"

추사 김정희를 두고 하는 말이었다. 십여 일 전에 희정당 중신 회의가 열리는 자리에서 섭정 대왕대비는 추사를 형조참판에 임명하는 교지를 내렸다. 신임 형조판서가 풍은 부원군 조만영의 외척이므로 언제나 그랬듯이 세력 균형을 위해 참판 자리에는 안동 김씨의 측근을 앉혔다. 대왕대비 순원왕후는 추사가 오라버니 황산의 막역한 지기知己인을 잘 알았다. 그녀의 의중에는 또 다른 뜻이 내포되어 있는지도 몰랐다. 누구보다 실학사상에 투철한 학자였던 추사는 천주교와도 무관하지 않았다. 실제로 그는 한때 유진길에게 입교할 뜻을 내비치면서 앵베르 주교와 한번 만나보고 싶다고 요청한 일도 있었다. 하지만 그가 워낙 사대부 사이에 비중이 큰 인물이라 유진길이 신중을 기하다가 그만 기회를 잃고 말았다. 어쨌든 추사가 형조참판에 임명된 것은 조인영을 비롯한 풍양 조씨 측 거물들의 비위를 건드렸다.

"묵묵부답하는 까닭이 그 이유인가?"

이완식이 거듭 다그치며 의심스러운 눈을 번뜩였다.

"내가 황산 대감이나 추사 선생과 오랫동안 교유해 왔음을 알 만한 사람들은 다 아는데, 새삼 그것을 캐묻는 의도가 무엇이오?"

"천주학에 관해서도 담론했을 것이 아닌가?"

"그런 일은 없었소. 피차 종교 이야기는 피했소."

"천주학에 관해 토론한 일도 없었단 말인가?"

"한 번도 없었소이다."

유진길은 단호히 잡아뗐다. 자칫 어설픈 말꼬리라도 잡히면 그것을 빌미로 모략하는 정치 풍토를 그가 어찌 모르랴.

한편 외출했다가 집으로 돌아오던 조신철은 눈앞이 아찔한 광경을 목격했다. 그의 가족이 포졸들에게 끌려오고 있었던 것이다. 그는 엉겁결에 옆 골목으로 비켜섰다가 구경꾼들과 섞여 뒤따라갔다. 그의 가슴은 쿵쾅거리고 머릿속은 당장 떠서가서 자수하고 가족과 함께할까 하는 생각으로 어지러웠다. 그러나 그의 발은 계속 그 뒤를 따라가기만 할 뿐이었다. 젊은 아내가 아기를 등에 업고 끌려가는 모습이 애처로워 그는 가슴이 메었다.

조신철은 삼 년 전에 재혼했다. 그는 전처가 죽자 자식들을 강원도 희양 큰집으로 보내고 홀아비로 지냈다. 혼자 자식들을 키울 수도 없었지만, 본래 사신행차에 따라다니는 말구종이었던 그는 신부들이 입국한 후에도 교회 업무로 해마다 연경에 갔기 때문에 집에서 보내는 날은 일 년 중 반년도 안 됐다. 조신철의 사람됨을 잘 아는 어느 교우가 자기 딸을 주겠다고 자청했다. 솔고개에 사는 최창흡이었다. 그는 신유년에 순교한 한양 총회장 최창현의 아우이며, 현석문의 누님 현경련의 시숙이기도 했다. 열아홉인 딸을 스물세 살이나 연상인 조신철에게 출가시킨 것은 교회를 위한 뜻이었다. 최창흡은 신부들의 심부름으로 해마다 연경 성당을 방문하는 사람이 가정의 안정을 못 누리고 사는 것이 안쓰러웠다. 다행히 그의 딸 최영이도 아버지의 뜻을 이해하고 교회 일을 돌보는 남자의 내조자가 되겠다고 결심했다. 조신철은 다시 처녀장가를 들고 처가로 들어가서 함께 살았다. 그가 반년 이상 집을 비우는 처지였기에 그것은 자연스러운 일이었다. 그런데 장모가 사위보다 여섯 살 아래였다. 최창흡 역시 손소벽이라는 여인에게 후취 장가를 들었기 때문이다. 그런 비정상적인 가족 관계를 이루고 살았으나 항상 화목하게 생활했다. 그들은 모두 천주를 향한 믿음 위에서 생활했기 때문이다. 그런데 그 사랑하는 가족이 지금 포도청으로 끌려가고 있는 것이었다. 어찌 조신철이 발길을 돌릴 수 있었겠는가.

포도청 앞에서 포졸 하나가 구경꾼들을 쫓을 때 유독 한 사내만 움직이지 않고 서 있었다.

"이놈아, 너는 왜 안 물러서는 게냐?"

"나는 저 사람들의 집주인이오."

"뭐야? 한 식구라는 말이냐?"

"그렇소."

포졸이 아래위로 훑어봤다.

"나를 식구들이 있는 곳으로 데려가시오."

"나, 참······."

포졸이 조신철의 뒷덜미를 움켜잡더니 포도청으로 끌고 들어갔다. 그의 집에는 연경에서 가져온 여러 가지 성물과 교리 책이 많이 있었던 터라 결국 국내외의 연락을 맡고 있는 조신철의 신분이 밝혀지고 말았다.

이리하여 프랑스 선교사들을 조선에 모셔 온 주역이었던 조선 천주교의 핵심 인물 세 사람이 고스란히 감옥에 갇혔다.

김순성의 제보가 정확하다는 것을 알게 된 손 포교는 그를 이용하여 서양인들을 잡으려는 마음을 굳혔다. 그러나 김순성은 만만한 자가 아니었다. 큰 미끼를 던져주기 전에는 그를 호락호락 다룰 수 없다는 것을 손 포교도 알고 있었다.

날이 어둡자 손 포교는 갓우물골 객점으로 찾아갔다. 주모는 안 보이고 아래턱이 비뚤어진 중노미가 혼자 앉아 있었다.

"김 서방 왔는가?"

"여기 앉아 계십시오. 곧 나올 것입니다."

"안에 있어?"

중노미가 다급하게 앞을 막았다.

"여기 계시면 나온다니까요."

"왜 그래?"

"헤헤."

"흥! 초저녁부터 일을 벌인 게구먼."

"요새는 때도 모르고 대중없이 저럽니다요."

뒤채에서는 알몸을 한 김순성과 주모의 방사(房事)가 한창이었다. 엉덩판 크고 허리 잘록한 주모의 능란한 기교에 김순성은 숨이 턱까지 차서 헐떡거리며 젖 먹던 기력까지 다 쏟고 있었다. 드디어 계집이 암고양이 배 앓는 소리를 시작하더니 차츰 자지러지는 신음 소리를 낭자하게 퍼질러 댔다.

"그만…… 그만."

주모가 두 손으로 떠밀어 냈으나 김순성은 찰거머리처럼 안 떨어지려고 엉겨 붙으며 한바탕 더 요동치다가는 옆으로 발라당 나자빠졌다. 방바닥에 네 활개를 벌리고 누워서 질펀하게 토하는 숨소리로 천장 대들보가 흔들릴 지경이었다. 계집이 제 몸뚱이 땀부터 닦고 나서 사내의 몸을 닦아주었다. 김순성의 입가에 흡족한 미소가 감돌았다.

"이렇게 좋은 것을 내가 왜 생으로 굶고 살았담."

"옥에 갇힌 처녀에게 골똘하여 그랬다면서 뭘. 지금도 마음은 그년한테 가 있을걸."

주모가 시샘하듯 쫑알댔다.

"그런 소리 말게. 그동안은 내가 바보 같아 그랬지. 천국이 바로 여기라는 것을 몰랐거든, 호호호……."

방문 밖에서 가래침 뱉는 소리가 나더니 손 포교의 목소리가 들렸다.

"일들 치렀으면 빨리 나오지 않고 무슨 말이 그렇게 긴가."

화들짝 놀란 김순성과 주모가 어둑한 방에서 옷을 찾아 입느라고 허둥거렸다.

"제발 방문일랑 열지 마시오."

김순성이 바짓가랑이를 꿰며 소리쳤다.

"안에서 문도 안 걸고 시작했나."

"건성으로 달린 문고리야."

"하하하……, 뱃심들 좋구먼. 초저녁부터 문도 안 걸고……."

주모가 방문을 열어젖히더니 총알같이 달려 나갔다. 김순성은 허리띠를 추스르면서 천천히 방을 나섰다.

"더운데 밖에서 이야기합시다."

그들은 마당 귀퉁이에 있는 평상을 옮겨다 놓고 걸터앉았다. 손 포교는 곰방대를 꺼내어 살담배를 재우고 나서 부시를 쳤다. 아직 달도 뜨지 않아 캄캄했다.

"좋은 소식이라도 가져왔소?"

"그러니까 주모를 성급하게 내쫓았지."

"뭐요?"

"우리 포장이 우의정을 직접 찾아뵙고 사실대로 보고했네. 서양인들을 잡아 올리면 자네에게 오위장五衛將을 내리겠다는 것이야."

"오위장?"

"정삼품 당상관이 아닌가."

어둠 속에서도 김순성의 입이 쩍 벌어지는 것이 보였으나 그의 말소리는 여전히 냉정했다.

"그것을 무엇으로 믿소?"

"응?"

"우의정이 약조했다는 징표라도 있어야 할 것이 아니오."

"이 사람 옹골지기는……."

"까놓고 말해서 손 포교님이 지어 하는 말인지도 모르잖소."

"예끼, 상종 못할 사람이로구먼. 그렇게 못 미더우면 지금 당장이라도 우리 포장한테 가보세. 포장은 거짓말하지 않을 것이 아닌가."
 김순성이 말끄러미 쳐다보다가 머리를 끄덕였다.
 "좋소. 내일 밤에 포장의 사처로 방문하여 확답을 받기로 하지요."
 "확답을 받으면 즉시 착수할 텐가?"
 "물론이오."
 "그럼 내일 여기서 다시 만나세."
 손 포교는 자리에서 일어났다.

5

 초복을 사흘 앞둔 무더운 하루였다. 온종일 대지를 삶아대던 태양이 인왕산 너머로 막 자취를 감춘 황혼 녘, 한량목과 방석순은 땀을 삐질삐질 흘리며 걷고 있었다. 그들이 발을 멈춘 곳은 이문안에 있는 신임 형조판서 홍경모의 집 앞이었다. 마침 홍경모가 저녁을 먹고 부채질을 하며 대문 밖으로 나왔다.
 "안녕하십니까."
 한량목과 방석순이 동시에 허리를 굽혀 인사했다.
 "오, 자네 왔나."
 홍경모는 안면이 있는 방석순의 인사만 받았다.
 "그동안 말씀드렸던……."
 "들어가세."

홍경모는 앞장서서 사랑채로 올라갔다. 그들도 뒤따라 들어갔다. 사랑방 아랫목에는 담양산 대나무로 정교하게 만든 죽부인이 누워 있었는데, 그것도 한량목이 방석순을 통해 선물한 것이었다.

한산 모시옷을 입고 화문석 위에 점잖게 앉은 홍경모는 통통한 체구임에도 날카로운 선비의 인상을 풍겼다. 한량목이 큰절을 올리고 나서 무릎을 꿇고 앉자 그는 친절한 미소를 띤 채 말했다.

"편히 앉게."

"괜찮습니다."

"날씨가 덥네. 편안한 자세로 앉게나."

한량목이 조금 자세를 고쳐 앉았다.

"노상에서 자네의 모습을 몇 번 봤네만, 이렇게 가까이 상면하고 보니 귀골이 약여躍如하이."

한량목은 약간 멋쩍은 표정을 지었다.

"여기 있는 방 심률에게 이야기는 들었네. 왜 하필 천주학 여자에게 빠지게 됐는가?"

"소인이 진작 알았다면 사교에 물들지 않도록 단속했을 것이나 최근에야 그 여자를 만난 터라……."

"오늘 낮에 일부러 그 여자를 불러내어 문초해 봤네. 과연 재색을 겸비한 특출한 처녀이더구먼. 천주학꾼들 가운데도 그런 인물이 있다니 정말 뜻밖이었네. 게다가 양반 가문 출신도 아닌 시골 농사꾼의 딸이라 더욱 놀랐지."

"우리 형조 관원들 사이에도 화제의 여자입니다."

방석순이 한마디 거들었다. 홍경모는 입맛을 쩍 다시며 다시 말했다.

"그런데 골수 중에서도 골수 천주학꾼이라 도통 변절할 기미를 안 보이더구먼. 내가 석방할 의사를 내비치며 달래도 막무가내야."

"그것을 감안하고 선처해 주십시오."

"조그마한 틈새기라도 보여줘야 내보내지, 아무 명분도 없이 석방할 수는 없는 일이 아닌가. 다른 죄목으로 들어왔다면 개과천선을 따질 것 없이 내 재량으로 얼마든지 방면할 수 있네만, 이번 경우는 달라. 나를 추조秋曹 자리에 앉힌 것도 순전히 사학 무리를 척결하라는 임무를 부여하려는 의도라네. 모략이 극심한 세태에서 작은 꼬투리만 잡혀도 침소봉대針小棒大로 떠들어 감투를 벗기려는 세상이라는 것을 모르는가."

"조정에서도 그들을 바른 길로 인도하는 것이 근본 목적이지, 전부 잡아 죽이자는 것은 아니잖습니까."

"여부가 있나. 그러니 배교하는 자들은 전과를 불문하고 석방하는 것이 아닌가. 하지만 그 처녀처럼 죽기를 각오하고 배교를 거부하는 자들이 많아서 내가 골치를 앓고 있다네."

"소인이 책임지고 그 여자의 마음을 돌려놓겠습니다. 일단 그 여자를 내보내만 주십시오."

"어허, 답답하기는! 글쎄, 바늘 끝만큼이라도 내 명분을 세워주게. 자네는 그 심각성을 모르는 것 같으이. 내 말을 열 번 듣는 것보다는 자네 백부인 우의정 대감에게 직접 여쭤보게. 그러면 내 처지를 알게 될 게야."

한량목은 자꾸 매달려봤자 더 이상 신통한 답변이 나오기는 틀렸음을 알았다.

"한 명이라도 희생시키고 싶지 않은 것이 내 솔직한 심정일세. 하물며 자네가 이렇게 간절히 당부까지 하는데 어찌 마음이 편하겠는가. 내 처지를 이해해 주게. 대신 자네에게 형조 감옥을 개방할 것이니 직접 그 여자를 설득해 보게. 열 번 찍어 안 넘어가는 나무는 없다지 않던가."

한량목이 한숨을 내쉬며 말했다.

"그 말씀은 참으로 고맙습니다. 그럼 이만 물러가지요."

"지성이면 감천이라고 했으니, 자네의 열성을 알면 아무리 고집 센 여자라도 마음이 돌아설 것이야."

"소용없는 일입니다. 하늘을 감동시키는 것은 고사하고 한 여자의 마음도 제 뜻대로 움직일 수 없다는 사실을 이번에 깨닫게 됐을 뿐입니다."

한량목은 자리에서 일어섰다. 어깨를 축 늘어뜨린 채 대문으로 나가는 그의 뒷모습을 바라보는 홍경모는 입맛이 매우 씁쓸했다. 한량목에게서 적잖은 뇌물을 받아먹고도 시원한 해결책을 주지 못한 탓도 있지만, 홍경모는 새삼 천주교인들을 죽여야 하는 자기 위치가 역겨워졌다. 다음 날 그의 일정에는 여덟 명을 처형하는 일이 잡혀 있었던 것이다.

이튿날 오후, 한량목은 석팔과 함께 서소문 쪽으로 나갔다. 어제 방석순이 이차로 천주교인들의 집단 처형이 있다는 말을 귀띔해 주었다. 햇볕이 너무 뜨거워 서소문 거리에는 행인이 많지 않았다. 그들은 눈에 띄는 아무 술집에나 들어가서 목로_木墟_ 앞에 걸터앉아 우물에 채웠다는 찬 막걸리를 마시기 시작했다.

사형장으로 가는 행렬은 해가 설핏 기운 유시_酉時_쯤 나타났다. 덕수궁 방향에서 들려오는 북소리가 가까워졌다. 밖으로 나간 한량목과 석팔은 놀라지 않을 수 없었다. 사형수들을 싣고 오는 수레 주위로 하얗게 몰린 군중은 전과 달리 살기가 등등했다. 그들은 수레 위 십자가에 묶여 있는 사형수들을 향해 삿대질하면서 악의에 찬 욕설을 마구 퍼붓고 있었다.

"세상을 어지럽히는 저런 흉악 도배는 싹 쓸어내야 해."

"옥에서 굶겨 죽이지 더운 날에 무엇 하러 참터까지 끌고 가는 게야."

"굶겨 죽일 것도 없어. 단매로 쳐 죽여야지."

"저년을 보게. 저 늙은 년은 웃고 있잖아."

"미친년들이니까 웃지. 목 잘리러 가면서 멀쩡한 정신이면 웃겠는가."

"나라가 망할 징조인가. 왜 저런 것들이 자꾸 생겨난담."

"저년은 아주 새파랗게 젊네그려."

"밤중에만 남녀가 어울린다면서?"

"서로 부부를 바꾸면서 놀아난다더라고."

"세상에!"

"천주학쟁이 마누라들 중에는 온전한 년이 없다더니 맞는 말이구먼."

"잘하는 일이야. 암, 씨를 말려버려야지."

구경꾼들은 사형수들에게 악담하기를 그치지 않았다. 심지어 사방에서 아이들이 돌멩이까지 던져댔다. 수레는 네 대였다. 십자가 하나에 두 명씩 묶였는데, 남자는 이광렬 요한 한 명뿐이고 여자가 일곱 명이었다.

선두의 수레에 이광렬과 함께 묶인 여자는 이영희 막달레나였다. 둘 다 결혼한 일이 없는 동정童貞의 몸이지만 십자가에 같이 묶인 모습을 보여주어 군중에게 남녀의 풍기 문란을 시사했다. 용산 청파에서 함께 자수했던 여자들 중 네 사람이 오늘의 동행이었다. 이영희의 고모이자 집주인이었던 이매임 테레사, 부평댁 김성임 마르타, 그리고 미모와 재치 있는 답변으로 재판관들의 관심을 끌었던 처녀 김누시아 루치아가 보였다. 나머지 세 사람은 이광렬과 이웃에 살던 과부 김장금 안나, 김효주와 어릴 적 친구였던 동정녀 원귀임 마리아, 그리고 김노사 로사라는 노파였다. 김노사는 지난해 섣달에 이미 처형된 권득인과 함께 잡혀 들어왔는데, 형조에서 무려 여덟 달을 옥살이하다가 이번에야 치명의 소원을 풀게 됐다.

우차부들이 부룩소 코뚜레를 움켜잡고 서소문 밖 내리막길을 치달리기 시작했다. 수레 네 대가 울퉁불퉁한 돌길 위로 마구 튀어 오르면서 요란한 소리를 일으켰다. 발판을 빼버린 수레 위에서 사형수들이 고통스러운 얼굴로 매달려 있을 때, 구경꾼들 중에는 박수까지 치는 자들도 많았다. 그런 광경을 보면서 한량목과 석팔은 경악했다. 두 달 전에 사형된 아홉 천주교인들을 대하던 군중이 아닌 것만 같았다. 무엇이 그들을 저토록 악의에 가득 찬 군상으로 돌변시켰는지 모를 일이었다.

한량목의 가슴속에는 까닭 모를 격분이 치솟았다. 이제까지 같은 동아리로 생각하고 친근하게 대했던 서민들에게 정나미가 떨어졌다. 집권자들이 백성을 우매하게 보는 것은 당연했다. 유언비어를 퍼뜨리면 쉽게 솔깃하여 휘말려들고, 선동하면 쉽게 흥분하여 들고일어나는 것이 어리석은 군중이었다.

"석팔이, 자네는 참터까지 가보려나?"

"형님은 안 가려오?"

"나는 그만두겠네."

"난들 사람 죽이는 구경이 좋은 것은 아니지만, 죽음 앞에서도 초연한 천주교인들의 마지막 순간을 더 지켜보고 싶소."

"자네 혼자 가보게."

"어디로 가려오?"

"오늘은 가회동 큰집에 가봐야겠네."

석팔이 약간 놀라는 눈으로 쳐다보다가 물었다.

"갑자기 거기는 왜 갑니까?"

"백부에게 이야기하려네. 사람 죽이는 놀음은 그만 하라고……."

"어디 씨나 먹히겠습니까."

"그럼 붓골 집에서 만나세."

한량목은 다시 문안으로 휘적휘적 걸어갔다. 그는 어제 형조판서 홍경모를 찾아간 시각쯤 가회동에 당도했다. 큰집 하인들이 반가워하며 그를 맞았다.

"사랑에 손님이 와 계신가."

"지방 수령을 지내고 올라오신 분이랍니다."

"손님이 가시는 즉시 알려주게."

한량목은 안채로 들어가서 큰어머니를 만났다.

"이 녀석아, 인정머리가 그리 없느냐. 가끔은 문안을 올 것이지……."

큰어머니는 여전히 따뜻이 대해 주었다.

"칼국수를 한 모양인데, 마침 잘 왔구나."

"백모님은 도무지 늙는 표가 안 보이니 불로초라도 구해 자셨습니까?"

"예끼, 또 늙은이 비위 맞추는 소리를 하는구먼. 안 늙긴……."

"소자의 눈에는 더 젊어지신 것 같습니다."

"실없는 소리 그만 하고 네 장가 걱정이나 하자. 언제까지 그러고 살 작정이냐?"

"그럭저럭 한세상 사는 것이지요, 뭐."

"이놈아, 지금은 네가 젊으니까 기생들 품에서 신선놀음에 도끼자루 썩는 줄 모르고 세월을 보내지만 후사를 생각해야지."

"자식을 만들어봤자 서자 하나 더 늘리는 것인데 별 관심 없습니다."

"네가 또 큰어미 가슴에 못 박는 소리를 하는구나."

그때 하인 하나가 토방에서 알렸다.

"서방님, 손님이 가셨는뎁쇼."

"백부님부터 뵙고 오겠습니다."

"오냐, 그냥 가지 말고 칼국수를 먹고 가려무나."

한량목은 사랑채로 나갔다. 이지연은 초복 더위에도 정자관程子冠을 쓰고 앉아 천천히 태극선을 부치고 있었다.

"소자 문안하옵니다."

한량목이 큰절을 올리고 나서 꿇어앉은 양을 묵묵히 지켜보더기 이지연은 입을 열었다.

"네가 웬일이냐."

한량목은 모시 도포 소맷자락에서 안경을 꺼내어 큰아버지 앞에 바쳤다.

"진작 오려다가 이것을 드리려고 차일피일 늦었습니다."

"그것이 무엇이냐?"

"안경이라는 것입니다. 이것을 쓰고 들여다보면 작은 글자도 선명히 보입니다."

이지연이 관심을 보이며 안경을 들고 요리조리 살펴봤다. 하얀 은테 안에 박힌 유리알이 무척 신기한 모양이었다.

"이것을 쓰면 작은 글자도 잘 보인다고?"

"그렇습니다. 노안老眼에 필요한 물건이지요."

"글자 작은 책을 한 권 가져와 봐라."

한량목이 서안書案 위에 책 한 권을 올려놓자 안경을 쓴 이지연은 책장을 눈앞에 펴 들었다.

"틀림없구나! 글자가 잘 보이는구나."

책을 내려놓고 안경을 벗으면서 놀랍다는 얼굴로 이지연이 물었다.

"대체 이 희귀한 물건을 어디서 구했느냐?"

"소자가 잘 아는 시전 상인 중 연경에 자주 드나드는 자가 있습니다. 지난 봄, 동지사를 따라갔던 그자가 이것을 가지고 돌아왔기에 소자가 샀습니다."

"지금 생각하니 이것이 바로 애체(靉靆)라는 것이로구먼!"

"애체요?"

"청국에서 들어온 문헌 중에 애체를 쓰면 부옇던 눈앞이 맑아지고 잔글씨들도 크게 보인다는 내용을 읽은 기억이 난다."

"소자는 안경이라고 들었습니다."

"이름이야 여러 가지로 붙일 수도 있겠지."

"그 상인의 말에 의하면, 사신으로 다녀온 사람들 중 한두 명은 이런 것을 소유하고 있을 것이랍니다. 그러나 백부님이 이것을 쓰고 묘당에 나가시면 조선에서 맨 처음 안경을 쓰시는 분이 됩니다."

"허허……, 그렇겠구나."

서자 조카 앞에서 이지연이 어린아이처럼 기뻐하며 큰소리로 웃기는 처음이었다.

"그런데 이런 귀중한 물건은 어디서 나오는 것인고? 청국산이라면 내가 여태 모르고 있을 리가 없는데……."

"서양에서 들어온 것이라고 하더이다."

"서양?"

이지연이 흠칫하는 기색이었다.

"연경을 드나드는 상인들이 말하길, 그곳에는 희한한 서양 물건들이 많답니다. 천리경을 비롯하여……."

"그런 것은 나도 알고 있다."

"참, 긴히 드릴 말씀이 있습니다."

"뭐냐?"

"여기로 오기 전에 참터로 실려 가는 천주학쟁이들을 봤습니다."

천주학 이야기가 나오자 이지연의 표정이 대번에 굳었다.

"이번에는 백성들이 노하여 그들을 욕하더이다."

"그렇더냐?"

"하지만 뒷전에서 조정을 비방하는 사람들이 더 많았습니다."

"조정을 비방하다니?"

"천주학쟁이들도 한 나라 백성인데, 무더기로 처형하는 것은 너무 지나치다는 겁니다."

"천주학 무리는 그냥 놔둘 수가 없다. 칡넝쿨이나 호박 넝쿨 뻗듯이 사방으로 자꾸 뻗어 나가니, 이러다가는 나라 안이 온통 사학 무리로 뒤덮이고 풍속과 윤기가 다 무너져버려 오랑캐 나라로 변할 게야."

"소자가 별로 아는 것은 없습니다만, 역적 도배 처형하듯 떼죽음 시키는 조정의 처사가 너무 가혹하다고 비난하는 소리를 듣고 어찌나 민망한지 그 자리에서 도망쳤습니다. 국정의 총책임 자리에 계신 백부님이 마치 살인 집단의 우두머리인 것처럼 떠들어대니 말입니다."

"이놈아!"

이지연이 벽력같이 소리를 질렀다.

"입으로 내뱉는다고 다 말인 줄 아느냐? 무슨 말을 그리 함부로 하는 게야. 살인 집단이라니!"

"고정하십시오. 수레에 실려 가는 사형수들을 바라보며 뒤에 섰던 구경꾼들이 분명 그런 말을 했습니다."

"고얀 것들! 무식한 놈들이 무얼 안다고……."

"유식한 선비들은 또 다른 뜻으로 백부님을 조소하더이다."

"나를 조소해?"

"일전에 어느 사정射亭으로 활을 쏘러 올라갔다가 들었습니다만, 풍양 조씨들이 치는 장단에 우의정 대감이 춤을 춘다고 하더이다."

"어떤 괘씸한 놈들이 그따위 소리를 나불대고 있더냐. 내가 그자들의 장단에 놀아날 사람인가. 조상 때부터 같은 노론이고 집안 간으로도……."

"물론 사돈 간이지요. 그러나 대왕대비의 수렴청정이 끝나고 어린 상감의 친정親政이 시작되면 외척인 풍양 조씨들이 독판칠 것이 뻔하지 않습니까?"

"그야 당연한 일이다. 그러나 조씨 일문이 우리 형제들만큼은 괄시하지 못하게 되어 있어."

"소자는 다만 조정에서 김씨 세도를 몰아내는 일에 백부님이 앞장서셨다가 백성의 비난을 한 몸에 받으시는 것이 염려스러울 뿐입니다. 오늘 사교도 여덟 명을 처형장으로 끌고 가는 행렬을 보고도 조정을 비판하는 소리가 드높은데, 결국은 백부님 혼자 욕먹는 셈이 아닙니까."

"무뢰배 바닥에서 지내는 놈이 무얼 안다고 함부로 말하느냐? 김씨 세도를 몰아낸다는 둥……."

"그거야 세상 사람들이 다 아는 일이 아닙니까. 두 외척 간의 정권 싸움이 이제오늘 있는 일도 아니고……."

"입을 조심하거라."

"소자가 시정잡배와 어울려 지내기 때문에 여항의 민심은 누구보다 잘 압니다. 금년에 이르러 천주학쟁이들을 무수히 처형하기 시작하는 것을 보고, 조정 대신들이 피에 굶주린 이리 떼 같다고 저주하는 사람들이 점점 많아지고 있습니다."

이지연이 벌컥 화내기도 전에 한량목은 재빨리 일어나서 하직 인사를 했다.

"소자는 이만 물러갑니다."

열려 있는 방문 밖으로 나가는 한량목의 뒷전에 대고 이지연은 붉으락푸르락하는 얼굴로 삿대질만 하고 있었다.

"저, 저런……."

6

 조정은 공식적으로 서양 선교사들을 잡으라는 왕명을 발표했다. 그들을 체포하는 자에게 큰 상금을 내린다는 방문榜文까지 내걸었다. 좌우 포도청이 아연 긴장하는 한편 활기로 넘쳤다. 포교들은 이번 기회를 놓치지 않으려고 저마다 야망으로 부푼 가슴을 내밀고 활동을 개시했다.
 그 무렵, 김순성과 손 포교는 구산, 분원을 거쳐 이천을 헤매고 있었다. 앵베르 주교의 은신처를 찾아내기 위해 천주교 신자들이 사는 동네들을 부지런히 발섭하고 다니는 것이었다.
 앵베르 주교는 상곡 바닷가에 앉아 날마다 한양의 동정을 보고받았다. 이문우와 최기풍이 번갈아 한양을 오르내리며 교우들의 소식을 알아 왔다. 그래서 정하상, 유진길, 조신철이 차례로 포도청에 구금된 사실도 곧 알게 됐다.

조선 교회의 기둥들이 모조리 무너지는 것을 보면서 앵베르 주교는 절망감을 느꼈다. 이어서 이차로 여덟 신도가 또 사형됐다는 소식을 받았을 때 그는 이번 사태가 극단에 이르렀음을 깨달았다. 이제는 비상조치를 취하지 않을 수 없었다. 주교는 지방에 있는 두 신부들을 불러들여 대책을 의논하기로 마음먹었다. 손경서가 최기붕과 함께 배편으로 전라도를 향해 떠났다. 사공은 홍주에서 손경서가 함께 데리고 이사 온 김진구였는데, 청년 때부터 수금과 곡물을 운반하는 그를 도와 배질이 능숙한 교우였다.

상곡에서 앵베르 주교는 정화경의 집에 거처했다. 샤스탕 신부와 현석문이 도착했다. 주교에게 한양 교회의 형편을 들은 두 사람의 얼굴이 침통했다. 특히 현석문은 젊은 시절부터 막역하게 지낸 교우들이 대부분 잡혀갔을 뿐만 아니라, 벌써 몇 사람은 참수됐다는 소식에 가슴이 찢어질 듯 아팠다. 주교가 엄숙한 목소리로 그에게 말했다.

"가롤로, 지금 내가 하는 말을 명심하세요. 가롤로는 최선을 다해 잡히지 않도록 항상 몸조심해야 됩니다. 당장 치명보다 더 중대한 사명을 가롤로에게 부여할 것입니다."

"그 일이 무엇입니까?"

"올해 교난은 쉽게 끝나지 않을 것 같습니다. 틀림없이 앞으로 더 많은 순교자들이 나올 것입니다. 조선 조정은 우리 교회를 섬멸하기 위해 엄청난 피를 요구하고 있습니다. 이런 때 우리가 꼭 실현해야 할 임무는 순교자들의 기록을 남겨놓는 일입니다. 그분들의 거룩한 순교를 우리 후세들은 물론 로마 교황청에도 알려서 시복식證福式을 통해 복자福者 반열에 올려야 합니다. 그러자면 상세한 기록이 반드시 필요합니다. 이 일을 가롤로가 맡으세요."

본래 대춧빛인 현석문의 얼굴이 더 한층 벌겋게 상기됐다.

"내 말뜻을 알겠습니까?"

"예, 신명을 바쳐 주교님의 분부를 거행하겠습니다."

"순교자들이 살아온 발자취와 치명할 당시의 사건들을 면밀히 조사하고 기록하자면 분명 위험도 따를 것입니다. 이 점을 각별히 유의하여 가롤로는 최후까지 살아남아야 합니다."

현석문은 아무 말도 꺼낼 수가 없었다.

그때 손경서는 다시 배를 타고 홍주로 내려가고 있었다. 모방 신부를 모시러 가는 길이었다. 앵베르 주교는 그에게 편지를 한 장 주었다. 그 편지에는 프랑스어로 다음과 같이 쓰여 있었다.

친애하는 동지, 샤스탕 신부님은 이미 잘 도착했습니다. 천주님께 감사드립니다. 이제 모든 것이 끝장났고 피의 잔치를 끝내는 데 누락된 사람이라고는 우리밖에 없답니다. 그리고 포교들이 우리를 잡으려고 시골로 싸다닌답니다. 적어도 우리 중 한 사람은 자수하여 몸값을 치러야 하고, 나머지 두 사람은 조선을 벗어나야 합니다. 그러니 서둘러 오세요. 모방 신부님을 데려올 나룻배를 보냅니다.

그날 밤, 모방 신부도 상곡에 도착하여 동료들을 만났다. 오래간만에 세 선교사들이 모두 한자리에 모였다. 앵베르 주교는 두 신부에게 조선을 떠나라고 종용했다. 그 혼자 당국에 자수하려는 뜻이었다. 그러나 두 신부는 그의 뜻을 받아들이지 않았다. 목자가 피 흘리는 조선의 양들을 버리고 떠날 수 없다는 것이었다.

"그럼 이번 사태를 더 지켜보다가 내가 최후 결정을 내리면 즉시 통보할 것이니, 각자 마음의 각오를 단단히 하고 그 때를 기다리세요."

결국 앵베르 주교는 그런 명령밖에 할 수 없었다.

이튿날, 모방과 샤스탕 두 신부는 다시 배를 타고 충청도 내포 지방으로 내려갔다. 이재용이 그들을 수행했다.

드디어 경건한 신앙으로 가득한 수리산 골짜기에도 포교들이 나타났다. 동녘 하늘이 밝아오고 있었으나 높은 산으로 가려진 골짜기는 아직도 캄캄한 밤중인데, 도부꾼으로 변장한 사내들이 시냇물을 따라 오솔길을 올라오고 있었다. 포교가 둘, 포졸이 다섯이었다.

그들이 담배촌으로 불리는 골짜기 중심부에 이르렀을 때 젊은이 하나가 마당으로 나와 두엄 더미에 오줌을 누는 모습이 눈에 띄었다. 포졸 두 명이 허리를 굽히며 재빠른 동작으로 그에게 접근했다. 시원하게 오줌을 깔긴 그는 어깨를 한 번 부르르 떨고 나서 잠방이 허리춤을 추스르며 돌아서다가 기절초풍했다.

"쉿, 큰소리를 내면 죽이겠다!"

포졸들은 그 젊은이를 일행이 섰는 곳으로 끌고 갔다. 사시나무

떨듯 몸을 떠는 그에게 장 포교가 엄포를 놓았다.

"다 알고 왔다. 바른말을 하지 않으면 이 자리에서 요절내고 말 것이야. 서양인들이 지금 집에 들어 있느냐."

"시, 신부님 말씀입니까?"

"신부님인지 신랑님인지, 서양인 말이다."

"지금은 여기에 안 계십니다."

"이놈이!"

"정말입니다. 봄에 한 번 다녀가시고 안 오셨습니다."

"안 되겠다. 애들아, 이놈을 당장 쳐 주여라."

포졸 하나가 흙에 박힌 커다란 돌멩이를 빼내어 높이 쳐들었다.

"마음대로 하시오. 나는 거짓말을 안 했으니까."

장 포교가 노려봤다. 그가 허위로 말한 것이 아님을 알 수 있었다.

"이 동네 회장이 최경환이라는 자라지?"

"그렇습니다."

"그 집으로 우리를 안내해라."

젊은이는 순순히 앞장을 섰다.

최경환 부부는 벌써 일어나 새벽 기도를 올리다가 인기척을 듣고 방에서 나왔다.

"어디에서 오신 분들이오?"

"한양 포도청 사람들이오."

최경환은 손님을 맞이한 사람처럼 반기듯 물었다.

"어째서 이리 늦게 오셨소? 오래전부터 초조한 마음으로 당신들을 기다렸소. 우리는 언제라도 떠날 준비가 되어 있으니, 아무 염려 말고 날이 밝을 때까지 다리나 좀 쉬시오. 여기까지 오느라 피곤하실 텐데……."

그리고 나서 그는 방문 앞에 있는 아내를 돌아보며 일렀다.

"여보, 서둘러 조반을 짓도록 하오. 이분들도 대접하고 우리 식구도 먼 길을 가자면 아침을 든든히 먹어야 하니."

강당으로 사용하는 널찍한 방에는 아들 삼 형제가 곤히 자고 있었다. 아버지가 깨우는 바람에 부스스 일어나 앉던 어린 소년들은 낯선 사람들을 보고 두 눈을 동그랗게 떴다.

"어서들 나가서 손발을 깨끗이 닦고 새 옷으로 갈아입어라. 나리들, 이 방으로 들어오시오."

포교 일행은 탄복했다. 최경환의 태연한 언행에 거짓은 전혀 없었다. 그들은 방바닥에 몸을 던지면서 한마디씩 지껄였다.

"아이고, 다리가 뻐근하다. 벌써부터 하품이 나오려고 하네."

"요새는 날마다 밤길을 걸으니 너나없이 잠이 부족할밖에."

"다들 졸리면 한숨 자거라. 보아하니 이 집 식구가 도망칠 것 같지는 않다."

"척 보면 모릅니까. 우리를 기다리고 있었다지 않아요."

"여기서 진짜 천주학쟁이 집안을 봅니다요."

"그래그래, 이제 날이 새기 시작하니 잠시 눈들을 붙여두어라."

얼마 후 그들은 감시자 한 명도 없이 모두 잠에 떨어졌다. 그사이 최경환은 동네 교우들을 찾아다니면서, 좋은 기회를 잃지 말고 하느님의 나라로 가는 치명의 영광스러운 길을 함께 떠나자고 용기를 북돋아 주었다.

포교 일행은 해가 두어 발쯤 떴을 때 일어났다. 집에서 기르던 닭을 전부 잡은 듯 닭고기가 푸짐한 밥상이 들어왔다. 포졸들은 함박만 하게 입을 벌리며 좋아했다. 그들 중 입성이 제일 남루한 포졸에겐 최경환이 깨끗한 옷 한 벌을 내주었다.

동네 교우들 삼십여 명이 최경환의 집으로 한둘 모였다. 그렇게 자진하여 모여든 사람들을 보고는 포교 일행이 질리는 표정들을 지었다. 어차피 부모가 없으면 굶어 죽을 아이들이라, 옆에 살부터 젖먹이까지 다섯 아들을 데리고 최경환 부부가 앞장섰다. 사십 명에 이르는 천주교 신자 행렬이 수리산 골짜기를 내려가기 시작했다.

그들이 병목안을 벗어나 만안교를 건너고 시흥을 지날 때부터 거리를 오가는 사람들이 많아졌다. 사방에서 욕설들이 쏟아졌다. 어린 자식들까지 죽음의 길로 데려간다는 비난의 소리였다. 앞에서는 남자들이 큰아이들을 데리고 걷고, 그 뒤를 여자들이 젖먹이를 업고 따르고, 포졸들은 맨 뒤에서 뒷짐을 지고 어슬렁어슬렁 따라갔다. 뜨겁게 내리쬐는 폭양 아래 느릿느릿 움직이는 행렬이 한양까지 오십 리를 가는 동안 강행군에 지친 어린아이들은 울음을 터뜨렸다. 그런 광경을 보고 사람들은 더욱 심한 욕설을 퍼부었다. 최경환이 행렬을 독려했다.

"형제들, 용기를 내시오. 주님의 천사가 금 자로 우리 발걸음을 재고 있습니다. 우리 주 예수 그리스도께서 우리의 앞장에 서서 십자가를 지고 골고다 언덕으로 나아가시던 모습을 생각하시오."

한강을 건너 숭례문으로 들어섰을 때는 그 행렬을 보려는 구경꾼들이 무수히 몰려들어 더욱 세차게 비난했다. 특히 연약한 팔로 아버지나 어머니의 목을 끌어안고 천진한 눈망울로 겁먹은 듯 군중을 보는 어린것들이 구경꾼들의 마음에 불을 질렀다.

"이 극악무도한 놈들아, 너희도 사람이냐."

"저것들은 천하의 악종들이야."

여기저기 돌들이 날아왔다. 개중에는 격분을 참지 못하고 아이를 내려놓으라면서 몽둥이를 들고 달려들어 어른들을 두들겨 패는 사람도 있었다. 행렬은 수라장이 됐고, 포졸들은 길길이 날뛰는 군중을 쫓기에 정신이 없었다.

포도청에서도 그들을 괘씸하게 여기고 더욱 혹독히 다루었다. 포도청 안에 고문을 당하는 비명 소리가 낭자했다. 매질과 주리를 못 견딘 몇 사람이 배교하고 말았으며, 그들 말고도 배교자들이 한둘 속출했다. 며칠 후에는 수리산 일행 중 최경환 부부와 또 다른 여자 한 명만 남게 됐다.

최경환 부부는 아들 최양업이 신학 공부를 하기 위해 마카오에 갔다는 사실이 알려져서 혹심한 매질을 당했다. 곤장을 백 대 이상 맞은 최경환의 몸뚱이는 점점이 으스러져서 독수리 발톱에 찢긴 토끼 시체 같았다. 최경환의 아내 이성례는 한 어머니로서 가장 슬픈 일을 겪어야 했다. 빈 젖꼭지를 빨며 보채던 젖먹이가 열병을 얻어 옥중에서 죽었던 것이다.

이성례는 정신이 번쩍 들었다. 나머지 네 아들을 살려야겠다는 모정이 발로한 그녀는 관원에게 배교한다는 말을 하고 풀려났다. 어린 네 아들을 데리고 바깥세상으로 나온 이성례는 한강을 건넌 후에야 말했다.

"너희는 수리산으로 돌아가거라. 동네에 남은 교우들이 너희를 돌봐줄 게야. 너희는 살아남아 몇 해 후에 신부가 되어 돌아올 맏형을 맞이해야 한다. 나는 너희 아버지 곁으로 다시 돌아갈 것이다. 부모가 없다고 슬퍼하지 말거라. 너희 곁에는 늘 하느님이 계시지 않느냐."

열네 살 난 큰아이가 네 살짜리 동생을 등에 업었다. 사 형제는 발길을 돌렸다. 멀어져 가는 자식들을 지켜보는 어머니의 두 볼 위로 빗물 쏟아지듯 눈물이 흘러내렸다.

다시 돌아온 이성례를 보고 포도청 관원들은 기가 막혀 한마디씩 떠들었다.

"하기야 저런 회장 남편을 둔 여자가 절개를 버릴 수 있나."

"자식들은 버려도 서방은 버릴 수 없다는 게로구먼."

감옥으로 다시 들어오는 이성례를 보고, 수리산에서 잡혀 와 유일하게 남아 있는 이순빈의 누님 이 에메렌시아나가 반가워 어쩔 줄 몰라 했다. 하지만 그 기쁨도 잠시였다. 그녀의 매 맞은 상처에는 구더기가 우글거렸다. 게다가 허기와 목마름으로 몹시 고통스러워하다가 그녀는 이성례의 무릎 위에서 숨을 거두니, 그때 그녀의 나이 서른아홉이었다.

7

김순성과 손 포교 일당은 수원성으로 오고 있었다.

그들은 하루 전에 양지의 은이 교우촌에 들렀다. 거기서 산 너머에 있는 골배마실로 가서 김제준을 포박하여 포졸 두 명으로 하여금 한양으로 압송하도록 조치하고 오는 길이었다. 그들을 골배마실로 안내한 사람은 김제준의 사위였다. 당장은 앵베르 주교를 잡는 것이 목적이므로 평신도는 체포하지 않기로 했지만, 김제준의 아들 김재복(김대건 신부)이 외국에 나가 신학을 공부하고 있었기 때문에 그를 특별히 취급했던 것이다.

수원 남문 안에는 천주교인들이 경영하는 옹기전이 하나 있었다. 김순성이 그곳에 나타나자 주인 두 사람이 반갑게 인사했다. 김순성은 조용한 구석으로 그들을 데리고 가더니 자못 진지하게 말했다.

"교형들도 한양 소식을 들었겠지요. 정하상 회장님을 비롯하여 조선 교회의 대들보들이 대부분 잡혀갔지만, 전화위복이라는 말처럼 이젠 화가 복으로 바뀌었소. 당상 역관 유진길 같은 분이 대신들 앞에서 당당히 우리 성교회의 진리를 폈는데, 그 말을 듣고 포도대장은 물론 조정 대신들까지도 천주님의 은혜에 눈을 뜨게 됐다오. 유식하고 똑똑한 우리 교회 지도자들이 설명하는 교리 내용을 듣고서야, 조정 대신들도 천주교는 나쁜 사교가 아니라는 걸 깨달은 것이지요. 드디어 우리가 자유로이 천주님을 믿을 때가 코앞에 이르렀소. 이제 누군가 복음을 더우 상세히 설명해 주기만 하면 그들 모두가 천주님을 받아들이게 됐으니 말이오. 정 회장님은 이런 기회를 놓치지 않으려고 주교님에게 쓴 서신 한 통을 나에게 주었소. 그런데 안타깝게도 주교님이 어디로 가셨는지 찾을 수가 없구려. 정 회장님의 지시를 받느라고 한양에 남아 있었던 터라 나는 지금 주교님이 계신 곳을 모른다오."

옹기전의 두 교우들은 마냥 감격했다. 김순성이 하는 말은 이치에 닿았고, 또한 그가 앵베르 주교의 심부름꾼 노릇을 했던 사람이라 추호도 의심하지 않았다.

"우리는 주교님이 어디에 계시는지 모르지만 정 안드레아가 그 처소를 알 것이오."

"정 안드레아가 누구요?"

"지난봄 충청도에서 이사 온 정화경이라는 사람인데, 닷새마다 장날이면 수원에 들러 여러 가지 생필품을 사 갑니다. 수원에 오면 여기도 꼭 들르지요."

"아이고, 그런 줄도 모르고 엉뚱한 곳만 찾아다녔네. 한양에서 정 회장님이 눈 빠지게 소식 오기만을 기다리고 계실 텐데……."

"여기서 하루만 더 기다리시오. 마침 내일이 장날이니까."

김순성은 느긋하게 곰방대를 빼 물었다. 교우 한 명이 그를 주점으로 데려갔다. 멀찌감치 지켜보던 손 포교와 시선이 마주치자 김순성은 고개를 끄덕여 보였다.

이튿날 정화경은 어김없이 옹기전에 나타났다. 김순성은 어제보다 더 그럴듯한 말을 한바탕 늘어놓고 나서 정하상이 주었다는 편지까지 꺼내 보였다. 순박하기가 어린아이 같은 정화경은 춤이라도 덩실 출 듯이 기뻐했다.

"정하상 회장님과 유진길 역관의 이야기는 나도 많이 들었어유. 한양에 다녀온 교우들이 그분들 말씀을 주교님에게 전하더구먼유."

김순성이 속으로 퍼뜩 긴장하며 물었다.

"누가 한양에 다녀옵니까?"

정화경이 이문우와 최기풍 이야기를 하자 김순성은 안타깝다는 듯 자기 무릎을 쳤다.

"내가 한양에 있었으면 진작 만났을 것을 정 회장님의 편지를 가지고 지방으로 찾아다니느라 못 만났구먼. 그 교우들은 아마 포도청 근처에도 얼씬하지 못했을 것이니 자세한 소식은 모를 것이오."

"그렇겠지유. 거기가 어디라고 가까이 갔겠어유. 더구나 옥에 있으시니 그분들을 만나기나 했겠어유."

"역시 하느님께서는 조선 신자들을 버리지 않으시나 보오. 조정의 고관들도 차츰 우리 성교에 눈뜨는 것을 보면……."

수원성을 벗어난 두 사람은 서쪽으로 걸으면서 그런 대화를 나누었다.

몇 십 리를 걷다가 정화경은 자꾸 흘끔흘끔 뒤돌아봤다. 사내 다섯 명이 따라온다는 것을 눈치 챘던 것이다.

"안심하고 걸어요. 모두 교우들이니까."

"우리 교우라구유?"

"주교님을 모셔 갈 사람들이오. 주교님이 한양으로 가시는 도중에 다른 사람들에게 발각되어 봉변당하기라도 하면 큰일이 아니오."

"그럼 어째서 우리와 같이 안 가고 뒤만 따라와유?"

"이런 촌에서 여럿이 몰려가면 남들의 눈에 띄기 쉽지 않겠소. 주교님의 거처에 가까이 가면 우리와 합류할 것이오."

그 말에 정화경은 수긍하면서도 마음이 께름했다. 그러나 김순성의 능숙한 말재간에 어수룩한 그가 말려들지 않을 수 없었다. 해가 서산 위에 걸릴 때쯤, 김순성이 걸음을 멈추고 멀리 따라오는 손 포교 일행을 기다렸다. 그들은 가까이 다가와서 정화경에게 살가운 태도로 인사했다.

"교형, 반갑소. 나는 손 베드로요."

"내 본명은 진 아우구스티노입니다."

"나는 백 라자로요."

젊은 포교 황기륜과 포졸 강차돌만 웃음으로 인사를 대신했다.

"여보시오, 김 요한. 주교님은 이쪽에 계시는데, 왜 엉뚱한 지방으로 우리를 데리고 다니며 고생시킨 것이오?"

손 포교가 시치미를 떼고 핀잔하는 말을 김순성이 받아넘겼다.

"교형들에게 내가 미안하구려. 그렇지만 이제라도 주교님을 모시게 됐으니 얼마나 다행이오."

"다행이고말고. 옥중에 있는 우리 교우들이 얼마나 마음을 태우고 있을까."

그들은 여러 날 연습했던 수작을 조금도 어색한 구석 없이 주거니 받거니 했다.

일행은 밤길을 계속 걸었다. 상곡을 십 리쯤 남긴 갈림길에 다 쓰러져가는 초가집이 한 채 있었다. 부엌에 작은 술독 하나를 묻고 가끔 지나가는 행인들에게 막걸리 사발을 팔아서 가용에 보태는 초라한 주막이었다. 그들은 잠시 쉬는 동안 술독에 남은 술을 몽땅 비워버렸다. 그러나 정화경은 한 잔도 마시지 않았다. 아무래도 나중에 뒤따라온 사람들이 마음에 걸렸던 것이다.

"여기서 기다리고 있어유. 내가 혼자 다녀오겠어유."

"아니, 우리를 못 믿는 것이오?"

"김 요한은 믿지만……."

"이 사람들도 우리 교우들이라니까 그러네."

마흔이 넘은 꾀죄죄한 주모를 흘끔 보면서 김순성은 목소리를 낮추고 속삭이듯 말했다.

"어쨌거나 내가 먼저 다녀오겠어유."

"그럼 정 회장님의 서신은 어쩐다지?"

"나를 주면 되잖아유."

"내가 당신을 어떻게 믿소?"

"나를 못 믿는다구유?"

"당신이 우리를 못 믿으나 우리가 당신을 못 믿으나 마찬가지 아니오."

정화경은 말문이 막혀 우물쭈물했다.

"정 회장님의 서신이 얼마나 중요한 것인데 함부로 남에게 주겠소. 내 목숨보다 더 귀한 서신을 말이오."

정화경은 또 한 번 감격했다.

"그 마음을 알겠구먼유. 그럼 김 요한만 나와 같이 가유. 이분들은 여기서 기다리라고 하구유."

"그럼 그렇게 합시다."

"우리도 다리가 아픈 참이었는데 잘됐구먼. 이 집에 봉놋방도 하나 있는 것 같으니 우리는 쉬고 있겠소. 김 요한이나 다녀오시오."

손 포교는 선선히 맞장구쳤다.

그리하여 정화경과 김순성만 주막을 나섰다. 얼마 후에 손 포교가 주모에게 길을 물었다. 거기부터는 반도 끝으로 들어가는 외길밖에 없다고 주모가 대답하자 손 포교는 바로 지시했다.

"황 포교는 백 포졸과 강 포졸을 데리고 저들을 뒤따르게. 조급하게 뒤쫓지 말고 길만 따라가면 되네."

"알았습니다."

그들 셋도 천천히 주막을 나갔다. 반달이 떠 있어 길 찾기는 어렵지 않았다. 한참을 가노라니, 저 앞에서 담뱃불을 붙이려고 부싯돌을 치는 불빛이 보였다. 아마도 김순성이 한 짓이리라.

"하여간 저이는 꾀 많은 작자야."

황 포교가 웃으며 말했다.

앵베르 주교는 밤늦게 도착하여 자초지종을 보고하는 정화경의 이야기를 가만히 듣다가 얼굴 표정이 굳어졌다.

"내 아들아, 너는 마귀에게 속아 넘어갔다."

"뭐라구유? 제가 마귀에게 속았다구유?"

"……."

"주교님, 제가 잘못을 저질렀나유?"

정화경이 당황하여 외쳤다. 앵베르 주교는 두 눈을 감고 아무 말도 하지 않았다. 이제 그의 끝이 다가왔다는 것을 알았다. 배반자가 하필 김순성일 줄이야. 주교는 자수하기로 결심하고 모방과 샤스탕 두 신부에게 보내는 마지막 편지를 썼다. 그 편지에는 다른 지시가 있을 때까지 잘 숨어 있으라는 간곡한 당부가 들어 있었다.

날이 밝자 앵베르 주교는 마지막 미사를 올리고 옷과 일용품 몇 가지를 조그만 꾸러미에 쌌다. 정화경 부부는 밤새 울어 퉁퉁 부은 눈으로 주교를 지켜봤다.

"안드레아, 나를 따라오지 말거라."

정화경은 방에서 나가려는 앵베르 주교의 발목을 잡고 통곡했다. 한참 정화경을 묵묵히 내려다보던 주교가 타일렀다.

"안드레아, 울음을 거두어라. 네 잘못이 아니다. 모든 일은 하느님의 뜻대로 되는 법이다. 단지 네 집에서 하느님이 나를 불러내셨을 뿐이다."

동녘 하늘에 해가 뜨려고 아침 햇살이 퍼지기 시작했다. 철새들이 바닷가를 날아다니는 풍경은 참으로 평화로워 보였다. 손경서와 김진구의 가족들도 따라오며 훌쩍이자, 앵베르 주교는 다정하게 작별의 말을 건네고 더는 따라오지 말라고 충고했다. 저만큼 언덕 위에서 사내들 여섯 명이 그 광경을 지켜보고 있었다.

앵베르 주교는 평상시에 입는 모시 바지저고리 차림으로 보따리 하나만 끼고 혼자 출발했다. 손 포교 일행이 가까이 다가오는 주교를 뚫어지게 바라봤다. 과연 그는 조선 사람과 확연히 다른 용모를 하고 있었다. 노란 머리털, 움푹 들어간 눈, 커다란 코, 파란 눈동자까지 또렷이 보였다. 긴장으로 얼어붙은 포교들보다 주교가 먼저 말을 걸었다.

"안녕하시오. 밤새도록 나 때문에 한데서 고생시켜 미안하오."

유창한 조선말이었다. 김순성이 먼저 뻔뻔스럽게 말을 꺼냈다.

"주교님, 죄송합니다. 주교님이 한양에 가서서 교리를 해설해 주시면 천주교에 대한 조정 대신들의 오해가 많이 풀릴 것입니다."

"그래서 김 요한이 나를 데리러 왔다는 것을 알고 있습니다."

약간 비꼬는 앵베르 주교의 대답에 김순성은 무안한 낯짝으로 뒤통수를 긁었다. 어느새 정화경이 따라와 있었다.

"어느 분이 책임자입니까?"

"나요."

"여러분을 여기까지 인도해 온 이 사람은 집에 남게 해주세요."

"좋습니다."

손 포교가 쾌히 응낙했다.

"싫어유. 저는 주교님을 따라가겠어유."

손 포교가 완강히 거부하는 정화경에게 두 눈을 부라리며 호통쳤다.

"나는 포도청에서도 가장 악명 높은 포도군관이다. 네가 주교의 말을 거역하면 도중에 숨통을 끊어놓을 것이다."

"좋아유. 나는 죽어 마땅한 놈이구먼유."

정화경이 머리까지 흔들며 대들자 손 포교가 엉겁결에 한 발 물러났다.

"안드레아, 나를 더 괴롭히지 말거라! 다시 말하건대 나를 따라오지 말거라."

앵베르 주교의 엄숙한 명령을 거듭 받자 정화경은 울음을 터뜨렸다.

"어서 갑시다."

앵베르 주교가 앞장서서 걷기 시작했다. 손 포교 일행이 부리나케 그를 뒤따랐다. 정화경은 땅바닥에 퍼질러 앉아 어린아이처럼 큰소리로 목 놓아 울었다.

손 포교는 포승줄로 앵베르 주교를 묶지 않았다. 그의 인격을 예우한다는 뜻도 있었지만, 설사 그가 도중에 달아난다 해도 범같이 날쌘 부하들이 놓칠 리가 만무했다. 더위가 절정에 이르러 폭양이 따갑게 내리쬐도 그들은 쉬지 않고 걸었다.

한강을 건너 숭례문이 보이는 지점에서 손 포교는 오랏줄로 앵베르 주교를 묶었다. 국사범國事犯을 결박하는 붉은 오랏줄에 묶여 가자 서양인을 구경하려는 사람들이 더욱 늘어나서 수백 명이 따라왔다. 주교의 얼굴을 한 번이라도 더 보려는 구경꾼들이 서로 다투며 앞을 가로막는 바람에 큰 혼잡이 일어났다.

문안으로 들어서면서 그들 주위로 몰려드는 인파가 부쩍 늘어났다. 이에 당황한 손 포교가 부하들에게 외쳤다.

"사정 두지 말고 면상을 깨라!"

손 포교는 오랏줄 끝을 잡은 채 섰고, 황 포교까지 가담하여 네 명이 닥치는 대로 치고 차면서 날뛰기 시작하자 백주 대로에 난데없는 싸움판이 벌어졌다. 코피가 터지고 눈퉁이가 시퍼렇게 멍든 사람들이 비명을 지르면서 여기저기 나뒹굴었다. 그때서야 군중은 우르르 뒤로 물러났다.

"어느 놈이고 가까이 근접하면 머리통을 박살 내겠다!"

황 포교가 씨근거리며 고함을 쳤다.

그들이 포도청에 들어가서도 서양인을 구경하려는 법석은 마찬가지였다. 포교와 포졸은 물론이고 형리와 옥졸까지 몰려들어 난장판처럼 시끌벅적했다. 앵베르 주교는 시종일관 목석처럼 무표정한 태도로 그 소란들을 감내했다. 손 포교는 얼른 오랏줄을 풀어주고 그를 독방에 떠밀어 넣자마자 문을 닫아걸었다. 그제야 주교는 자

천국과 지옥 ··· 255

유 아닌 평화를 얻을 수 있었다.

해가 설핏 기울어 한더위가 지나자 앵베르 주교를 포도대장 앞으로 끌고 갔다. 좌포도대장 이완식이 심문을 시작했다.

"너는 어느 나라 사람이냐?"

"프랑스 사람이오."

"어디에 있는 나라인가?"

"유럽이라는 대륙에 있소. 조선의 거리 계산으로는 서쪽으로 구만 리쯤 될 것입니다."

"그 먼 나라에서 무엇 하러 여기까지 왔느냐?"

"사람들의 영혼을 구하러 왔소."

"몇 명이나 가르쳤는가?"

"이백 명쯤 되오."

이완식은 여러 가지 미주알고주알 질문하다가 나중에는 배교하라는 말까지 했다. 그러나 앵베르 주교에게서 더 이상 아무것도 얻어낼 수 없음을 알고, 그는 의례적으로 매질을 시킨 다음 감옥에 다시 가두라는 명령을 내렸다. 그는 우의정 이지연에게 보고하는 일이 더욱 급했다.

앵베르 주교의 체포로 다른 선교사들도 조선에 숨어 있다는 것이 확실해졌다. 관청에서는 그들이 조선에 오게 된 동기에 대해 기괴한 의심을 품었다. 조선을 침략하려는 첩자라는 둥, 장삿속으로 금은보화를 모으러 왔다는 둥, 희대의 색한들로 천주학 여자들을 무수히 농락한다는 둥 그들을 무함하는 온갖 말들이 쏟아져 나왔다. 게다가 서양인이 잡혔다는 소식이 장안으로 파다하게 퍼져 나가면서, 전에는 반신반의하던 사람들도 그런 해괴한 모함들을 사실로 믿었다.

이완식은 서양인들의 입국 동기를 확실히 밝히려고 감옥에서 유진길을 끌어내어 구체적인 해명을 요구했다.

"서양 신부님들은 오직 천주님의 영광을 전파하고, 천주 십계天主十誡를 지킴으로써 천주님을 공경하고 자기 자신의 영혼을 구하는 방법을 가르치기 위해 조선에 오신 것이오. 이는 모든 인간이 사후에 지옥의 형벌을 면하고 천국의 끝없는 행복을 누릴 수 있도록 하기 위함입니다. 그러니 자기가 먼저 착한 일을 하지 않는다면 어찌 다른 사람들에게 이 지혜를 설득할 수 있겠습니까. 그래서 그분들은 오랫동안 덕을 닦는 훈련을 한 뒤에야 복음을 전하러 외국으로 떠납니다. 만약 흉흉하게 퍼져 있는 풍문처럼 그분들이 명예와 재물, 육신의 쾌락을 찾는다면 무엇 때문에 문화도 찬란하고 물질적으로도 풍요로운 조국 서양을 떠나겠습니까. 무엇이 답답하여 십중팔구는 죽으리라는 것을 알면서도 구만 리나 떨어진 여기까지 오겠습니까.

다시 말씀드릴 테니 잘 경청하고 납득해 주시길 바라오. 그분들의 사제직은 어떤 벼슬자리보다 훌륭하고 존경받는 직책이라 더 높은 지위를 탐낼 이유가 없소이다. 그분들에게 필요한 생활비는 모두 서양에서 가져오고 있소. 내가 연경을 오가는 사신행차 때마다 그 돈을 반입했던 장본인이외다. 가난한 조선에서 가져갈 것이 무에 있어 재물을 엿본다고 하겠습니까. 또한 그분들은 성직에 오르기 전에 죽을 때까지 몸을 깨끗하게 보존하고 순결하게 지키겠다는 맹세를 하오. 한 여자를 취하는 결혼조차 엄격히 금지되어 있는데, 하물며 어찌 육신의 쾌락을 찾아 생명이 위험한 다른 나라에까지 들어오겠습니까."

이완식은 한동안 아무 말도 못 하고 앉아 있었다. 유진길의 말에 반박의 여지가 없었던 것이다.

"서양인 두 사람이 조선에 더 숨어 있다던데 그게 사실인가?"

"……."

"이째시 입을 다물고 있느냐?"

"그 대답은 하지 않겠소."

끝내 유진길이 더는 말하지 않자 이완식은 성이 나서 형리들에게 매질을 시켰다.

정하상도, 조신철도 그와 같은 심문을 받고 거듭 형문을 당했다. 나중에는 앵베르 주교와 대질심문을 하기도 했다.

8

 마지막 포옹을 하고 있는 김효임과 김효주 자매는 좀처럼 떨어질 줄 몰랐다. 옥쇄장이 빨리 나오라고 독촉했다. 오늘은 김효주가 사형되는 날이었다. 여신도 네 사람이 끌려 나가고서도 김효주만 여전히 옥방에 남아 언니를 끌어안은 채 발길을 돌리지 못하고 있었다. 아니, 김효임이 차마 동생을 놓지 못하는 것이었다. 결국 기다리다 못한 옥쇄장이 옥방 안으로 들어와서 김효주의 한 팔을 잡아끌고 나갔다.
 사형수는 모두 여섯 명이었다. 그들은 두 명씩 수레 세 대에 나뉘어 실렸다. 이번에도 남자는 박후재 요한 한 명뿐이고, 나머지는 다 여자들이었다. 맨 앞 수레에 박후재와 등진 채 십자가에 묶인 여자는 남명혁의 부인 이연희 마리아였다. 나이가 엇비슷한 남녀를 함께 결박한 것은 역시 구경꾼들에게 풍기 문란처럼 보이려는 의도였다. 중간 수레에는 이미 사형당한 박 상궁의 언니 박큰아기 마리아와 이광헌의 부인 권희 바르바라가 한 십자가에 묶여 있었다. 그리고 맨 뒤 수레에 김효주 아네스와 함께 묶인 여자는 이정희 바르바라였다. 그녀는 젊은 시절에 천주를 믿지 않는 남자에게 차마 시집갈 수 없어서 삼 년 동안이나 앉은뱅이 노릇을 하기도 했다.

서소문으로 향하는 사형 행렬에 보내는 군중의 야유와 욕설은 여전했다. 그 여섯 사람이 참터에서 치명하던 날은 기승부리던 늦더위도 한물간 9월 3일 해질녘이었다.

한량목과 석팔은 김효주의 머리가 땅에 떨어지는 장면까지 지켜보고서야 그 자리를 떴다. 한량목의 두 눈은 빨갛게 충혈되어 있었다. 참터에서 지척인 숭례문 앞에는 여각과 객주 들이 즐비했다. 한량목은 처음 눈에 띈 주점으로 들어가서 다짜고짜 술을 청했다. 그는 독한 화주를 연거푸 목구멍 너머로 털어 부었다.

그들이 주점을 나설 때쯤 벌써 한량목은 다리에 힘이 풀려 몸의 균형을 잃기 시작했다.

"형님, 어디로 가는 것이오?"

"어디긴 어디야. 이문안으로 간다."

"뭐요?"

"오늘 홍경모 그놈을 박살 내고 말겠어."

"왜 이러시오, 형님!"

"이 팔을 놔라."

"형조판서에게 가려면 내일 가시오."

"안 돼."

"그 사람이 무슨 죄가 있소? 차라리 우의정 대감에게 가구려."

"으응?"

한량목이 퍼뜩 놀라는 표정으로 석팔을 돌아다봤다.

"이런 사단을 일으킨 총책임자는 우의정 대감이 아니오."

한량목은 술김일망정 망연자실하여 우뚝 멈춰 섰다. 술기운으로 그의 숨소리가 거칠었다.

"자네 말이 옳아……."

한량목이 갑자기 의기소침하게 중얼거렸다.

"오늘은 집으로 갑시다."

하지만 한량목은 참담한 얼굴로 그 자리에 우두커니 서 있을 뿐이었다. 어느새 사위가 캄캄해져서 행인들이 길 한복판에 서 있는 두 사람과 부딪칠 뻔하다가 비켜 가곤 했다. 드디어 석팔은 방향감각을 잃은 사람처럼 꼼짝 않는 한량목의 팔짱을 끼고 끌며 걷기 시작했다.

형조판서 홍경모는 용단을 내리고 김효주의 이름이 들어간 사형수 명단을 상부에 올렸다. 그는 적잖은 뇌물을 받았을 뿐만 아니라 개인적인 호감으로도 한량목을 도와주고 싶었지만, 현 사태에서 빈틈을 찾기가 어려웠다. 그래서 그는 한 형제를 같은 날에 처형하지 못하게 하는 나라 법을 이용하여 먼저 동생을 사형장으로 보냈던 것이다.

숭례문에서 창골과 남산골 입구를 거쳐 붓골로 걸으면서도 한량목은 거친 숨을 내뿜으며 연방 지껄여댔다.

"석팔이 자네는 내 아우이지? 나는 자네 형님이고."

"그럼요."

"우리는 의리로 맺어진 형제이지?"

"그럼요."

"때로는 생명까지 바칠 수 있는 것이 의리가 아니겠나. 옛말이 목숨은 홍모鴻毛같이 가볍고 의리는 태산泰山처럼 무겁다고 했으니 말일세."

"그럼요."

"내가 하는 일이면 자네는 무엇이나 도와주겠지."

"그럼요."

"우리 파옥破獄하세."

"뭐, 뭐라고요?"

"형조 옥을 부수고 그 여자를 꺼내 오자는 말일세."

한량목을 끼고 있던 팔을 빼면서 석팔이 그 자리에 우뚝 섰다. 그는 재빨리 주위부터 살폈다. 다행히 아무도 보이지 않았다.

"왜 그러는가? 자신이 없어?"

"형님, 정신 차리시오!"

"이놈아, 그리 하기 싫으면 떳떳하게 싫다고 말하란 말이야."

"제발 집에 도착할 때까지 아무 말도 맙시다."

"네놈이 거절할 줄 알고 있었다."

석팔의 손을 뿌리친 한량목이 몸뚱이를 흔들흔들하다가 털썩 주저앉았다.

"이놈아, 가거라. 의리를 배반하는 놈은 내게 필요 없다."

한량목은 아예 땅바닥에 벌렁 누워버렸다. 그 꼴을 내려다보던 석팔이 어깨에 한량목을 번쩍 들쳐 멨다. 커다란 몸뚱이를 버둥대면서 한량목이 욕을 퍼부었으나, 석팔은 아무 말 없이 어깨에 그를 멘 채 성큼성큼 앞으로 나갔다. 한량목도 지쳤는지 두 팔과 상체를 늘어뜨린 채 차츰 잠잠해졌다. 그는 몽롱한 의식 속에서도 김효임을 생각하고 눈물을 뚝뚝 떨어뜨렸다.

9

 큰 거리마다 방문榜文이 붙었다. 두 서양인을 체포하는 사람에게 양반이면 고을의 원員 자리를 주고, 평민이면 상금 천 냥을 준다는 내용이었다.
 온 조정이 서양인들에 관한 문제를 중심 화제로 삼는가 하면, 좌우 포도청은 밤낮 술렁거리면서 모든 수사력을 선교사 잡는 일에 집중했다. 그 와중에 배교자 김순성과 포교 손계창은 영웅 대접을 받았다. 그들은 우의정 이지연 앞에 직접 불려 가서 극진한 칭찬을 들었다. 기고만장해진 김순성은 군사 백 명만 붙여주면 한 달 안으로 아직 잡히지 않은 선교사들도 잡아 올리겠다고 장담했다. 그 제의는 즉각 수락되어 손계창이 총지휘관으로 포도군사를 거느리고 김순성과 함께 떠나라는 명령을 받았다.

좌포도청 앞마당에 사내들 백 명이 모였다. 그들은 각양각색의 복장으로 민간인처럼 차려입었지만, 모두 양 포도청에서 차출된 포교와 포졸 들이었다. 그들은 해가 질 무렵 수원성에 당도했다. 그곳 영장營將이 집무하는 진영에 수사본부를 차리고, 이튿날부터 본격적인 수색에 들어갔다. 손 포교는 병력의 절반을 해안 지방으로 투입했다. 제물포, 남양만, 평택, 아산 등지에 이르는 서해안 일대를 집중적으로 수사하는 작전을 폈다. 앵베르 주교가 바닷가에 은신했던 사실을 감안하여 다른 선교사들도 배편으로 탈출을 시도할 것이라고 예측했던 것이다. 노련한 뱃사람이라면 조선 서해안에서 중국 산둥반도까지 항해하는 것이 그다지 어렵지 않았다. 특히 샤스탕 신부가 이 년 동안 산둥 지방에 지내다가 조선으로 왔다는 김순성의 이야기를 듣고, 손 포교는 더욱 그런 확신을 갖게 됐다.

포교 한 명에 포졸 대여섯 명이 따라붙는 패를 전부 열 패로 짜서 해안 수색대로 파견했다. 그리고 나머지는 용인, 진위, 안성 등지로 골고루 분산해서 내륙 지방의 수색도 빠뜨리지 않았다. 손 포교는 한강 이남의 경기 일원을 샅샅이 뒤져 나갈 심산이었다. 경기도 다음에는 충청도 내포 지방으로 내려갈 계획도 세워두었다.

그때 모방과 샤스탕 두 신부는 그들의 발이 아직 미치지 않은 내포에 은신하고 있었다. 샤스탕 신부는 여사울에 사는 홍병주의 집에서, 모방 신부는 홍주의 발게머리 어느 신자의 집에서 머물렀다. 샤스탕 신부와 함께 있던 이재용은 사십 리 길을 걸어 모방 신부를 찾아갔다.

"신부님, 제가 한양에 다녀오겠습니다. 주교님이 잡히신 이후에 조정 고관들과 백성들이 어떻게 반응하고 있는지 직접 제 눈으로 확인하고 오겠어요."

모방 신부는 위험하다면서 처음에는 만류했다. 그러나 그도 한양 소식이 너무 궁금하여 결국 이재용의 상경을 허락하고 말았다.

"그럼 내 복사 최 베드로와 동행하도록 하세요."

"좋습니다."

이튿날 아침 일찍 이재용과 최한지는 한양 길에 올랐다. 젊은 걸음발이라 빨랐다. 첫날 백 리도 더 걸어 평택에서 하룻밤 자고, 다음날 저녁나절 수원성을 십 리 정도 남긴 곳에서 뜻밖에도 정화경과 마주쳤다.

"아이고, 주교님을 모시고 우리 집에 왔던 교우가 아니어유?"

정화경은 또 조심성 없이 큰소리로 반색했다.

"어째서 여기에 계시오?"

"허허……, 참말로 인연인가 봐유. 여기서 또 만나게 말이유."

손경서가 홍주로 앵베르 주교의 마지막 하직 편지를 가지고 왔을 때 그들은 정화경에 대한 이야기를 들었다. 정화경은 자기 입으로 주교가 체포된 경위를 떠벌리고는 주먹으로 제 가슴을 쳤다.

"내가 죄인이어유. 내 잘못으로 우리 주교님이 잡혀갔구먼유."

줄곧 자기 가슴을 쳐대는 정화경의 울부짖음에는 과오를 통회하는 마음이 절절히 묻어났다.

"그것도 다 천주님의 뜻으로 생각해야지요. 지난 일로 너무 상심

할 것 없소."

그들이 보기에 너무 측은하여 정화경을 위로하지 않을 수 없었다. 그러나 그와 수원까지 동행하는 것은 거절했다.

"당신의 얼굴이 포교들에게 알려졌으니 우리와 함께 가기는 곤란하오. 뒤에 따로 오는 것이 좋겠소."

"괜찮아유. 수원성까지는 포도청 사람들이 없을 것이구먼유."

"그래도 서로 조심하는 것이 좋지 않겠소."

"길에서 이렇게 만났는데 그냥 헤어지면 너무 섭섭하잖아유. 십리밖에 안 되니 말벗이라도 하면서 같이 가유."

부득부득 따라오는 정화경을 박절하게 뿌리치지 못하고 두 사람은 그냥 걸었다.

해거름에 수원성 남문 앞에 이르렀을 때 정화경은 담뱃불을 붙이려고 어느 객점으로 불쑥 들어갔다. 그것이 화근이었다. 그 객점 안에서 술상을 놓고 기찰포교 셋이 잡담하고 있었는데, 개중 젊은 포교 황기륜이 막 들어서는 정화경을 보더니 반갑게 인사했다.

"안녕하시오, 정 서방."

무심히 들어서던 정화경이 그를 알아보고 당황하는 빛을 감추지 못했다. 순간 황 포교는 앞서 지나간 두 사람이 그와 동행인이라는 것을 직감했다.

"저 사람들과 함께 어디 가는 길이오?"

"야? 누구 말인가유?"

정화경이 의뭉스럽게 시치미를 떼자 황 포교는 밖으로 뛰어나갔다. 두 사람은 막 남문을 통과하는 중이었다. 황 포교가 쫓아가서 그들의 앞을 가로막았다.

"여보시오, 동행하던 사람을 떼놓고 당신들만 가면 어쩌오?"

그들은 낯선 사내의 갑작스러운 출현에 주춤했다. 그 거동에서 기찰포교 냄새가 풍겼다.

"무슨 말씀을 하시는 것이오?"

이재용이 어리둥절한 표정으로 반문했다.

"이 사람들이 딴소리치는 것 좀 보게."

"아닌 밤중에 홍두깨도 유분수지, 노형이야말로 무슨 소리를 하는 것이오?"

그제야 황 포교는 자신 없는 얼굴로 두 사람을 아래위로 훑어보다가 사과했다.

"미안하게 됐소. 내가 잘못 본 것 같구먼."

황 포교가 발길을 돌려 저만큼 가자 최한지는 먼저 안도의 한숨부터 쏟아냈다.

객점으로 돌아온 황 포교는 술잔을 정화경에게 권하며 구슬렸다.

"정 서방 덕분에 이젠 천주교인들이 살판났소."

"그게 무슨 뜻인가유?"

"주교님이라는 그 서양 분 말씀이오, 참으로 인품도 점잖지만 아주 유식한 학자더구먼. 우리 포장님은 말할 것도 없고, 조정에서 내로라하는 고관들도 그분의 설교를 듣고는 감복하지 않는 사람이 없었소. 천주학 교리를 조목조목 풀어 해설하는데, 여태까지 요사스러운 사교로 지목하고 욕하던 분들도 천주교가 훌륭한 도리라는 것을 깨닫게 됐지 뭐요. 앞으로는 나라가 천주학을 금하는 일은 없을 것이오."

"그 말이 정말인가유?"

정화경이 사뭇 놀라워하는 얼굴로 물었다. 그 자리에 있던 다른 두 포교도 황 포교의 의도를 눈치 채고 맞장구치기 시작했다. 그들은 황 포교보다 더 교활하고 노련한 고참이라 저희끼리 천주교와 주교에 대해 이러쿵저러쿵 토론하면서 즉흥적으로 주고받는 대화가 조금도 어색하지 않았다.

"그런데 너무 안타까운 일이야. 아직도 숨어 있는 서양인들은 이런 사실을 모른 채 나타나지 않으니 조정의 의심을 살 수밖에 없지. 그렇지 않은가?"

"그 때문에 주교님이라는 분이 애태우고 있다지 않나. 천주교 신자들을 사방으로 보내어 다른 서양인들을 찾는 것 같지만, 그 일도 쉽지 않은 모양이야."

"결국 그들도 알게 되겠지. 지금은 아무것도 몰라서 숨어 지내지만."

"아무튼 앞으로 조선은 많이 달라질 게야. 조정에서 서양 학자들을 스승으로 모시고 높은 벼슬까지 줄 생각을 한다지 않은가."

"자, 그만들 일어날까."

그때였다. 정화경이 그들을 붙들고 조심스레 떠봤다.

"주교님이 신부님들을 찾는다는 말이 사실인가유?"

안 포교라는 자가 못마땅하게 쳐다보며 쏘아붙였다.

"그럼 우리가 여태껏 귀신 씻나락 까먹는 소리나 하고 있었다는 거요? 당신 귀로 분명히 듣고도 무엇을 더 물어?"

"그냥 가세. 이제는 우리와 상관없는 일이야."

"잠깐만유."

"뭐 할 말이라도 있소?"

"저, 아까 내가 여기로 들어올 때 지나간 두 사람 있잖아유."

"그런데?"

"그 사람들이 신부님 복사구먼유."

"복사라니?"

"신부님을 모시고 있는 사람들이유."

"그럼 당신이 가서 알려주면 되겠구먼. 주교님이 찾는다고."

"그럴까유?"

"하지만 어디로 갔는지 어떻게 알겠소?"

"오늘 밤에 그 사람들은 군포에서 잘 것이구먼유."

"군포?"

"거기에 우리 교우가 살거든유."

"그 집을 아오?"

"알긴 하지만……."

"그럼 우리가 얼른 가서 모든 사실을 알려줘야겠구먼. 빨리 주교님을 만나보라고 말이오."

"그 사람들도 기뻐할 거유. 충청도에서 올라오는데 어찌 한양 소식을 알겠어유."

억조창생億兆蒼生이 모두 제각각이라고 하지만, 하느님은 정화경처럼 어리석은 인간도 만들어놓았다. 그는 능구렁이 같은 포교들의 농간에 또 한 번 속았다. 이제 그는 신바람까지 나서 그들을 군포로 데려가고 있었다.

"정 서방, 천주학에 입교하려면 어떻게 해야 하오?"

"천주학이 아니라 천주교라고 해유."

"명칭이야 어떻든 입교하는 방법을 묻는 것이오."

"나리도 우리 천주교에 들어오려구유?"

"조정의 고관대작들이 천주교를 믿으려 하는 판인데 우리라고 가만히 있을 수 있나."

"영세를 받아야 해유."

"영세?"

"야."

"무엇을 영세라고 하오?"

해가 저문 밤길을 걸으면서 포교들은 그런 대화로 정화경의 마음을 더욱 칭칭 옭아놓았다.

수원에서 이십 리 떨어져 있는 군포 큰길 옆에는 '주 과부'라는 교우가 사는 집이 있었는데, 한양과 남쪽 지방을 오르내리는 천주교인들이 숙박소처럼 이용했다. 정화경을 앞세우고 포교들이 그 집에 들어서자 이재용과 최한지는 여로에 지친 몸으로 누워 있다가 벌떡 일어났다. 그 방에는 중년의 신자가 또 한 명 있었다. 포교들은 방문을 막고 앉아 아주 친절한 태도로 낮에 하던 거짓말들을 여기서도 되풀이했다. 이재용은 그들의 이야기를 반문하기도 하고 캐묻기도 하는 등 차츰 관심을 보였다. 그도 일단 속아주는 척하여 그들이 자만하도록 거짓 연극을 한 것이다. 그러나 새벽녘에도 황 포교가 잠도 안 자고 감시하여 이재용과 최한지는 도주를 포기할 수밖에 없었다.

짧은 여름밤은 곧 밝았다. 그 집에서 조반까지 먹고 나자 포교들은 정화경과 또 다른 신자 한 명은 돌려보냈다.

"신부들이 있는 곳으로 빨리 갑시다. 천주교를 위해서는 그 서양인들이 빨리 한양으로 가야 한다니까."

"지금은 신부님들이 어디에 계신지 우리도 모르오. 신부님들의 거처를 알 만한 교우들이 있으니까 그 사람들을 만나서 수소문해 봐야 하오."

"그럼 어서 그 사람들을 만나러 갑시다."

"하지만 여럿이 가봐야 소용없소."

"어째서?"

"처음 보는 낯선 사람들과 같이 가면 사실대로 이야기해 주겠습니까? 생명을 걸고 신부님들을 보호하는 터에……."

포교들은 어쩔 수 없이 이재용에게 혼자 다녀오라고 말했다. 그 대신 최한지가 볼모로 그들에게 잡혀 있었다.

사흘이 지나도 이재용은 나타나지 않았다. 그제야 자기들이 속았다는 것을 깨달은 포교들은 꼭뒤까지 화가 나서 최한지를 헛간으로 끌고 가더니 보꾹 대들보에 매달고 몽둥이로 사정없이 후려갈겼다.

육 포교라는 자가 최한지의 자백을 받으려고 매질을 계속하자 나머지 두 포교가 만류했다. 급기야 최한지는 의식을 잃고 축 늘어졌다. 그들은 보꾹에서 최한지를 내려 방 안에 처넣었다.

"우리가 잘못한 것 같소. 매질해 봐야 아무 소용도 없다고 하지 않았소. 포도청에서 못 봤습니까? 아녀자들도 섭산적이 되도록 맞아도 배교한다는 말을 끝내 하지 않는데, 서양인 심복인 저놈이 제 입으로 불 것 같소?"

"황 포교 말이 맞아. 저놈이라도 잘 구슬려 삶아야 하는데, 반죽음을 시켜놨으니 일만 더 어렵게 됐구먼."

"구슬린다고 말할 놈이 아니라 족친 것이 아닌가."

"그럼 그렇게 족쳐서는 자백을 받았나?"

그들은 서로 언쟁을 벌이더니 나중에는 욕설까지 해댔다. 육 포교가 홧김에 그곳을 떠나버렸다. 그때 정신이 돌아온 최한지는 그들의 말다툼을 다 듣고 있었다. 안 포교와 황 포교가 냉수 그릇을 가지고 방으로 들어오더니 부스스 눈뜨며 일어나 앉는 최한지에게 물을 먹이고 백배사죄하는 태도로 싹싹하게 굴면서 매질한 육 포교 욕을 푸짐하게 늘어놓았다.

"우리와 함께 한양으로 갑시다. 우리 말을 못 믿는 것 같은데, 당신이 직접 가서 주교가 어떤 대접을 받고 있는지 확인하란 말이오."

그리하여 두 포교와 함께 한양으로 올라온 최한지는 그날 밤 안 포교의 집에 묵었다. 푸줏간에서 고기를 사 온다, 어물전에서 생선을 사 온다, 그 집의 대접이 여간 융숭한 것이 아니었다.

이튿날 아침나절 최한지는 안 포교를 따라 포도청으로 갔다. 앵베르 주교는 정말로 깨끗한 독방에 앉아 있었다. 밤새 서둘러 도배 장판을 하고 주교를 그 방으로 옮겼던 것이다. 포교들에게 인도되어 온 최한지를 보고 주교는 무표정한 얼굴로 물었다.

"신부들이 어디 계시는지 아는가?"

"여기저기 찾아보면 아마 만날 수 있을 것입니다."

"그들이 내 편지를 받았으리라고 생각하네. 자네가 다른 편지 한 장을 더 신부들에게 전해 주겠는가?"

"주교님의 분부에 따르겠습니다."

그 방에는 지필묵과 한문 책 몇 권도 놓여 있었다. 앵베르 주교는 백지에 꼬부랑글자를 몇 줄 써서 최한지에게 주었다.

"이것을 두 신부 중 아무에게나 전하게."

그 편지에는 라틴어로 이렇게 쓰여 있었다.

위급한 경우에 착한 목자는 자기 양들을 위해 목숨을 바칩니다. 그대들이 아직 조선을 떠나지 않았으면, 포도부장 손계창과 같이 오시오. 교우는 아무도 따라오지 못하게 해야 하오.

황 포교와 안 포교는 의기양양하게 최한지를 따라나섰다. 그들은 편지 내용까지 알 수는 없었지만 자수를 권유하는 뜻이 담겨 있다고 확신했다.

최한지는 먼저 과천에 사는 천주교 신자들을 찾아다녔다. 그러나 신부들이 있는 곳을 가르쳐주는 교우는 없었다.

"우리 교우들은 매우 조심성이 많소. 전혀 모르는 두 사람이 따라다니니 아는 사람도 말하지 않을 것이 뻔합니다."

"그럼 우리는 멀찌감치 기다릴 테니 당신이 혼자 만나보구려."

포교들은 별수 없이 그렇게 말했다.

용인으로 들어가서는 최한지가 혼자 신자들을 만났다. 그리고 다시 포교들이 있는 곳으로 돌아와서 다른 교우촌으로 이동했다. 서너 번 그렇게 하노라니 포교들이 이젠 최한지를 완전히 믿었다. 그제야 최한지는 은이 마을로 가서는 믿을 만한 교우에게 앵베르 주교의 편지를 맡기고, 홍주 발게머리에 있는 모방 신부에게 꼭 전해 달라고 신신당부했다. 그런 뒤에도 최한지는 태연히 두어 군데를 더 다니다가 적당한 시기에 산속으로 줄행랑을 놓았다.

모방 신부가 그 편지를 받은 것은 사흘째 되는 날이었다. 샤스탕 신부는 그때 전라도로 내려가고 없었다. 샤스탕 신부의 전교지였던 전라도에서 한 독실한 신자가 그곳까지 찾아왔던 것이다. 충청도 내포 지방보다 전라도가 더 안전하다고 여기고 그곳에서 마땅한 은신처를 정하는 대로 모방 신부도 떠날 생각이었다. 그러던 참에 자수를 권고하는 앵베르 주교의 편지를 받았으니, 다시 샤스탕 신부를 불러와야 했다. 포교들의 손아귀에서 도망친 이재용이 다른 청년 신자를 한 사람 데리고 전라도로 떠났다. 샤스탕 신부에게 주교의 편지를 전하려는 것이었다.

그러는 사이 손 포교는 부하 백 명을 인솔하고 홍주로 내려왔다.

홍주 포졸 한 명이 손 포교에게 얄팍한 편지 봉투를 전했다.
"무슨 편지냐?"
"어떤 젊은이가 손 포교님에게 전해 달라는구먼유."
편지에는 짤막한 전언이 쓰여 있었다

모방 신부가 손계창에게 알립니다. 샤스탕 신부가 여기에서 멀리 떨어져 있으므로 당신이 기다리는 곳으로 곧 갈 수가 없습니다. 그러나 우리는 열흘 내 그리로 가겠습니다. 그대의 마음이 변하여 죽은 뒤에 복된 나라로 갈 바랍니다.

손 포교는 깜짝 놀랐다. 서양인 신부들이 그에게 자수한다는 내용이 아닌가. 그는 회심의 미소를 지었다.
여드레 후에 모방과 샤스탕 두 신부는 다시 만났다. 그들은 사랑하는 조선 교우들에게 남기는 마지막 고별사를 썼다. 멀리 프랑스에 있는 부모와 형제들에게 보내는 작별 편지들은 이미 써두었다. 그리고 로마 교황청 포교성성장관 프란소니 추기경에게 보낼 조선 교회의 성사 집행에 관한 짧은 보고서도 작성했다. 거기에는 이런 내용을 적었다.

신자 수 약 1만 명, 영세자 1200명, 견진자 2500명, 고해자 4500명, 영성체자 4000명, 혼배자 150명, 종부자 60명, 영세 준비하는 예비신자 600명. 우리 중 아무도 박해를 피할 수 없었습니다. 우리의 목자이자 아버지이신 교구장님도 감옥에 갇히셨으며, 이제 교구장님의 권고에 따라 저희도 곧 자수할 예정입니다. 천주님의 은혜와 구세주의 인내가 항상 우리와 함께하길 바랍니다.

두 신부가 홍주 읍내에 나타나자 서양인을 처음 보는 백성들이 크게 놀라 거리가 떠들썩해졌다. 관아 바깥마당 아름드리 고목나무 밑에서 잡담하던 관노 몇 명은 아예 혼비백산 달아났다. 그들은 관아 안마당으로 뛰어들면서 저마다 외쳐댔다.

"서양인이유!"

"서양인이 나타났어유!"

아침에 출근한 아전들이 이 방 저 방에서 튀어나왔다.

그때 손 포교는 객사에서 홍주 영장 박희성과 늦은 아침을 먹고 있었다. 포졸 하나가 헐레벌떡 뛰어와서 서양인들이 나타났다고 다급히 외쳤다. 그 소리에 펄쩍 놀란 손 포교는 갓끈도 제대로 못 맨 채 관아로 허둥허둥 달려갔다.

두 서양인이 선화당宣化堂 앞에 무릎 꿇고 앉아 있었다. 아전과 관노 들 수십 명이 그들을 빙 둘러싼 채 신기한 동물을 구경하듯 지켜보고 있었다.

"어느 놈이 이분들을 무릎 꿇게 했느냐?"

손 포교가 선화당 섬돌 위로 올라서면서 위엄 있게 한마디 하자 아전 하나가 얼른 대답했다.

"저들이 자진하여 무릎 꿇었어유."

손 포교는 만면에 웃음을 띠고 선교사들에게 말했다.

"잘 오셨소."

모방 신부가 앉은 그대로 물었다.

"한양에서 내려온 손계창 포도부장이 누구입니까?"

서양인이 정확한 조선말을 구사하자 그 자리에 있던 사람들이 사뭇 놀라는 얼굴로 신기해했다.

"바로 이 사람이오."

모방 신부는 머리를 수여 보이며 말했다.

"당신과 함께 한양으로 오라는 우리 주교님의 전갈을 받았소."

손 포교는 왠지 이 서양인들이 친근하게 느껴졌다.

"일어나시오."

두 신부는 일어나서 무릎의 흙을 털었다.

홍주 목사 이현오가 선화당 마루 승상에 앉자 신부들은 다시 무릎을 꿇었다. 그는 형식적인 심문 절차를 끝낸 다음 손 포교에게 정식으로 인도한다고 선언했다. 아침나절에 그 모든 일들이 처리되어 그날로 즉시 길을 떠났다. 손 포교는 오랏줄로 서양인들을 묶는 시늉만 한 채 말에 태워서 출발했다.

초가을로 접어드는 계절, 삼백 리 한양 길은 무척 아름다웠다. 하늘은 쾌청하고 산과 들에는 오곡백과五穀百果가 풍성했다. 두 선교사는 조선의 수려한 가을 풍경에 새삼 감탄하면서 마음속으로 이 나라에 하느님의 축복이 내리기를 거듭 빌었다.

10

모방과 샤스탕 두 신부가 옥방으로 들어오는 모습을 보고 앵베르 주교는 벌떡 일어나 양팔을 벌렸다. 세 선교사는 한 덩어리로 엉켜 서로를 끌어안았다. 그것은 기쁨도 슬픔도 아닌 말없는 감격의 포옹이었다.

곧이어 그들은 꿇어앉아 하느님에게 기도했다. 두 손을 모은 채 기도하는 그들의 마음은 한결같았다. 지금 조선에서 일고 있는 무서운 교난이 그들의 체포로 하루속히 가라앉아, 공포심으로 떠는 신도들이 구제되길 바라는 심정이 간절했다. 바다에서 사나운 폭풍을 만나 여러 사람들이 울부짖을 때 요나가 외치던 소리가 세 선교사들의 귀에 생생하게 들려오는 듯했다.

'나를 잡아 바다에 던져라. 그리하면 바다가 너희를 위해 잔잔해

질 것이다. 너희가 이토록 세찬 폭풍을 만난 것은 나 때문이니라.'

기도를 끝낸 앵베르 주교는 두 신부를 위로하듯 말했다.

"예수님께서는 말씀하셨소. 벗들을 위해 목숨을 바치는 것보다 더 큰 사랑을 가진 자는 아무도 없노라고……. 벌써 우리가 사랑하는 양들이 많은 피를 흘리고 천당으로 올라갔소. 어찌 목자가 피 흘리는 양들을 외면할 수 있으리오."

"저희도 이미 결심하고 있었습니다. 주교님이 부르실 날만 손꼽아 기다렸는걸요."

샤스탕 신부가 말했다.

"조선으로 들어올 때부터 이런 날이 오리라는 것은 이미 각오하지 않았습니까. 지난 삼 년간 조선에서 목자로 보낸 생활에 만족합니다. 다른 어느 나라로 간 외방전교회 선교사들보다 더욱 보람 있었다고 생각합니다."

모방 신부가 그렇게 말하자 앵베르 주교는 빙그레 웃으면서 머리를 끄덕였다.

"동감이오. 나는 십이 년 동안 중국 사천성에서 선교 활동을 했어도 조선에서 전교한 일 년간의 성과가 훨씬 컸소. 조선 사람들이 신앙심 깊은 민족이라 훌륭한 열매를 많이 거두게 된 것 같소. 이 나라에 한 번 복음이 들어왔으니 하느님의 성업$_{聖業}$은 지속될 것이며, 또한 하느님의 축복도 반드시 내릴 것이라고 장담하오."

두 신부도 진지한 표정으로 공감했다.

이튿날, 세 선교사는 포도대장 앞으로 출두했다. 여느 때보다 더 많은 포교들이 몰려와서 지켜보고 있었다. 구군복 차림으로 한 손에 등채를 든 좌포도대장 이완식이 양편에 종사관들을 거느리고 위엄 있게 승상에 앉아서 문초를 시작했다. 그는 선교사들이 조선으로 입국한 경로와 날짜를 묻고 나서 다시 질문했다.

"누가 너희를 조선으로 보냈는가?"

앵베르 주교가 대답했다.

"천주교의 으뜸이신 로마 교황의 명령으로 조선에 파견됐소."

"무슨 목적으로 여기에 왔는가?"

"조선 사람들이 자신들의 영혼을 구해 달라고 불렀소."

"너희에게 숙소를 제공한 자는 누구인가?"

"정하상 바오로가 우리 숙소를 마련해 주었소."

"생활비도 정하상이라는 자가 혼자 충당했다는 말인가?"

"아니요. 우리 생활비는 우리가 가져왔소. 조선 신자들에게 경제적 부담을 준 일은 없소."

이완식은 그 외에 몇 가지를 더 묻고는 이렇게 말했다.

"너희는 우리 조정의 허락도 없이 몰래 입국했다. 이는 우리 국법으로 극형에 해당하는 죄목이다. 그러나 너희가 잘못을 뉘우치고 여기에서 활동한 사실들을 모두 낱낱이 자백한 다음 너희에게 협조한 추종자들의 명단을 밝힌다면 관용을 베풀 수도 있을 것이다. 우리 임금의 관대한 처분을 받고 너희 나라로 돌아가거라."

"절대로 그렇게 하지는 않을 것이오. 우리는 조선 사람들의 영혼을 구하러 왔소. 비록 우리의 전교 사업이 조선이라는 나라에는 위

법이 될망정 양심만큼은 떳떳하다오. 우리는 조선 국법에 따라 여기에서 유한遺恨 없이 죽을 것이오."

이완식은 서양인들에게 치도곤을 안기라고 명령했다. 세 선교사는 차례로 이십 대씩 맞고 옥방으로 끌려갔다.

다음 날에도 그들은 또다시 전날과 비슷한 문초를 받고는, 며칠 동안 구야토 임중한 삼시 속에 아무 일 없이 옥방에만 산혀 있었다.

그사이 수리산의 성자聖者 최경환 프란치스코가 조용히 숨을 거두었다. 두 차례에 걸쳐 치도곤 백십 대를 맞고 감가리 찢긴 몸으로 신음하면서도 하늘나라의 영광을 바라보는 그의 화평한 모습이 한 옥방의 교우들에게 형언할 길 없는 감동을 주었다. 그는 마지막 절명하는 순간까지도 멀리 마카오에서 신학 공부를 하는 맏아들 최양업이 신부 서품을 받고 무사히 돌아오기만 간절히 열망했다.

그 무렵 포도청에는 골칫거리 소년 하나가 자주 사람들의 입에 오르내렸다. 그 소년은 유진길의 둘째 아들 대철이었다. 그가 제 발로 포도청에 찾아와서는 한사코 집으로 돌아가지 않겠다고 버텼다.

유진길의 가정은 특이했다. 두 아들은 아버지를 따라 착실히 하느님을 흠숭했지만, 딸들은 어머니와 함께 천주교를 철천지원수처럼 싫어했다. 유진길은 끝내 남달리 고집 센 부인을 천주교인으로 개종시키지 못하고 말았다. 그런 어머니 밑에서 스무 살 된 큰아들과 열네 살짜리 작은아들은 수다한 곤욕을 겪을 수밖에 없었다. 그러나 본성이 착한 두 아들은 어머니를 원망하거나 반항하는 빛 없이 언제나 효성스러웠다.

감옥으로 아버지를 만나러 갔던 대철은 그날부터 집에서 편히 먹고 자며 지낼 수가 없었다. 캄캄한 방에서 자려고 누워 있으면 천장에 예수의 모습이 아련히 떠오르고, 꿈속에서는 갈릴리 호숫가를 지나는 예수를 큰소리로 부르면서 쫓아가기도 했다. 대철은 밤마다 예수와 만나는 꿈을 꾸었다. 한번은 대철의 꿈속에서 예수가 그를 번쩍 안아주었다. 대철은 두 팔로 예수의 목을 끌어안고 깔깔거리며 기뻐하다가 잠에서 깼다. 꿈이 너무나 생생하여 대철은 어린 마음에도 예수가 자신을 천국으로 부르는 것이라고 느꼈다. 날이 밝자 대철은 아침밥을 먹는 둥 마는 둥 집을 나와서 포도청으로 달려갔다.

종사관 채경수는 포졸들이 끌고 들어오는 소년을 보고 처음에는 철부지의 무모한 충동으로 우습게 여겼다.

"요놈아, 네가 무얼 안다고 건방지게 자수까지 하느냐?"

"아저씨들이 예수님 믿는 사람들을 잡아 죽인다고 해서 이렇게 왔어요. 나도 예수님을 믿으니까요."

"그래, 너도 죽고 싶어 여기로 왔다는 것이냐?"

"예수님 옆으로 가는 것은 죽는 게 아니에요."

채 종사관은 어처구니없는 듯 얼굴을 빳빳이 들고 대거리하는 소년을 쳐다봤다. 치도곤 몇 대만 안겨도 허리뼈가 부러지게 생긴 어린것이 당돌하게 나오니, 그는 도무지 말문이 열리지 않았다.

"요놈이 역관 집에서 귀하게 자라난 탓에 매맛을 도통 모르는 것 같구나. 얘들아, 매가 어떤 것인지 요 녀석에게 맛 좀 보여줘라."

형리 하나가 붉은 색깔을 입힌 주장 몽둥이를 들고 와서 대철을 엎어놓고 궁둥이를 몇 대 내려쳤다. 그러나 대철은 아픈 표정을 지으면서도 꿋꿋하게 참아냈다. 은근히 부아가 치민 채 종사관이 더 세게 때리라고 소리쳤다. 매질이 심해질수록 어느 한계를 지나자 대철은 아픈 감각조차 못 느끼는 듯 처음보다 더욱 잘 참았다. 어느덧 속살이 터진 옷 위로 핏물이 배어 올랐고, 바닥에는 선혈이 흥건히 고였다.

"지독한 천주학쟁이들을 많이 봤지만, 너야말로 귀신에 씐 녀석이로구나."

개구리 뻗듯 엎어져 있던 대철이 고개를 발랑 치켜들었다.

"나는 귀신을 안 믿어요."

그 자리에 있던 포도청 관원들이 기가 막혀 헛바닥을 내둘렀다.

다음 날에도 채 종사관은 대철을 불러내어 온갖 말로 달랬다. 갖은 말재간을 다 동원하여 어르기도 하고 협박하기도 했지만, 소년의 항구한 신앙심을 꺾을 수는 없었다. 나중에는 채 종사관이 아예 손 털고 일어나면서, 재주껏 대철의 항복을 받아내라고 부하들에게 미뤄버렸다.

그때부터 형리와 포졸 들이 대철을 놀림감으로 삼고, 갖가지 야비하고 잔인한 짓을 마음대로 자행했다. 하루는 어떤 포졸이 구리 대통을 대철의 허벅지에 힘껏 들이박아 살점을 한 점 떼어내며 소리쳤다.

"이래도 아직 천주학을 믿겠느냐?"

대철은 자기 살점을 쳐다보며 대답했다.

"믿고말고요. 이렇게 한다고 안 믿을 줄 아세요?"

다른 포졸이 부젓가락으로 벌겋게 단 숯덩이를 집어 가지고 와서는 위협했다.

"요 녀석아, 입을 벌려라."

"자요!"

대철은 서슴없이 입을 크게 벌렸다. 이에 포졸들은 펄쩍 놀라면서 뒤로 물러나고 말았다. 같은 옥방에 있는 어른 교우들조차 어린아이의 초인적인 의지와 인내를 신기하게 여기고 농담처럼 말했다.

"너는 지금까지 극심한 고통을 겪었다고 생각하겠지만, 큰 형벌에 비하면 그건 아무것도 아니다."

그러면 대철은 너무도 태연히 이렇게 대답했다.

"저도 잘 알아요. 이 정도는 쌀 한 말 중 한 톨에 지나지 않는 아픔이에요."

한번은 형리들이 장난삼아 시작한 고문으로 대철이 까무러쳤다. 그러자 형리들은 그를 떠메다가 옥방에 던져버렸다. 어른들이 아이의 정신을 들게 하느라고 코를 빤다, 사지를 주무른다, 허둥대고 있을 때, 어느새 제정신으로 돌아온 대철이 누운 채로 말했다.

"괜찮아요. 너무 수고하지 마세요. 이런 것쯤으로 죽지는 않아요."

어른들은 행동을 멈추고 경외감이 담긴 눈으로 대철을 내려다봤다.

그 후로도 심심풀이처럼 형리들의 갖가지 고문이 계속됐다. 포도청의 보고를 받은 조정에서도 유대철 베드로의 처리를 놓고 골머리를 않았다. 너무 어린것을 죽이면 군중의 분노를 살 우려가 있어서 감히 그를 공공연히 처형하지도 못했다. 그리하여 어느 날 밤, 형리 두 명이 오랏줄을 그의 목에 감고 양쪽에서 잡아당겨 교살해 버렸다. 그렇게 열네 살 소년의 영혼은 천사들의 곁으로 날아갔다.

유진길은 사랑하는 어린 아들의 죽음을 전해 듣고 아무 말 없이 옥방 천정만 응시했다. 한참 후에 그의 볼 위로 두 줄기 눈물이 흘러내렸다. 그가 어른이 되어 처음이자 마지막으로 흘린 눈물이었다.

앵베르 주교와 모방, 샤스탕 두 신부는 의금부 감옥으로 옮겨졌다. 그들을 중대한 국사범으로 다루어 금부도사들이 연행해 갔다.

그동안 체통을 차리느라 포도청으로 내려오지 못하던 우의정 이지연과 이조판서 조인영을 비롯한 조정 고관들이 줄줄이 몰려나와 서양인들을 구경했다. 의금부에서는 나흘간 심문이 계속됐다. 그동안 조선말을 유창하게 구사하는 선교사들에게 조정 대신들이 질문한 내용도 포도청에서와 비슷했다. 어느 나라 사람이냐, 어떤 경로로 조선까지 왔느냐, 조선에 온 목적은 무엇이냐, 조선에 와서 누구의 집에 머물렀느냐, 누가 생활비를 댔느냐, 몇 사람 가르쳤느냐 등등. 어떤 사람은 조선 여자들을 몇 명이나 농락했냐고 물어서 선교사들을 아연실색하게 만들었다.

나흘째 되는 마지막 심문 때 각기 치도곤을 칠십 대씩 때리도록 명령하고 선교사들의 사형을 선고했다. 대역죄大逆罪라는 판결을 받았으므로 선교사들은 특별한 절차에 의해 처형하는 군문효수軍門梟首를 당하게 됐다. 사형 집행 장소도 서소문 밖 참터가 아니라 한강 변에 있는 새남터였다.

그날은 음력 8월 14일(양력 9월 21일), 추석 하루 전날이었다.

벌써 한양 장안에 서양인들을 사형한다는 소문이 파다히 퍼져서 그들을 보려는 군중이 의금부부터 숭례문까지 이르는 어간에 인산인해를 이루고 있었다. 대로변 양쪽으로 명절 전날의 들뜬 기분에 휩싸인 남녀노소는 재미난 구경거리라도 기다리듯 밝은 얼굴로 모여 섰다. 맨 앞에 고수 네 명이 북을 치며 행진하고, 바로 뒤에 백여 명의 군사들에게 에워싸인 채 가마 세 대가 따랐다. 뚜껑 없는 가마 안에는 뒷결박된 세 선교사들이 고개를 떨구고 앉아 있었다. 앞 가마에는 앵베르 주교가, 가운데 가마에는 모방 신부가, 뒤 가마에는 샤스탕 신부가 있었다. 서양인들의 얼굴을 자세히 보려는 구경꾼들 때문에 군중의 혼란은 걷잡을 수가 없었다. 처음에는 위엄을 갖추고 호위하던 군사들도 저마다 가마 가까이 밀려드는 사람들을 창대로 막기도 버거운 듯 쩔쩔맸다. 화가 치민 지휘관이 폭력을 명령했다. 그와 동시에 백여 군사들이 전부 거칠게 발길질하고 사납게 창대를 휘둘렀다. 그런 혼란한 행군이 숭례문까지 계속됐다. 숭례문을 경비하던 군사들이 모두 합세하여 수문장의 명령에 따라 구경꾼들이 성문을 통과하지 못하도록 저지했다. 군중은 더 이상 앞으로 나아가지 못한 채 거세게 항의했다. 수천 사람들이 숭례문에서 앞을 가로막혀 아우성이었다. 군중은 문루(門樓)에 높이 서 있는 수문장을 향해 욕설을 마구 퍼부어댔다.

사형수들을 호위하던 군사들은 숭례문을 간신히 빠져나가자 저마다 옷소매로 땀을 닦으며 숨을 돌렸다. 그러나 명절 대목장을 보려고 나온 사람들이 득실거리는 근처 칠패七牌 어물전에서 마치 누구의 선동을 받은 것처럼 수백 명이 또 우르르 몰려와서는 군사들을 다시 당황시켰다. 청파를 지날 때는 어느새 구경꾼들이 천 명 이상으로 불어났다. 십 리 가까운 새남터에 도착할 때까지 군중과 군사들의 악의 없는 나뉨은 계속 이어졌다.

푸른 한강을 굽어보는 둔덕 넓은 평지에 사람 키 높이의 말뚝 세 개가 세워져 있었다. 말뚝 위에는 사형 선고문이 쓰인 깃발 한 폭이 바람에 펄럭였다.

사형 행렬이 그곳에 도착했다. 가마 세 대가 차례로 내려지고, 군사들이 부축하듯 선교사들을 끌어내렸다. 사오백 명은 될 듯싶은 군중이 둥그런 원을 그리듯 둘러쌌다. 군사 두 명이 선교사들의 결박을 풀고 윗옷을 벗겼다. 알몸으로 드러난 서양인들의 상체가 드러나자 군중 사이에는 일제히 탄성이 새어 나왔다. 하얗고 붉은 피부가 조선 사람과는 너무 달랐다. 맨 나중에 옷을 벗긴 샤스탕 신부의 가슴에는 노란 털이 북실북실하여 군중의 탄성은 곧 경악으로 바뀌었다.

"짐승이다. 저건 짐승이야!"

사방에서 그런 말들이 쏟아졌다.

군사들은 선교사들의 두 손을 가슴 앞에 모아 다시 결박했다. 그리고 서까래같이 기다란 몽둥이를 겨드랑이 밑으로 끼웠다. 군사 두 명이 앵베르 주교의 머리통을 움켜잡자, 다른 한 명은 끝이 뾰족

한 화살로 위에서 아래로 두 귀를 각각 꿰뚫었다. 그때 주교는 진저리 치듯 온몸을 꿈틀 움직였다. 모방 신부와 샤스탕 신부도 차례로 양쪽 귀에 화살이 박혔다. 군사 한 명이 나무 물통에다 한강 물을 퍼오더니 그 물을 선교사들의 얼굴에 끼얹은 다음 횟가루를 한 줌씩 뿌렸다. 수백 군중이 숨을 죽인 채 그 광경을 지켜봤다. 이어서 군사 여섯 명이 두 줄로 서서 주교의 양쪽 겨드랑이 아래 지른 몽둥이를 어깨에 멨다. 바지만 입은 주교의 몸뚱이가 허공에 떴다. 모방과 샤스탕 두 신부도 각각 군사 여섯 명이 어깨에 멘 기다란 몽둥이를 겨드랑이 밑에 끼고 허공으로 뜬 몸이 됐다. 선두로 주교를 멘 군사들이 군중 앞으로 둥그렇게 돌기 시작했다. 이른바 조리돌리는 것이었다. 사형수가 자기 앞으로 오면 구경꾼들은 일제히 온갖 조롱과 함께 차마 입에 담지 못할 욕설까지 퍼부었다. 선교사들을 세 바퀴 조리돌리는 동안, 한강 변 새남터는 조롱과 욕설 일색인 군중의 아우성 속에 파묻혔다.

  조리돌림이 끝나자 선교사들을 땅바닥에 무릎 꿇려 앉혔다. 시종일관 묵묵한 선교사들의 표정에는 아무런 변화가 없었다. 그들은 이미 지상을 떠나 천국으로 가는 길을 찾고 있는지도 몰랐다.

  마침내 서양인 신부 세 사람의 사형 선고문이 낭독됐고 말뚝의 깃발은 내려졌다. 이윽고 북재비들이 힘차게 북을 치기 시작했다. 군중 한쪽이 소란해지면서 사람이 지날 길을 열어주자, 그곳으로 소름 끼치는 괴성과 함께 망나니 열두 명이 한복판으로 뛰어나왔다. 저마다 칼 한 자루씩 손에 들고 망나니 특유의 어지러운 춤사위를 선보이면서 군중 앞을 돌아갔다. 마음껏 술을 퍼마신 망나니들의 시뻘건 눈은 피 냄새를 맡은 야수의 눈처럼 살기가 번뜩였고, 괴성과 기괴한 웃음소리는 그곳에 모인 사람들의 등골을 오싹하게 했다. 처음에 군중 앞으로 크게 돌던 망나니들은 차츰 원을 그리던 동선을 좁혀가다가 선교사들 주위를 빙빙 돌기 시작했다. 저희끼리 칼싸움하는 시늉도 하고, 칼에 맞아 쓰러지는 시늉도 하면서 온갖 짓을 다 하다가, 고수들의 손놀림이 잴수록 점점 빨라지는 북소리에 맞춰 선교사들을 지나는 길에 한 치례씩 그 목을 칼로 쳤다. 샤스탕 신부는 첫 칼질이 어깨를 스치기만 하여 본능적으로 몸을 벌떡 일으켰다가 이내 다시 무릎을 꿇었다. 앵베르 주교와 모방 신부는 꼼짝하지 않았다. 술에 만취한 망나니들의 칼질은 실수가 많아서 보통 대여섯 명이 지나가야만 선교사 한 명의 목이 잘려 머리가 땅에 떨어졌다.

저녁노을이 푸른 한강 물 위로 비칠 때는 이국인異國人의 시체 세 구만 남아 있을 뿐 새남터는 텅 비었다. 몇몇 파수병만 멀찍이 떨어져 앉아서 술잔을 돌리고 있었다.

11

한가윗날 오후에도 사형장으로 가는 행렬이 또 나타나서 명절을 즐기는 사람들의 기분을 잡쳐놓았다. 그래도 명절날이라는 것을 감안했던가, 이번 사형 행렬은 북소리도 없이 조용히 지나갔다. 사형수들을 실어 가는 수레도 단 두 대뿐이었다. 수레 위 십자가에 매달린 죄수들은 정하상과 유진길이었다. 그들은 모반부도謀叛不道라는 큰 죄명의 사형수라 서양인들을 처형한 뒤에 서둘러 없애버리라는 조정의 지시가 있었던 것이다.

마흔다섯 살 정하상 바오로와 마흔아홉 살 유진길 아우구스티노는 명실상부한 조선 천주교인들의 최고 지도자였다. 그들은 신유년 1차 대박해 이후 폐허가 된 쑥대밭에서 천주교를 재건했고, 이십 년에 걸친 오랜 세월 동안 지칠 줄 모르고 머나먼 중원의 연경을 수없이 왕복하여, 마침내 선교사들을 조선으로 모셔 오는 데 성공했다. 한마디로 학식과 인격, 열성과 통솔력으로 교우들을 이끌었던 그들은 조선 천주교회를 떠받치는 두 기둥이었던 것이다.

이제 정하상과 유진길은 주춧돌의 사명을 다하고 형장으로 끌려가고 있었다. 어제 서양인 선교사들이 새남터로 실려 갈 때와 같은 군중의 운집과 광란의 아우성은 없었다. 우연히 그 사형 행렬을 본 사람들은 눈살을 찌푸린 채 하필 명절날 목 잘리러 가는 두 사형수에게 연민과 동정이 시선을 보낼 뿐이었다. 수레 위 십자가에 매달린 정하상은 거리의 백성들에게 친근한 작별 인사라도 하듯 만면에 미소를 머금었고, 유진길은 깊은 묵상에 잠긴 채 벌써 이 세상을 아주 잊어버린 것같이 보였다.

정하상과 유진길을 실은 수레 두 대는 서소문을 빠져나가 참터에 이르렀다. 사형수들의 인품에 눌렸는가, 아니면 어서 처형을 끝내고 명절 술이라도 먹으러 가려는가, 형 집행자들의 일거일동은 소란스럽게 떠들어대는 일도 없이 조심스레 집행 절차를 빨리빨리 진행했다. 푸짐한 명절 음식으로 포식한 망나니들만 술에 취하여 특유의 괴성을 지르면서 칼춤을 추기 시작했다. 그러나 구경꾼이 많지 않고 북소리도 없으니 신명이 나지 않는지 망나니들은 곧 시들해지면서 곧장 사형수들에게 달려들었다. 뒷결박된 두 사형수는 머리털을 말뚝에 매인 채 목을 늘어뜨리고 꿇어앉아 있었다. 망나니 네 명이 한 차례씩 칼질을 하면서 지나갔다. 정하상의 머리가 백사장에 구르더니 빨간 선혈이 분수처럼 치솟았다. 바로 곁의 유진길은 손

끝 하나 움직이는 반응이 없었다. 그의 머리는 일곱 번째 칼질에야 비로소 모랫바닥으로 떨어졌다.

'아아! 이런 때 하늘에서는 어찌하여 뇌성벽력이 없단 말인가.'

구경꾼들 속에 섞여서 그 광경을 지켜보는 이문우가 마음속으로 울부짖었다.

한량목은 추석날에도 천주교인 둘을 참형했다는 말을 전해 듣고 가슴이 철렁했다. 지난 한 달 동안은 조야가 온통 서양인들을 잡아들이는 일로 들끓었는데, 이제 그들을 잡아서 처형했으니 천주교 탄압이 누그러지리라고 그는 내심 기대했다. 실제로 더는 천주학쟁이를 처형하는 일은 없을 것이라는 말이 관가에서 흘러나왔다. 그런데 하루도 채 지나지 않아서, 그것도 추석 명절날 두 사람을 또 참터로 끌고 가서 참형했다는 말을 들었으니 한량목은 크게 당황할 수밖에 없었다. 김효임을 염려하는 마음이 조금 느긋해졌다가 다시 바짝 긴장한 그는 밤새도록 전전반측 잠을 못 이루었다.

날이 밝자마자 한량목은 마구간에서 애마 설희를 끌어내어 올라탔다. 그는 단숨에 집 밖으로 말을 달려 숭례문 밖 만리재 중턱에 사는 득수네 집 대문을 쾅쾅 두드렸다. 식전 댓바람에 달려온 그를 보고 득수 내외가 사뭇 놀라는 기색이었다.

"계수씨, 아침 한 술 얻어먹읍시다."

"형님이 진짜 아침을 얻어먹으려고 우리 집에 온 것은 아닐 테고……. 무슨 일이 있습니까?"

득수가 의아한 얼굴로 물었다.

"이야기는 나가서 하세. 온삼이까지 우리 셋이서 상의할 일이 있네."

한나절이 됐을 무렵, 그들 세 사람은 도봉산 기슭 숲속에 앉아 술을 마시고 있었다. 호리병 대여섯 개에 감홍로가 가득 채워져 있었고, 돌멩이로 급조한 화덕에는 쇠고기 안심으로 재운 너비아니가 이글이글 피어나는 숯불 위에서 먹음직스럽게 익어가며 군침 도는 냄새를 풍겼다.

서너 순배 술잔을 돌리고 나서 한량목이 심각해진 표정으로 입을 열었다. 온산이와 득수도 덩달아 긴장한 채 두 귀를 곤두세웠다. 한량목은 김효임에 관한 이야기로 시작했다. 지난 초봄, 앵자산 기슭 주어 고개에서 처음 김효임을 만나 오늘에 이른 경위를 실꾸리 풀어나가듯 세세히 설명했다. 그리고 마지막 말끝에 이렇게 덧붙였다.

"자네들은 내가 이런 말을 하면 웃을는지 모르나, 이 자리에서 솔직한 내 심정을 말하지. 그 여자가 없는 세상은 나에게 살 뜻이 없는 곳일세."

잠시 침묵이 흘렀다. 그 침묵을 득수가 깼다.

"여태까지 형님이 말한 것으로 미뤄 그 마음은 충분히 알 만하오. 하지만 우리 두 사람을 여기까지 데리고 나온 것은 고작 그 말로 끝내려는 게 아니지 않습니까?"

한량목이 고개를 무겁게 끄덕였다.

"뜸 들이지 말고 단도직입으로 말씀하시오. 아까부터 가슴이 답답합니다."

온삼이도 진짜 속내를 속 시원히 말하라고 재촉하는 눈빛을 보냈다. 숨을 한 번 크게 들이마신 한량목이 드디어 입을 열었다.

"그 여자를 탈옥시키고 싶네."

그러나 득수도 온삼이도 전혀 놀라지 않았다. 한량목의 이야기를 묵묵히 들으면서 그들은 이미 그런 말이 나오리라 예측했던 것이다.

김효임을 탈옥시키는 구체적인 방법이 논의됐다. 형조에는 말단 관원부터 판서까지 한량목과 김효임의 관계를 알고 있었기 때문에 한량목은 절대로 개입할 수 없는 일이었다. 김효임의 탈옥이 성공하더라도 당장 그 혐의는 그에게 돌아올 것이므로 그에 대한 방비책을 세우는 일이 무엇보다 중요했다.

이번 일은 득수가 혼자 책임지기로 결론 났다. 그의 심복 부하 중 날쌔고 힘 좋은 서너 명만 데리고도 그까짓 형조 감옥을 파옥하는 것쯤은 식은 죽 먹기였다. 한밤중에 침입하여 옥졸 몇 명을 아갈잡이해 놓고, 열쇠를 빼앗아 옥문을 열고 들어가는 일이야 담력만 있으면 얼마든지 해낼 수 있었다. 이 일의 관건은 그 다음에 올 후환을 어떻게 막느냐, 바로 그것이었다.

그날 한량목과 온삼이는 다방골 기생집에서 떠들썩하게 술 마시며 시간 보내어 증인들을 최대한 많이 확보해 두기로 했다. 탈옥시킨 김효임은 믿을 만한 집 다락방에 여러 날 숨겨두었다가 적당한 시기에 강원도 산골로 데려가기만 하면 됐다. 그날 득수 일행의 알리바이를 입증하기 위한 증인들을 만드는 계획도 철저히 세웠다. 김효임을 탈옥시키기 위한 결행 계획은 대강 그렇게 탁방이 났다.

"이 일을 실패하면 살아남기 어려울 게야. 모든 책임은 내가 질 것이니 그 점은 염려하지 말고 결행해 주길 바라네."

"목숨이 걸린 일이니 형님이 우리에게 부탁한 것이 아니겠소. 현장에서 잡히지만 않는다면 뒷일은 걱정할 것도 없습니다."

"득수!"

한량목은 두 손으로 득수의 손목을 꽉 잡았다.

"계집 일로 자네에게 이런 일을 맡겨서 면목이 없구먼."

"억울하게 죽는 한 생명을 구하자는 일이오. 명분이 없는 것은 아니지요."

한량목은 눈시울이 뜨거워지며 가슴은 마구 뛰었다.

모든 계획은 득수가 세워가지고 이삼 일 내 한량목과 만나서 최종 결정을 내리기로 했다. 그리고 나서 푸짐하던 술과 안주를 모조리 없앤 후에야 세 사내는 비틀비틀 산을 내려왔다.

"경석팔은 명절 쇠러 고향에 내려갔다가 언제 올라온답니까?"

"모르지. 곧 올 게야."

"그 친구라면 나와 단둘이서도 너끈히 해낼 텐데."

"석팔이는 이 일을 반대하고 있어. 그놈은 야심이 너무 크다네."

"야심이 크다니요?"

"형조 옥을 파옥하는 일 정도로는 간에 기별도 안 간다는 게야."

"아니, 그게 무슨 뜻입니까?"

"그놈은 조정을 통째로 뒤엎는 일만 생각하고 있지."

"쉿! 언성이 너무 큽니다. 어째 그런 소리를 함부로 하시오."

온삼이가 정색하며 주의를 주었다.

"하하하……, 그래그래. 내가 술 마시고 간덩이가 부었구먼. 우리가 과음한 것 같으니 오늘 일은 지금부터 입을 봉하세."

도봉산을 다 내려온 그들은 무넘이골로 길을 휩쓸면서 걸었다.

그러나 어찌 뜻했으랴. 그 시각에 형조의 방석순은 붓골로 달려가고 있었다. 수진방골 채봉의 집을 거쳐 한량목의 집으로 가는 중이었다. 해는 설핏 기울어 머지않아 석양 낙조가 하늘을 수놓을 무렵이었다.

붓골 한량목의 집 대문 밖에서는 석팔이 나무에 매어둔 절따말 앞다리 발목을 잡고서 상처를 살펴보고 있었다. 서팔을 태우고 여주에 갔다가 한양으로 돌아오는 길에 발바닥에 가시가 박혔는지 절따말은 내내 절뚝거렸다. 헐레벌떡 들이닥치는 방석순을 보고 석팔이 벌떡 일어섰다.

"무슨 일이오?"

방석순은 숨이 차서 말을 못 하고 손짓으로 따라오라는 시늉만 했다. 집 모퉁이를 돌아가서 주위에 아무도 없다는 것을 확인한 뒤에야 그는 입을 열었다.

"한량목은?"

"지금 집에 없소."

"모레 그 여자가 참형당하게 됐어."

"김효임 아가씨 말입니까?"

석팔의 가슴이 덜컥 내려앉았다.

"조금 전에 참의 어른이 왕명으로 재가한 사형수 명단을 우의정 대감에게 받아 가지고 왔는데, 그중에 그 여자도 끼여 있었다네. 나를 부르더니 귀띔해 주더구먼."

"형님에게 알리라는 뜻이었습니까?"

"꼭 그런 것은 아니고, 내가 어느 결에 한량목의 수족 노릇을 하고 있으니 그냥 한 말인 것 같네."

석팔의 얼굴이 매우 심각했다.

"어서 한량목에게 알려야 하지 않겠나."

"안 됩니다."

"엉?"

"형님이 알면 오늘 밤이라도 파옥을 할 것이오."

"파옥?"

방석순이 소스라치게 놀랐다.

"형님이 알면 가만있을 것 같소?"

"그렇다고 파옥을……."

방석순은 냉수를 뒤집어쓴 사람처럼 입술까지 덜덜 떨고 있었다.

"자칫하면 여러 사람 결딴납니다. 이 일은 덮어둬야 하오."

"하지만 나중에 내가……."

"당장 귀띔해 준 참의 어른에게 찾아가서 못 들은 것으로 해두시오. 그리고 모레 사형이 집행되는 날까지 기밀을 유지하라고 당부하시오. 방 심률은 그날 아침에 여기로 와서 형님에게 알려주면 되지 않겠습니까."

한참을 생각하던 방석순이 고개를 끄덕였다.

"알겠네. 그 방법밖에는 없겠구먼."

"곧장 여기로 왔습니까?"

"채봉이네 집을 거쳐 왔지. 내가 다급히 한량목을 찾는 양을 이상한 눈으로 쳐다봤네."

"채봉이에겐 내가 잘 말할 테니 어서 형조로 돌아가서 참의 어른을 만나시오."

방석순은 다시 급한 걸음으로 고샅길을 내려갔다. 그의 뒷모습을 바라보면서 석팔은 무거운 한숨을 내쉬었다.

"기어코 죽는구나……."

석팔은 그렇게 입으로는 맥없이 중얼거렸을 뿐이지만 가슴속에는 분노가 끓어올랐다. 평소부터 품고 있던 위정자들에 대한 석팔의 증오심이 극도로 차올랐다. 그의 생각 같아서는 포도청과 형조의 감옥을 모조리 때려 부수고 그 안에 갇힌 천주교인들을 전부 내보내고 싶었다. 천주교인들은 말 한마디로 얼마든지 석방될 수 있음에도 그들이 받들어 모시는 천주를 배신할 수 없어서 기꺼이 자기 목숨을 바치려는 것이었다. 그들의 신앙은 불가사의하게 느껴졌지만, 죽음을 불사하고 지키려는 그 의리를 생각하면 석팔은 외경하는 마음을 품지 않을 수 없었다.

파옥해서라도 여인을 구하려는 한량목의 심정을 누구보다 잘 이해하는 석팔이었다. 그러나 그 일의 후유증이 너무나도 엄청나리라는 것은 불 보듯 환한데, 어찌 그런 만용을 부릴 수 있겠는가. 파옥에 성공하더라도 그 일의 귀결은 한량목의 희생으로 매듭지어질 것이 분명했다. 석팔로선 한 여인으로 인해 민중 속에 뿌리를 깊게 둔 한량목의 막강한 위력을 하루아침에 무너지게 할 수는 없었다. 한량목은 큰일에 쓰여야 할 재목인 것이다.

이틀이 지났다. 9월 26일, 아침이 밝자 석팔은 자꾸 가슴이 두근거렸다. 한량목은 여느 때처럼 늦잠을 자고 일어나 바깥바람을 쐬고 들어와서야 느지막이 아침상을 받았다. 석팔은 태연히 조반을 먹으면서도 신경을 곤두세우고 방석순이 나타나기만 기다렸다. 그러나 그들이 밥상을 물리고 얼마쯤 지나도 대문으로 들어오는 기척이 없었다.

"오늘은 어디 가려오?"

"글쎄, 득수를 만날까 하는데……."

한량목은 김효임을 탈옥시키려는 계획을 석팔에게 말하지 않았다. 보나마나 석팔이 그 계획을 반대하며 만류할 것이 뻔했기 때문이다.

"오전에는 석호정石虎亭에 나가서 활이나 쏘세."

"뭐, 그럽시다."

한량목이 외출할 차비를 하며 옷을 입고 있을 때였다. 방석순이 천둥에 개 뛰어들듯 곧장 그들의 방으로 헐레벌떡 뛰어 들어왔다. 한량목과 석팔이 깜짝 놀랐다. 방석순은 턱까지 숨이 차서 아무 말도 하지 못했다. 불길한 예감이 든 듯 한량목이 다그쳤다.

"무슨 일이오? 어서 말하라고!"

"그, 그 여자가……."

"그 여자가 어쨌다는 것이오?"

"오늘 사형장으로……."

"뭐야……?"

한량목은 경악하여 방석순을 쳐다봤다.

"아무도 몰랐소. 오늘 아침에야 나도……."

"오늘 사형한단 말이오?"

방석순이 두려움에 떨면서 고개를 끄덕였다.

"그게 틀림없는 사실이오?"

"그, 그렇소."

"왜 이제 와서 알리는 것이오?"

"나도 오늘 아침에야……."

한량목의 주먹이 방석순의 면상을 후려갈겼다. 방석순이 바람벽에 뒤통수를 부딪치면서 앞으로 고꾸라졌다.

"이 새끼! 뭐 하고 있었어!"

발을 번쩍 들어 방석순을 짓밟으려는 순간 석팔이 한량목을 끌어안았다.

"놔라! 이놈아, 놔!"

석팔은 길길이 날뛰는 한량목을 꼭 붙잡고 놔주지 않았다. 그사이 방석순은 설설 기어 방을 빠져나갔다.

"못 놔! 이 손을 못 놓겠느냐!"

한량목은 등 뒤에서 자신을 잔뜩 끌어안은 석팔을 팔꿈치로 짓찧으며 펄펄 뛰었다. 이모님과 하인들이 우르르 몰려왔지만 그들은 아무 영문도 모른 채 어쩔 줄 몰라 하기만 했다. 한량목이 방바닥에 주저앉자 그제야 석팔도 깍짓손을 풀었다. 한량목은 아무 말 없이 씨근거리고 앉아 있었다.

석팔이 밖으로 나가 공 서방을 손짓해서 대문 밖으로 불러냈다.

"지금 빨리 종로로 달려가서 온삼이 형님을 불러오게. 여럿이 오라고 전해야 아네."

"무슨 일입니까요?"

"오늘 형님을 대문 밖으로 한 발짝도 나가게 하면 안 되네. 빨리 갔다 오게."

"알았습니다."

공 서방은 더 이상 묻지 못하고 고샅길을 뛰어 내려갔다.

보통 때는 사형수들을 실은 수레가 한낮이 기운 신시申時에 형조 마당을 출발했지만, 오늘은 오시午時에 서둘러 사형장으로 떠날 준비를 하고 있었다.

이번에도 이광헌과 남명혁이 처형되던 첫날처럼 남자가 셋, 여자가 여섯으로 모두 아홉 명이었다. 조신철 가롤로가 맨 앞 수레에 올라 십자가에 묶였다. 그는 자기 사형 집행일이 확정됐다는 소식을 듣고 옥중에 있는 동안 친해진 한 옥졸에게 말했다.

"나는 좋은 곳으로 가니 내 가족들에게도 어김없이 나를 따라오라고 일러주오."

두 번째로 감옥에서 업혀 나온 사람은 남이관 세바스티아노였다. 그는 기해옥사로 잡혀 들어간 남자 교인들 중에는 제일 나이가 많은 예순 살이었다. 본래 양반 가문에 태어난 그는 어릴 때부터 한문을 많이 공부하여 상당히 유식했다. 포도청과 형조에서 문초받을 때 그는 공자의 말씀을 인용하여 천주의 존재를 논리적으로 밝힘으로써 심문자들을 궁지로 몰아넣기 일쑤였다. 그는 주로 '하늘에 순종하는 이는 살고 거스르는 이는 망한다', '나쁜 일을 하여 하늘의 죄를 받으면 빌 곳이 없다', '나쁜 마음이 가득 차면 하늘이 반드시 벨 것이다'와 같은 구절들을 인용했다.

세 번째 수레 위 십자가에 묶인 사람은 김제준 이냐시오였다. 그는 아들 재복을 외국에 내보냈기 때문에 국사범으로 다루어져 남달리 많은 고문을 당했는데, 나중에는 이를 견디지 못하여 배교하고 말았다. 어쩌면 아들 재복이 훌륭한 신부가 되어 귀국하는 모습을 보고 싶었는지도 모른다. 그러나 배교를 선언했음에도 그는 풀려나지 못했다. 끝내 사형선고를 받자 같이 옥살이하던 교우들의 권고로 크게 뉘우치고 그는 형조판서 앞에서 자신의 배교를 취소했다. 그 바람에 그는 더욱 혹독한 고문을 당했으나 다시는 자기 믿음을 버리지 않았다. 당시 그의 나이는 마흔네 살 장년이었다.

오늘도 남자들은 따로따로 수레에 태우고 여자들은 두 명씩 함께 십자가에 묶었다. 맨 먼저 예순일곱의 노파 허계임 막달레나와 궁궐 나인 출신인 쉰여섯의 김유리대 율리에타가 끌려 나와 수레에 올랐다. 허계임은 두 딸과 사위, 그리고 손녀딸까지 먼저 천당으로 보내고 오늘에야 비로소 그 뒤를 따르게 됐다.

다섯 번째 수레로 오른 여자들은 전 상궁 전경협 아가타와 과부

박봉손 막달레나였다. 전경협은 친오빠가 그녀를 독살시키려다가 실패한 후에도 형리에게 돈을 주어 때려죽이라고 부탁하는 바람에 삼모장으로 무수히 맞았지만, 오로지 천주의 뜻으로 형장에서 치명하게 됐다. 박봉손은 마흔넷 과부였는데, 외삼촌의 집에 얹혀살면서 언제나 가장 나쁘고 어려운 일은 자신이 도맡고 좋고 쉬운 일들은 남에게 남겨주는 성품으로 여러 교우들의 사랑을 받았다.

마지막 수레로 홍금주 페르페투아와 김효임 골롬바가 오를 때는 그곳에 나온 형조 관원과 옥졸 들까지 숙연한 표정을 지었다. 특히 김효임은 형조판서까지도 살려주려고 무던히 애쓴 사람이라는 것을 잘 알았기 때문이다. 김효임은 오늘 한량목이 넣어준 새 옷을 입은 터라 그녀의 입성은 다른 사람들보다 깨끗했다.

드디어 사형수를 실은 수레들이 움직이기 시작했다. 이런 일에 익숙해진 부룩소들은 우차부가 고삐를 잡지 않아도 예정된 길을 잘 걸어갔다. 맨 나중에 떠나는 수레 위 십자가에 묶인 김효임이 하직의 뜻으로 서글픈 미소를 보내자 몇몇 젊은 옥졸들이 눈시울을 적셨.

북소리를 듣고 구경꾼들이 사형 행렬 주위로 모여들었다. 그러나 이미 여러 번 죽음의 행렬을 본 적이 있는 군중은 전처럼 시끄러운 소란을 벌이지 않았다.

그 무렵 한량목은 기진맥진한 몸으로 자기 방에 쓰러져 있었다. 석팔과 온삼이가 죽자 살자 그를 놓지 않는 바람에 한 발짝도 밖으로 나가지 못했던 것이다. 방문과 퇴창이 박살 난 것으로 미루어 그

동안 어떤 소동이 일어났는지 능히 알 수 있었다. 온삼이의 부하 한 명이 땀을 뻘뻘 흘리며 돌아왔다. 온삼이가 착 가라앉은 목소리로 물었다.

"끝났느냐?"

그 녀석은 대답 대신 침통한 얼굴로 머리를 끄덕여 보였다. 마루청이 꺼지도록 석팔이 한숨을 내쉬었다. 여러 시간을 발광하며 날뛰던 한량목은 어느새 잠이 든 것 같았다.

저녁나절 유시酉時쯤 한량목은 외출 차림으로 방을 나왔다. 아무 일도 없었던 듯 대연한 그를 석팔과 온삼이는 바로 쳐다보지 못했다.

"시체라도 내 손으로 묻어줘야지. 염할 준비를 해가지고 가세."

참터에는 시체 아홉 구가 널려 있었다. 한량목 일행이 나타나자 그곳을 지키는 파수병들이 멀찍감치 떨어져서 그냥 바라보고만 있었다. 한량목이 여기저기 두리번거리다가 김효임의 시체 앞으로 다가가서 물끄러미 내려다봤다. 김효임의 머리는 그녀가 살아 있을 때처럼 표정 없는 담담한 얼굴로 말뚝에 매달려 있었다. 핏기가 다 빠진, 백지장처럼 하얀 얼굴빛이 어쩌면 더욱 아름답게도 느껴졌다.

"나는 천국이라는 곳을 모르지만, 그대의 영혼은 그대가 그토록 원하던 천국으로 갔으리라고 믿소."

한량목이 중얼거렸다.

온삼이가 바닥에 삼베를 깔고 그 위에 다시 흰 무명을 폈다. 한량목이 두 손으로 김효임의 머리를 받쳐 들자, 석팔이 가져온 낫으로 말뚝에 매여 있는 머리털을 뺐다. 한량목은 무명 위에 김효임의 머리를 고이 내려놓고, 다시 그녀의 몸뚱이를 안아서 머리에 맞춰 살며시 눕혔다. 그러고는 무명을 덮고 삼베로 감은 그녀의 시신을 석팔과 함께 조심스레 마주 들어서 돗자리를 깔아놓은 지게 발채에 얹었다. 그러자 온삼이의 심복 둘 중 한 명인 떡충이가 돗자리를 덮고 나서 새끼줄로 찬찬히 감은 다음 지게를 지고 일어났다. 다른 한 명은 땅 팔 연장과 술병 들을 실은 지게를 짊어졌다.

한량목이 다른 시체 여덟 구를 다시 한 번 둘러보고 나더니 처연한 낯빛으로 입을 열었다.

"여러분도 천국에 갔겠지요. 여러분의 시신까지 거둬드리지 못하여 죄송스럽습니다. 여러분의 친구들이 찾아올 것으로 믿고 우리는 이만 갑니다."

마치 살아 있는 사람들에게 하직하듯 한량목은 그렇게 말하고 발길을 돌렸다.

앞장서서 걷는 한량목의 뒤에 김효임의 시신이 뒤따랐다. 그들은 묵묵히 참터를 떠났다. 염청교를 지나던 행인들과 파수병들이 지켜보고 있었다.

남산 남록南麓 양지바른 곳, 한강이 굽이굽이 흐르고 저 멀리 동작나루가 보이는 곳에 김효임은 묻혔다. 훗날 더 좋은 장소로 그녀를 이장할 생각으로 봉분은 대강 만들었다.

그들은 김효임의 묘소 앞에 앉아서 말없이 술을 마셨다. 저녁노을도 스러지고 어둠이 깃들기 시작할 때 한량목을 따라 모두들 고인이 된 김효임에게 두 번 절을 올리고 산을 내려갔다.

12

포교 손계창은 황해도 해주 감영의 영장으로 발령받았다. 오늘날도道 경찰국장 격이니 대단한 출세였다. 한편 배교자 김순성도 오위장 벼슬을 얻었다. 평민으로 정삼품 당상관이 됐으니, 그 또한 유례없이 파격적인 우대를 받았다. 그러나 오위장은 하나의 외직外職으로 당시로는 명목상 직책에 불과하여 실권이 별로 없는 자리였다. 타고난 야심가인 김순성은 그 정도에 만족할 인간이 아니었다. 그가 얼마나 야심 찬 사내였는지 아예 나중에는 왕족 이하전을 업고 모반을 일으키려는 음모를 꾸미다가 대역부도 죄인으로 참형된다.

어쨌든 김순성은 허울뿐인 오위장보다 훨씬 높은 벼슬자리를 노리고 천주교 박멸 공작에 마지막 손질을 가하기 시작했다. 그는 임금에게 충성하고 나라에 헌신하는 자기 모습을 더욱 돋보이게 하기

위하여 조정 대신들의 회합 장소에 찾아가서 사교를 뿌리 뽑아야 한다고 강력히 진언했다.

"천주교는 칡넝쿨과 같습니다. 아무리 베어내도 이듬해 봄이면 어김없이 다시 돋아나는 칡넝쿨처럼, 천주교는 서양인들을 처형하고 교회의 거물 몇 사람을 없앴다고 그대로 시들어버릴 종파가 아닙니다. 그동안 수백 명을 잡아 매질하고 수십 명을 사형했다고 해서, 그것으로 그 무리들에게 치명적인 타격을 주었다고 생각하면 크나큰 오산입니다. 여기서 이대로 징치를 중단하면 어러 해 지난 후에 다시 처음부터 시작하지 않을 수 없게 될 것입니다. 왜냐하면 아직도 잡히지 않은 유력한 지도급 인물들이 남아 있기 때문입니다. 사교도 탄압이 늦춰지면 그들은 분명 신자들을 붙들어 일으키고 불러 모아서 다시 집단을 형성할 것입니다. 그러므로 천주교를 발본색원하자면 그런 자들을 한 놈도 남기지 않고 모조리 잡아들여 처단하는 길밖에 없습니다. 뿌리가 남아 있는 한 칡넝쿨은 죽은 것이 아님을 유념해 주십시오."

조정 대신들은 김순성의 주장을 백 번 옳다고 수긍했다. 그리하여 아직 남아 있는 천주교 지도자들을 색출하는 일이 그에게 맡겨졌.

김순성이 바빠졌다. 그는 교자轎子에 떡 버티고 앉아서 날마다 천주교인들을 잡으러 이리저리 헤집고 다녔다. 그의 뒤에는 포졸 십여 명이 수행했다. 앵베르 주교를 따라다니면서 천주교인들이 사는 동네 공소公所를 거의 다 방문했기 때문에 그들의 거주지를 환히 알고 있었던 그는 한양뿐만 아니라 경기 일원의 교우촌도 두루 쏘다녔다.

교활한 김순성의 올가미에 걸려 영향력 있는 신자들이 속속 잡혔다. 박종원과 그의 부인 고순이를 비롯하여 이문우도 체포됐다. 김순성은 극성스럽게도 앵베르 주교가 숨어 있던 수원 서쪽 바닷가 상곡까지 내려가서 정화경과 김진국을 붙잡았고, 손경서를 찾아내라며 그 가족들을 고문했다. 결국 자기로 인해 모든 불행이 일어났다는 생각으로 고민하던 손경서도 자수하기에 이르렀다.

김순성은 덮어놓고 아무 교인이나 잡지 않았다. 그래서 웬만한 신자들은 그가 나타나도 도망가지 않았다. 하지만 그는 느닷없이 달아난 교우기 숨은 곳을 대리고 현장에서 신자들을 바로 고문할 때도 많았다. 그럴 때면 그는 포도청 형리들보다 더 잔인한 본성을 드러냈다. 주리를 틀리며 괴로워하는 신자를 낄낄거리고 놀리는가 하면, 인간의 근원적인 고통을 감상이나 하듯 팔짱을 낀 채 엄숙한 낯짝으로 바라보기도 했다. 그러다가도 변덕이 나면 전부 놓아주면서 이렇게 말하는 것이었다.

"아무개는 신심이 얕아 오래가지 못할 것이고, 아무개는 치명까지도 불사할 것이다."

김순성은 그렇게 제멋대로 씨부렁거리며 거만을 떨었고, 고문 도중에 다른 교우를 비겁하게 고발하는 자가 있으면 의리 없는 놈이라고 매를 더 치게 하면서 갖은 욕설로 조롱하기 일쑤였다. 또한 그는 심문을 핑계로 젊은 여자들을 데려다가 포졸들을 시켜서 옷을 벗기고는 알몸뚱이가 된 그들을 고문하면서 즐거워했다. 때로는 그들 중 인물이 가장 반반한 여자만 남겨서 밤중까지 시간을 끌다가 겁탈

했다. 그러나 조정의 특명을 받은, 이 잔학한 인간의 영향력은 대단하여 그가 말하는 것은 곧 법률이나 다름없었다.

"이자를 죽이시오. 저자는 그냥 두시오. 이자는 입으로만 배교한 것이니 옥에 더 가두고, 저자는 석방해도 좋소."

김순성이 그리 말하면 포교는 물론 종사관까지 꼼짝 못하고 복종했다. 천주교인들의 생살권이 그의 말 한마디에 달려 있었던 것이다.

그러나 그런 김순성도 끝내 갑녕(김 프란치스코)을 잡지는 못했다. 그는 조선 천주교에서 갑녕이 차지하는 비중을 누구보다 잘 알고 있었다. 겉으로는 하찮은 늙은이에 불과해 보이지만 갑녕은 조선 천주교회의 산 증인으로 핵심 인물들, 특히 정하상과는 불가분의 관계였다.

갑녕이 모시전골 점포에 앉아만 있어도 모두들 믿음직한 기둥으로 조선 교회를 받쳐둔 것처럼 든든하게 여겼다. 갑녕은 웬만한 일에는 간섭하지 않고 젊은 신자들이 앞장서서 일하도록 뒤로 빠져 있기 일쑤였다. 그래서 점포의 내막을 잘 모르는 사람들은 그저 갑녕을 점포의 허드렛일이나 맡아 일해 주는 일꾼으로 알았다.

그러나 교회 사정에 환한 사람들은 갑녕의 존재가 태산처럼 무겁다는 것을 잘 알았다. 갑녕은 일개 천한 종으로 태어나서 남들 앞에 우뚝 선 사람으로 존경받는 것만으로도 자기 분수에 넘친다고 생각했다. 그래서 앵베르 주교와 모방 신부, 샤스탕 신부를 조선에 모셔 올 때도 그는 결코 앞으로 나서지 않았다. 그 일은 조선 천주교회를 이끌어갈 정하상을 중심으로 명민한 젊은이들이 주도적으로 나서

서 이뤄내야 할 일이었다.

갑녕이 앵베르 주교에게 강력히 주장한 일이 딱 한 가지 있었는데, 그것은 바로 정하상을 신부로 추천한 일이었다. 주교는 처음에 젊은 청년들에게만 사제 교육을 시킬 생각을 하고 있었다. 주교가 마흔 살이 넘은 정하상을 신학생 명단에 포함한 이유는 갑녕의 입김이 작용했기 때문이다. 물론 주교도 곧 갑녕의 주장이 옳은 판단이었다는 것을 깨닫게 됐다.

갑녕은 정하상, 유진길에 이어 조신철까지 잡혀간 것을 확인하고 한양을 떠났다. 그가 강원도 수구대로 돌아왔을 때는 한밤중이었다. 그는 몰래 아내와 장모만 만나고 그 밤이 새기 전에 그곳을 떠났다.

그 후 열흘쯤 지나자 김순성이 포졸들을 이끌고 수구대까지 찾아왔다. 수구대의 어린아이들까지 갖가지 방법으로 어르기도 하고 뺨치기도 하면서 갑녕의 행방을 알아봤으나 그들은 허탕 치고 한양으로 되돌아가고 말았다. 용의주도한 갑녕이 의식적으로 가족이 있는 그곳을 피했으리라는 결론을 내렸던 것이다.

척사윤음斥邪綸音이라는 것이 반포됐다. 그것은 이조판서 조인영이 지어 올린 글로, 왕명으로 사교 천주학을 박멸하라는 내용을 담고 있었다. 조인영은 정하상의 상재상서를 의식하고 썼으나, 문장의 격은 훨씬 떨어졌다.

조인영의 척사윤음이 발표되고 사흘 후에 우의정 이지연이 전격적으로 해임되어 조정에서 쫓겨났다. 그의 아우 호조판서 이기연도 동시에 감투가 떨어졌다. 우의정 자리에 이조판서 조인영이 올라앉았다. 풍양 조씨들이 드디어 요직을 장악하려는 야심을 밖으로 드러내기 시작했던 것이다.

한량목은 앵자산 주어사에 있었다. 김효임이 죽은 후 그는 인간의 생을 다시 생각하게 됐다. 삶, 죽음, 신앙, 진리, 사랑, 욕정, 향락 등등 그는 인생의 전반적인 의미를 깊이 되새기고 싶었다. 김효임이라는 한 동정녀의 순교가 무뢰배 두목 소리를 들으며 탁한 정신 속에 살아온 그에게 커다란 충격을 안겨주었다. 그것은 한량목을 다시 태어나게 하는 신선한 진통이 됐다.

한량목은 주지육림(酒池肉林)과 젊은 여체에 파묻혀 청춘을 허비했다. 그러나 김효임은 단 한 명의 사내도 허락지 않고 하느님 앞에 순결한 몸과 정결한 마음을 바쳤다. 더구나 장안의 뭇 여성들과 기생들이 우러러보는, 천하 미장부라는 말이 조금도 과장되지 않은 한량목의 끈질긴 구애까지 끝내 받아들이지 않고 깨끗한 영육으로 생을 다했다. 세상 여자들을 거리의 꽃송이 꺾듯 마음대로 다루었던 한량목도 끝내 하느님을 믿는 한 처녀의 신앙심은 꺾지 못했던 것이다. 김효임이 그의 곁에서 홀연히 사라져버리자 한량목의 영혼은 깊은 수렁에 빠져서 허우적거렸다.

'여기서 빠져나가야 한다! 여기서 빠져나가야 한다!'

그러다가 어느 날 한량목은 한양을 떠났다. 괴나리봇짐 하나 짊어지고 그가 찾아간 곳이 바로 주어사 절간이었다. 그는 한동안 김효임을 맨 처음 만났던 앵자산 숲속에서 그녀와 자신, 그리고 삶과

죽음을 끊임없이 반추하며 지내고 싶었다.

앵자산 풍경은 크게 달라져 있었다. 초봄에 한량목과 김효임이 처음 만났을 때는 나뭇가지마다 연둣빛 새싹들이 파릇파릇 돋아 있었지만, 지금은 짙푸른 여름을 지나 단풍이 울긋불긋 드는 가을이었다. 그러나 주어사는 아무것도 달라지지 않았다. 여든 고령의 주지도, 시자승과 사미승도 그때 모습 그대로 한량목을 맞아주었다.

한량목은 김효임 자매가 하룻밤 묵었던 방에 여장을 풀었다. 그는 주어사에서 겨울을 보낼 셈으로 마음을 느긋하게 가지려고 노력했다. 그는, 여든 평생을 바깥세상에 한 번 나간 일 없이 깊은 숲속 절간 생활을 해온 해골바가지같이 늙은 중, 해운당海雲堂 대사의 이야기를 듣고 절로 외경하는 마음이 일었다. 돈도 명예도 여자도 모른 채 기나긴 평생을 수도修道로 일관한, 고목 같은 한 인간이 우러러보이기는 한량목으로선 이번이 처음이었다. 그는 젊은 처녀 김효임과 늙은 주지가 일맥상통한다는 사실을 깨달았다. 그리고 불현듯 그만 속세에서 더럽게 살아왔다는 부끄러움에 사로잡혔다.

'늙은 스님의 얼굴은 저렇듯 고요하고 평화로운데, 나는 왜 이토록 마음이 불안한가. 왜 이토록 세상이 허무한가.'

가끔 석팔이 주어사를 다녀갈 뿐이었다. 한번은 그가 책 한 권을 갖다주었다. 천주교인들이 보물처럼 여긴다는 『성경직해』라는 책이었다. 하루 종일 그 책을 읽은 한량목은 첫날 단숨에 독파했다. 그제야 그는 비로소 예수가 누구인지, 천주교 교리가 무엇을 의미하는지 어렴풋이 알게 됐다. 날마다 거듭 읽을수록 그 책 속에 담긴 새로운 뜻들이 조금씩 그의 머릿속으로 들어왔다.
　어느 날 석팔이 큰아버지 이지연과 아버지 이기연의 벼슬이 떨어졌다는 소식을 가지고 왔다. 그 말을 들은 한량목은 한참을 껄껄 웃었다. 무엇이 그를 그토록 유쾌하게 하는지 알 수 없었다. 아마도 그는 죄악의 자리에서 조금이나마 비켜났다는 생각으로 마음이 한결 홀가분해졌기 때문이리라.
　천주교인들은 앞문의 늑대가 사라지자 뒷문으로 호랑이를 맞게 됐다. 신임 우의정 조인영이 등장하면서 더욱 극심한 천주교 박해가 일어났다. 풍양 조씨들은 천주교인들을 공개적으로 학살할수록 저항감이 커진다는 사실을 눈치 채고 옥중 교살을 시도했다. 사형장도 참터가 아닌 당고개로 은밀히 옮겼다. 조만영과 조인영 형제가 실권을 장악한 후 감옥에 남아 있던 신도들은 차례로 사형장에서 목이 잘리거나 옥중에서 죽었다. 그들은 기해년己亥年을 넘기지 않고 모조리 쓸어내기 위해 일 년 내내 감옥마다 가득 찼던 천주교인들을 서둘러 처형했다.
　그리하여 정하상의 어머니 유 체칠리아와 누이 정정혜 엘리사벳, 조신철의 후처 최영이 바르바라를 비롯하여 장인 최창흡 베드로와 장모 손소벽 막달레나, 현석문의 누님 현경련 베네딕타, 충청도에서 잡혀 온 홍병주 베드로와 홍영주 바오로 형제, 박종원 아우구스티노와 고순이 바르바라 부부, 이인덕 마리아와 이영덕 막달레나 자매, 이문우 요한, 정화경 안드레아, 훈련도감 군사 허임 바오로, 그리고 그때까지도 옥중에 살아 있던 이광헌의 처녀 딸 이 아가타 등이 거룩한 순교로 자기 영혼을 천주에게 바쳤다.

 몸서리치는 한 해, 기해년은 그렇게 저물어갔다.
 그러나 김갑녕 프란치스코는 끝내 잡히지 않았다. 몇 해 후 가족들이 살고 있는 수구대로 돌아와서 함께 지낸다는 풍문도 들렸으나 그뿐이었다. 무심한 세월과 더불어 천주교 박해는 사람들의 뇌리에서 점차 멀어져갔다.